朱砂痣

章以武　著

南方出版传媒
花城出版社
中国·广州

图书在版编目（CIP）数据

朱砂痣 / 章以武著. -- 广州 : 花城出版社, 2019.8
ISBN 978-7-5360-8956-3

Ⅰ. ①朱… Ⅱ. ①章… Ⅲ. ①中篇小说－小说集－中国－当代②短篇小说－小说集－中国－当代 Ⅳ. ①I247.7

中国版本图书馆CIP数据核字(2019)第152293号

出 版 人：肖延兵
责任编辑：黎 萍 蔡 宇
技术编辑：凌春梅
题 字：黄国钦
封面设计：黄肖铭 马远志

书 名 朱砂痣
ZHU SHA ZHI
出版发行 花城出版社
（广州市环市东路水荫路 11 号）
经 销 全国新华书店
印 刷 佛山市迎高彩印有限公司
（佛山市顺德区陈村镇广隆工业区兴业七路 9 号）
开 本 880 毫米×1230 毫米 32 开
印 张 8 1 插页
字 数 156,000 字
版 次 2019 年 8 月第 1 版 2019 年 8 月第 1 次印刷
定 价 58.00 元

如发现印装质量问题，请直接与印刷厂联系调换。
购书热线：020－37604658 37602954
花城出版社网站：http://www.fcph.com.cn

目录

朱砂痣

一　“水果拼盘”里蹦出一颗朱砂痣

本世纪初，广州近郊，蹦出一个名叫“香蜜湖”的楼盘，四幢色彩鲜艳的公寓楼，不高，十六层，有樱桃红、苹果青、葡萄紫、菠萝黄，贴着香蜜湖而建。阳光下，璀璨夺目，抢人眼球。此楼盘设计时尚、新潮、简约，价格也相宜，很讨俊男美女们喜欢，于是给了它一个有趣的雅号：“水果拼盘”。可惜人气不旺，稍显冷清。聪明的开发商，脑子转得快，在那里又造了六幢二十八层的公寓楼，加上通了地铁，这儿也就人丁兴旺，风生水起，名声赫赫然了。小区里，香蜜湖畔，有个造型古色古香的八角亭，大爷大妈大叔大婶小媳妇新保姆，爱操着带有湖南的江西的潮州的客家的乡音，相聚这里，说东家长西家短，说小区里发生的奇闻逸事，发布停水停电停气的消息。他们也绘声绘色地讲述骇人听闻的事件：疯狗咬伤了谁家的孩子，小司机为摘路边芒果跌断手，八十五岁的阿婆煲汤忘了关煤气差点命归黄泉，新婚夫妻炒股炒焦闹离婚。总之，这里成了民间新闻中心，八角亭变成了八卦亭。

此刻，一对相貌登对的中年夫妇，款款而来。男的叫冷一丁，长相朗阔俊逸，胡子刮得干干净净，透着青光，牛仔裤紧裹大长腿，步子稳健有力。女的叫朱莎莎，丹凤眼水汪汪，耳钉闪着微微银光，身材婀娜，派头冷艳，目不斜视。八角亭里的众人见了，突然亢奋起来，默契地互递眼色。待到这两口子走远了，就七嘴八舌了。

大爷：“这对夫妻真是神仙眷侣，十分登对！”

大娘：“这朱莎莎就像是从画里面走下来一般，满身仙气儿！”

大爷：“这女人长相确实出挑，有貌有腰，就是有一点不好，见人不打招呼，架子大，没个笑脸。”

大婶：“老头子，你也不照照镜子，一脸褶子，画着地图，不给笑脸委屈你了？！”

小保姆：“我在老家时，我妈常说，漂亮女人命短，中看不中用。”

大叔：“湖南妹子，我看你白白嫩嫩，中看又中用！”

大婶：“喂喂喂，说话注意点，人家湖南妹子，黄花闺女一个，你别乱谝！”

大妈：“湖南妹子，我倒要问问，你怎么知晓朱莎莎中看不

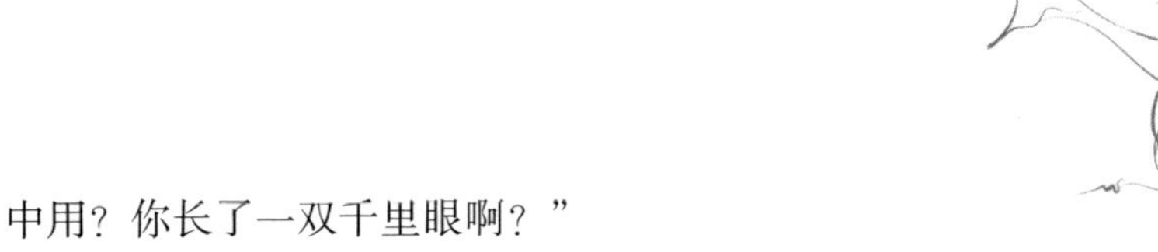

中用？你长了一双千里眼啊？”

小保姆：“我也是听他们家阿姨说的。朱莎莎三天两头跑医院，睡不着，就吞安定药片。脑子有毛病。朱莎莎嫌阿姨嘴碎，把她辞退了。”

大妈：“是吗？人靓，肚子里有文化，心事自然多，夜里睡不宁，白天就任性。老公疼着呢。朱莎莎，命好。”

大婶：“听说朱莎莎武汉大学毕业，在一家有咖啡喝的书店工作。她病了，单位用小轿车护送她回家的，恐怕是坐在一定位置上的人。”

…………

雅洁的客厅里，枝状的水晶灯，奶白的台灯全熄了，只有条几上的熏香灯，发出绿幽幽的光点。落地长窗外，夜黑漆漆，大雨滂沱，电闪雷鸣。朱莎莎蜷缩在沙发一角，等着老公归来。前几天，她低烧，情绪低落，觉得特别孤独无助，做什么也没心思，连换下来的衣衫丢进洗衣机里，也懒得开启。友人有句广告词“夏花绚烂，秋叶静美”，请她译成英语，她竟然连一个英文字母都记不起来，只好独自捂脸哭泣，心里一直骂着：“我是废物，我是废物！”过了好一阵，人缓过来了，一切又正常了。今天早晨，她竟然想起照镜子了。天哪，一个美少妇怎么可以几天不在镜前“调查研究”。哦，镜子里的人儿，失去血色的白皙脸蛋，忧郁的眼神，弧线清晰的嘴唇，还行，还不至于惨不忍睹。朱莎莎在脸上敷上了粉底，画了眉毛，涂了闪亮的眼影，搽了无色唇膏，即刻，这张脸变得可爱了。就是嘛，大惊小怪什么呀？自己的身子就是有点神经衰弱，消化不良嘛，没什么大碍的。最讨厌单位里策划部的老杨，乌鸦嘴，冲着她说，19世纪人类最可怕的疾病是肺结核，20世纪是癌症，21世纪对人类最大威胁的疾病是精神病——抑郁症。呔!

雨骤停。朱莎莎拉开了一点落地长窗，濡湿清凉的风钻入，掀动着窗帘。她闭目养神，静候。钥匙扭动，“咔嚓”一声，冷一丁进门，蹑手蹑脚地来到妻子面前，那俯首凝视的温存，像一股暖流注入妻子的心田。朱莎莎直起腰，用修长柔软的臂膀搂住了老公：“丁丁，我又想你了。”冷一丁抚着她的长发：“不是又想，你心里一直有我这个好老公啊。莎莎，今天你精气神都挺好的。”“是吗是吗？丁丁，我饿了，你是厨房的CEO，替我弄点吃的。”“哈，莎莎，我们灵魂之间是有密语的，我的拎包里有你最爱吃的东西！”“什么呀？”冷一丁拉开拎包的链子，取出一个白色的纸罐，递了过去：“趁热，趁热。”朱莎莎笑吟吟地瞧了老公一眼，掀开罐盖：“哇，百合红豆沙，我的最爱！”她用小银勺在融稠喷香的红豆沙里搅动着，送进嘴里连声说：“好吃好吃。”莎莎好感动，在这倾盆大雨的深夜里，冷一丁为她觅寻好吃的，拎包里的红豆沙没一点溢出，这要多么贴心小心细心！她手掌托颐，望着伟岸倜傥的丈夫走进冲凉房。

床头灯，光线暧昧。

朱莎莎身着无袖白色睡袍，慵懒地侧卧在大床上。粉白柔软的手臂软绵绵地挂在床沿，眼神迷离，对着老公说：“今晚我要，我要做女人！”冷一丁喉结滚动，答：“最好！我会让你舒服快乐地飞向云端，酥酥迷糊地降落！”冷一丁解开妻子的睡袍，禁不住地说：“胸前明月光！”

“喜欢吗？”

“还用说，拥着女神的胴体，我是五羊城里幸福人！”

“有一个多月不让你碰了，憋死你了，发现什么了？”

“没发现啊。只见雪白的胸脯像蒸笼里的白馒头，热气腾腾，馋死人了。”

“俗！”

“一片白光两朵花啊！”

“牛眼看花！左边乳房，长出一粒粉红色的朱砂痣，看见了吧。”

“哦，是的是的，有一粒美丽吉祥的朱砂痣。乳房有痣，桃花痣，证明你感情丰富嘛。”

“好你一张富贵嘴，讨女人开心。懂吗，眼皮有痣，妖痣，迷惑男人，会出轨；鼻翼有痣，恶痣，克夫；乳房莫名其妙地蹦出痣来也不是好东西。”

“别胡思乱想，胸有痣，胸有大志。”

“正经点，别哄我！”

“莎莎，身上长痣，很普通呢，我小腿上无缘无故冒出一个黑痣，没事啊。莎莎，别没事找事，自寻烦恼。”

“为了这颗朱砂痣我去了三家医院了。”

“这么大的动静?！也不告诉我一声。”

“你又不是医生。医院的大夫说了，这是血管瘤，不影响健康，不代表什么，不预示凶吉。让我定期去复诊，平时留心观察。”

“那就对了，听医生的话。”

“不过我挺忧心的。既然不预示凶吉，为什么让我留心观察？为什么要定期复诊？我看这朱砂痣有隐患。”

“唉，医生说话，保险系数高，没事的，肯定没事的。”

“肯定有事。”

“保证没事。”

“绝对有事。当然啰，这痣没长在你身上！”

“唉，莎莎，我们是苦乐命运共同体啊。你喝稀我吃粥，你咬糖饼我吃肉。总之，你不要老是温习你的朱砂痣！”冷一丁心想，此刻，切不可与莎莎再拧巴下去，会出问题的。作为丈夫，他当然清楚妻子心理有障碍，脾气越来越乖戾、偏执。他也多次劝莎莎去医院心理门诊看病，可莎莎横竖不答应，并且扔过狠心话：“你腻我了，烦我了，讨厌我了，想另找新欢了！你想跟别的女人滚床单？你去滚好了，我不稀罕！”冷一丁躺在一边想着莎莎的麻烦事发愣。莎莎推推他，戳了戳他的额头：“冷一丁，你说，你爱我吗？你喜欢我的朱砂痣吗？”冷一丁听了轻拥着妻子，舔着她的粉颈道：“什么也别说，什么也别想，开开心心一门心思做爱吧。”

“做爱不做情，我不干！”

“那我们睡吧。半夜三点了。”

“我不想睡。你答应我一件事！”

“说。”

“窗外院子里有棵夹竹桃，夹竹桃有毒的，它的气体危害人的健康，明天你去砍掉它。”

“遵命。”

“还有，矮墙边上的簕杜鹃，花开得一天一地，痴长，长得人心烦意乱，也得砍！”

“行。”

冷一丁心中愕然。朱莎莎背过身子终于睡了。

冷一丁双眼翻着望向天花板，睡意全无。他搬个藤椅，去阳台抽闷烟。他思忖，在三十五六岁年纪的人群中，他的小家日子过得算是很优渥了。双方老人都是高级知识分子，退休金不薄，身子硬朗，不用后辈操心。自己的事业也发展顺畅，婚姻彼此满意，房子的房贷已付清，“别克”的小轿车也买了，在朋友眼中算是佼佼者啊。唉，偏偏老婆得了这种怪病。饭局上朋友也说起过，城市在生长，城市变得越来越现代，同时，城市里也流行着一种怪病，抑郁症。不过，他始终怀疑自己老婆得的不是抑郁症。有时吧，朱莎莎正常上班回家会带回一包花花绿绿的中外杂志，啜着一杯柠檬茶，看得津津有味。网上流传着一首歌舞曲，《梦见你的那一夜》，她边唱边跳：

曾经以为那是月光
为我牵的线
才会让你来到我梦里面
花儿开满的草原
哦，风儿变得缠绵
把你身上的芬芳粘上我的琴弦
一直相信这是上天留给我的缘
才会有你住在我的心里面

有时吧，她整个人就似鬼缠身，烦躁，不安，气短，大汗淋淋。她会喊叫：“我的脑袋要爆炸啦，你们别折磨我啊。”她狠狠地将手机摔在一边。记得上个月的一个星期天，朱莎莎状态不错，为让她出去走走散散心，他陪莎莎去新开张的华丽华时装店逛逛。开始，她试穿时装，兴致蛮好，亭亭玉立的身子在大镜子前闪来闪去。突然，她眼睛发亮，对着一位俏丽的服务员道："姑娘，你身上穿的这件烟灰暗花浅领旗袍真好看，配着你脚踩的鱼嘴高跟凉鞋，格外有韵致，有味道。"那姑娘道："谢谢您称赞！我长得矮小，靓也有限，您才是大美人一个哩，您刚进来时，顾客们都向您行注目礼呢。您喜欢我身着的旗袍，我们可以让上海师傅为您量身定做。"一年长的服务员道："我们的小玲姑娘是潮汕'雅姿娘'（潮汕一带对美女的称谓），我们南方姑娘小巧玲珑，所以，她也是我们店的模特。"冷一丁在一旁说："莎莎，你喜欢那位小姑娘穿的烟灰暗花浅领旗袍，就定做一件吧，你穿起来照样能穿出派头，穿出味道的。"不料，朱莎莎眼神凌厉，向老公斜了一眼："走吧！"冷一丁发现夫人神色不对劲，只好识趣地陪着夫人走出店门。路上，朱莎莎冷冷地抛出一句话："你心热心动了吧？"冷一丁拎不清："什么意思？"朱莎莎说："我看你一进那家时装店，双眼就焊着那位潮汕'雅姿娘'不放！我不喜欢那件旗袍，我讨厌那件旗袍，我也穿不出什么狗屁味道！"好扫兴啊。冷一丁瘫坐在藤椅上，任夜风吹乱鬓发。他又点燃一支烟，这身边的"定时炸弹"防不胜防，随时会炸。他为妻子深深焦虑，而且，长此以往，弄不好，自己也会加入这座城市的流行病一族。

小区静谧，远处的山峦有天光显现，折腾了一夜啊。

有时，跟美人共处也是一种酷刑。

二　都是檀香折扇惹的事

近郊。坦坦荡荡的迎宾路。路中央隔离墙上，五颜六色的鲜花，在春天的薄雨里，晶亮生动，像一条云雾里飘落的彩带，煞是诗意养眼。冷一丁驾着“别克”小轿车，车里播放着百听不厌的老歌《涛声依旧》，心境平和。突然，手机响了。

“喂，哪位？”

“哪位？我的声音你听不出来！小爸爸，你是我的小爸爸，知道我是谁了吧？”

“哦，是珊珊啊，我以为你从地球上蒸发了。在哪儿？纽约？东京？新加坡？”

“坡你个头。我在广州小蛮腰塔楼的旋转餐厅狼吞虎咽吃虾饺呢。怎么样，过来，陈年云南普洱茶，砂锅牛腩猪肠粉，你的最爱。”

“多谢啦，改天好吗？我请你喝狮峰龙井，吃焦黄可口的鸡仔饼。你自由身，可以满世界飞，我要揾食，正去跟客户谈生意啊。”

“你忙去！不见拉倒。拜拜！”

方珊珊，冷一丁当年上海大学中文系的同班同学，老情人。方珊珊在校时就是大名鼎鼎的性感女神。高个子，大白脸，粗眉毛，深眼窝，厚嘴唇，黄蜂腰。都说方珊珊有点傻大姐做派，见人热，粤语有个形象比喻“单料铜煲”。她才不傻哩，一眼就相中了班里的男神——儒雅俊逸的冷一丁。两人是一对欢喜冤家，中午还在食堂里横眉冷对，不理不睬，晚间就在校园一角情话绵绵，你咬我啄了。毕业后双双分至广州的高校，眼看就要踏上婚姻的红地毯，也不知什么缘故，男的告别三尺讲坛“下海”了，开了一家养生馆。他的两条膂力坚实的手臂能抱出一个春天？女的申请去了美国的一间常春藤大学读硕深造。在科学的殿堂里会结出累累的果实？未知数！临别前那个星期，方珊珊与冷一丁，在“长相守”咖啡廊，对他们之间的未来长谈了一次，颇现实，挺新潮，也理智。

方珊珊嗲嗲地：“冷一丁，让我再亲热地叫你一声我的小爸爸！我俩就要天各一方了，你别哭，我也不哭！把曾经的刻骨铭心，柔情蜜意，都锁进我们的心天一角。我们都是现代人，现实一点，这一分离，从此一切皆有可能，时间与空间最无情，最能改变一个人的命运。”

冷一丁：“是的，我懂。我们爱过了，疯过了，过程最珍贵！等我们一头白发时可用回忆取暖！再过十天，你就要只身走进美国布朗大学青葱的校园，我呢，在广州郊外竹林里的养生馆穷折腾。我们都会思念对方，一个人不孤独，思念一个人才孤独！你我都要有这个思想准备。然而，我们青春勃发，血气方刚，在我们的身边都会有异性的闯入，都需要爱的滋润。心总得有一个栖息港湾，否则，那就是流浪！”

方珊珊：“同感。你我的颜值都还行，肚皮里也装着点墨水。未来，你我的身边都会出现新人。我们相隔万里，眼不见心不烦，对吧？不过，在这即将分别之际，我有一个要求，你一定要答应我！”

冷一丁：“请说。”

方珊珊：“我介绍一个女朋友给你！”

冷一丁眨巴着双眼，慢吞吞地说："我想，我没猜错的话，是你的闺蜜朱莎莎。"

方珊珊："哼，冷一丁，你贼眼兮兮早就瞄准了！"

冷一丁："我吞了老虎胆了？朱莎莎漂亮可爱是有目共睹的。"

方珊珊："我是希望肥水不流外人田！因为朱莎莎是我的闺蜜、我的姐妹，我的魂魄会附进她的躯体，这样好像你依然在我身边，我依然闻到你身上淡淡的烟草味。你不会觉得我很自私吧？我分析过，你们的个性、家庭、学养、为人都很般配。我看你也不是牛嚼牡丹不识货的人，对吗？"

冷一丁笑得洒脱："厉害了，我的珊！你连'后事'都安排妥了。"

方珊珊斜睨他一眼道："后天，星期日，我拉上莎莎，我们一起驱车去台山上川岛看海。那里，大海蓝，浪花白，沙滩软，天地阔，会有好心情。我会创造机会让你巧舌如簧、口吐莲花，以绅士风度，好好跟莎莎交谈。嗯，对了，你只要看到她细巧白皙的精脚板，粉红动人的脚底心，噼里啪啦踩着浪花扭动腰肢的姿态，你就会灵魂出窍，你的手机就会日夜为她守候！"

冷一丁："哈哈哈，美女的裸脚会有这么大的魅力！"

方珊珊眉毛向上一挑："别揣着明白装糊涂。女人美丽的裸脚最具视觉冲击力，它背后隐喻与想象的意义你应该晓得！"

冷一丁嘴边的笑容魅惑，不语。

方珊珊话题一转："还记得我俩初恋时，深夜，在阶梯教室里的一幕吗？"

冷一丁："记得啊。你很蠢，连接吻都不会，紧闭嘴唇！"

方珊珊眼神里透着诗意的光："这说明我很纯洁。那次，你为我剪指甲，我为你掏耳朵。”

冷一丁：“记得记得！”

方珊珊：“此刻，就在这灯光迷离、背景音乐舒心的咖啡长廊里，重温一次如何？”

冷一丁：“众目睽睽啊。”

方珊珊嘚瑟地说：“我就要让大家瞧瞧，什么是浪漫？什么叫创新？什么最经典？”

…………

自从方珊珊在广州出现之后，连日来，冷一丁总是心乱神散，忐忑不安。只要手机铃响或有微信，他的心就“怦怦”跳。唉，这个方珊珊，偏偏这个时候来到云山脚下、珠水之畔，添乱啊。他通过朋友关系，结识了市人民医院心理门诊的主任吴教授，向他说了妻子的病况。吴教授道：“看样子你夫人患了中度抑郁症无疑，必须就医，定时服‘文拉法辛胶囊’，不能拖，越拖越麻烦。你的日子也会更难熬，你会‘周身蚁’！”每次，冷一丁看到妻子情绪平稳，就想说：“莎莎，我陪你去医院找心理医生看看好吗？你确实没得什么大病，不过医生诊断了，心就踏实了，对吧？”但每次看到莎莎凌厉偏执的眼神，他想说的话就往肚子里咽。也有朋友告诉他，至今对抑郁症的起因还没有一个科学缜密的说法，但它是生理疾病，也是心理疾病——那是肯定的。心病必须心来治，也是共识。所以，冷一丁处处如履薄冰，小心翼翼，尽量减少在外应酬，多在家里陪妻子说说话，散散步。说话也拣好听好笑的说，不刺激那条脆弱、惶恐、敏感、多疑的神经。

这一日，朱莎莎坐在客厅藤椅上，翻阅着一本时尚杂志。春日下午的暖阳，洒在她身穿墨绿羊毛衫的肩头，眼里有秋水般沉静的光。

“咦，咦，你来，你来。”朱莎莎向老公招手，“你看，你看！”她手指杂志上一张公司酒会的合影，“后排中间那人好像是方珊珊。”冷一丁的心扑通通地跳，上前瞧了瞧，不屑地说：“莎莎你看花眼了，方珊珊大圆脸，那女子是腰子脸，不像，一点也不像。再说了，那是化妆品公司的酒会，方珊珊又不是学这一行的，不搭界的嘛。”朱莎莎抬起脖子，眼神蹊跷，瞟了一眼，沉默无语。

冷一丁的脊背溜过一道冷汗。

朱莎莎移步卧室。朱莎莎在床上思绪遄飞。她记起与冷一丁热恋时，第一次陪他进家门亮相时的情景。她思忖，这个相貌堂堂温文尔雅言辞得体的男人，一定会给妈妈留下好印象。那次，冷一丁进门之后，礼貌有加，落落大方，谈吐得体，饭桌上连连称赞朱妈妈做的冬笋韭黄肉丝炒年糕好滋味，并说自己妈妈就是浙江富阳人。朱妈妈听了笑道：“那多好，跟我是同乡。”送走冷一丁后，朱妈妈说：“能把人引进家门了，说明你们关系不一般。自己认识的还是朋友介绍的？”朱莎莎当然不能说是方珊珊做的红娘。因方珊珊常至她家蹭饭，跟朱妈妈很热络，不过朱妈妈始终对她有看法。朱莎莎大致说了冷一丁的家庭、大学学的专业，又提到如今下海开了一家养生馆。朱妈妈听了半天不作声，好一会儿才道：“男人长得帅，又懂得看风使舵，心就活！”朱莎莎听了道：“妈，你的意思是冷一丁不靠谱？”朱妈妈答：“也不能这么下结论。女人找个男人总希望他能挡风遮雨，后来呢，男人发达了，那风啊雨啊全是他搅出来的！”朱莎莎说：

“妈，你放心，我会仔细观察的。我确实爱他，但不会晕了头全无招架之力。”哦，事实怎样呢？结婚也几年了，平心而论，冷一丁确实是个新好男人，无可挑剔！既然这样，为什么自己在杂志上看到一张照片里的人影，就紧张发怵，疑虑重重，杯弓蛇影呢？这有必要吗？不想不想，偏偏要想，方珊珊，方珊珊，这个人在脑子里就是挥之不去！她恼怒自己了，她陡然起身，“嘭”的一声关紧房门，一头扑在床上号啕大哭。冷一丁急忙敲响房门：“莎莎，你怎么了？你开门，开门啊！”

门被反锁。冷一丁好无奈。只得步履沉重，站在阳台上抽闷烟。隔壁阳台上，一位男士，三十出头，身子单薄清瘦，头戴鸭舌网球帽，名叫何小刚，向他微笑点头。冷一丁也向他点头示好。平时，冷一丁总觉得这位邻居有点怪，不可捉摸。他单身，进出他家的朋友很杂，有老头老太、靓仔靓女，也有打扮时尚的太太淑女，还有民警保安，甚至省里的武术高手。他是赫赫有名的春天出版社的文学编辑，可他的装束却是T恤一件，腰系宽松遮膝短裤，爱背脏兮兮的帆布包包，没一点文化人腔调，倒像摆地摊的街边仔。每天清晨有一条白色比熊狗与他随行，他去郊外遛狗，风雨无阻。

冷一丁道：“小何，你不错啊，不用早九晚五准时上下班。”

何小刚：“是的，工作时间比较弹性，上午可在家看诗稿。如今阿猫阿狗会分行写字的都是诗人。你还真别说，常常让你双眼一亮发现好诗哩，奇才在民间。对了，冷先生，我冒昧问一句，为何大白天，你那边会传来你夫人哭泣的声音？”

冷一丁愣了愣：“没事没事。我夫人爱看电视剧，剧情又狗血又煽情，女人感情丰富，不免泪奔。”

何小刚点着头："那就好。前两年，我脑子出了问题，得了中度抑郁症。我也爱哭，有时在办公室电脑前，无缘无故哭得泪人一般，就是克制不住。"他语气竟十分坦然。

冷一丁追问："现在没事了吧？"

何小刚："基本好了。哦，我们得闲再聊。"

冷一丁心想，这何小刚坦荡阳光、笑口常开也得这种怪病，这世界怎么了？！

这时，手机的信息连续而至，一看，天哪，方珊珊发来的。她可真能抓住时机凑热闹啊。

丁丁，你好！作为美国爱丽斯化妆品公司中国南方区的代表，此刻站在摩天楼的窗口，望着窗外飞渡的白云哩。你会感应到我的气场吗？湿热的春天，穿着高跟鞋，在雾霾、废气笼罩的城市里穿梭，双脚活受罪啊。我的两只四厘米的高跟鞋，可怜兮兮地歪倒在茶几下的角落里，正瞄着它们的女主人。

嗯，不说这些丧气话，说说我的婚姻，你想听的。之所以说，是让你放心、宽心，我不会从莎莎怀里把你夺回来。我在布朗大学攻读硕士学位，才一年，跟不上，休学去打工，到处碰壁，眼高手低，只得先嫁人。第一个丈夫，大胡子印度人，做金融期货的，是个性虐待狂。后来只好离婚收场。第二个，香港仔，在西雅图的一家软件公司当程序员。此人瘦瘦小小，操一口广东普通话，人前人后称我"家姐家姐"，很亲热。可悲可叹他是个有情欲性无能的"废品"，让我狠狠心给休了。第三个，不是老公是男友，意大利的大男孩，小我八岁，在上海浦东的一家软件公司工作，会唱中国民歌，一首《走西口》唱得你灵魂出窍！周末他就飞来广州与我共度良宵。

哈，时来运转，我以公司代表身份去了苏州，刚回。上有天堂，下有苏杭，名不虚传。这座城，又妖又绿又酥。青石板的小巷里，有一家手工缝制旗袍的老裁缝铺，我买了一件湖绿底色、白莲花映在水面的，好看死了。当风儿掀动旗袍，白腿时隐时现，会使你想入非非。河边窗口，飘出声声苏州评弹，优雅如梦。该向你介绍中国四大名扇之一——苏州檀香扇。在我心里，那扇子，就是绝色的吴侬软语的苏州美人，玲珑纤巧、典雅大方、小鸟依人、芳香四溢；那扇子，扇面考究，具人文情怀，人物山水，明快活泼，生趣盎然。我挑了一把紫檀木质的檀香折扇，紫气东来，大吉大利。我会送给你，让你惊喜！该告诉你，我住在珠江新城丁香花园201房。来与不来，随你。你不会是不念旧情的人吧！

冷一丁站在阳台，一支一支地抽烟，好矛盾，好纠结，见不见方珊珊，去不去丁香花园？去，不去；不去，去。来来回回，无法释怀。他自说自话，丁香花园201房又不是狼窝虎穴，方珊珊也不是妖孽鬼怪会把人吞了。再说了，不去，人情面子上也说不过去。冷一丁还是驾着“别克”小轿车绝尘前往了。这是五天后的事。

上午九点，冷一丁来到丁香花园201房门口，门虚掩，一股清雅淡淡的柠檬葡萄酒香沁入他鼻孔。朝里看，偌大的房间，墙上贴着淡绿墙纸，墙角四周，扔着几只胖墩墩的靠垫。房子正中央，摆着一张大床，紫铜的床框上，混搭着草黄的、嫩绿的、大红的、乳白的、烟灰的、藏青的，各色各异的裙衫，那网眼丝袜与镶银边的乳罩，相依为命，粘搅一起，格外显眼。方珊珊侧卧在床，一副慵懒优雅的样子。她身套薄如蝉翼的连衣裙，曲线毕现，四肢外露无遗。她红唇微启，目有醉意，示意冷一丁进来。冷一丁心咚咚跳，装得很坦然的样子："珊珊，你的房间很另类，空空荡荡，重点突出。"

方珊珊："是吗？不就是突出那张大床嘛。过来，抱抱我，五年了，见面礼！"

冷一丁犹豫。他瞟了一眼这位美得让人窒息，灵动如狐的老情人，给自己下了死命令：不可逾矩！他轻轻地抱了抱她。方姗姗大方地拍了拍他的肩头："随你紧张得，脖子都渗出汗了，坐下，难得重逢，说说你说说我，说说过去与未来。"她随手扔给他一罐可乐，"喝，定定神。告诉你，冷一丁，我不会影响你将来进婚姻忠烈祠的！"

冷一丁思绪万千，垂头，沉默着。

方姗姗："你怎么了，说话呀。我老了，不屑得多瞧我一眼?！对了，我很想去探望我的好闺蜜莎莎。"

冷一丁显得十分紧张："不能，不能啊！"

他一五一十地说了朱莎莎的病情。

方姗姗轻叹："这怎么可能！这怎么可能！人生无常，世事难料啊！"

冷一丁道："所以，明人不俏细说，你懂的，你是我过去的情人，你的突然出现，在这个特殊敏感的时间，莎莎心里必然会翻江倒海，疑神疑鬼，后果不堪设想啊。"方姗姗神情忧伤："那也是！"临别，方姗姗将一把苏州的檀香折骨扇塞进冷一丁的拎包："小小礼物，不成敬意，留个纪念。"

冷一丁在丁香花园与方姗姗会面之后回到家，心里忐忑不安。好在莎莎还在洗手间用电风筒吹头发。他的手伸进公文包摸烟却摸到了檀香折骨扇，大惊失色，心怦怦乱跳，临急临忙，将扇子藏入衣帽间大衣柜里挂着的西装兜里。他抹了抹额头的汗珠，深呼吸，然后来到莎莎面前："你的手就是巧，自己梳理过的头发合心意。"莎莎说："是啊。周一我回书店上班，做个头发人精神些。成天在家养着也闷。""那好，那好。记得带上风油精，累了鼻子上搽一点。""我会的。""还有，戴上沉香串珠手镯醒神。""行了，老公，你放心吧。""莎莎，我们的养生馆的顾客越来越多了，门庭若市呢。都是熟客带熟客，女性特多。有雍容华贵的官家夫人，出手大方的商贾富婆，满腹经纶的海归博士，屡遭不幸的薄命怨妇，沦落风尘的多情女郎。女人的钱好赚哩。用粤语说，数钱数得你手软！"莎莎说："这也是你事业成功的价值体现嘛。"冷一丁笑道："还是老婆大人懂我。下午我还有应酬，晚餐你别等我。""好的。"

中午开始，天开眼，日照朗朗。小区里的家家户户，抓紧洗衣晾衣，翻晒羽绒服和被褥。朱莎莎开了大衣柜取出一件件西装、大衣、羊毛衫，摊在床上准备让它们见见阳光。霎时，异香扑鼻，她惊觉，发现一把檀香折扇。顿时，眉毛蹙，眼圆睁，心收紧。她咬了咬嘴唇，眼前浮现方姗姗的倩影。作为她曾经的闺蜜，朱莎莎太了解这位小姐的嗜好。方姗姗平日里就酷爱收藏火柴盒、糖果纸、檀香扇、形状各异的香水瓶。没错，是她，肯定是她。她闷声不响，将檀香扇放回西服兜，挂进大衣柜里，暮色里，呆坐床沿。突然她觉得身子不对劲，眩晕，冒冷汗，脚软，像踩在棉花上。头脑里出现了两个朱莎莎，一个说："别作，别作啊，不就是一把檀香扇嘛。他俩多年未见，送把扇子很正常啊。"一个说："不对，不对，事情没那么简单，既然没干见不得人的勾当，干吗躲着我，瞒着我！"啊，怎么了，怎么了，喉咙，喉咙好像给一条麻绳勒紧了。天哪，越勒越紧，没法透气啊！朱莎莎挣扎，乱发披脸，歇斯底里尖叫！什么声音，是火车吼鸣，在叫她，一头撞过去瞬间壮烈、痛快。她手捏着刀片，极为锋利的刀片，割手指。一根手指，两根手指，痛，钻心的痛！忍住，不用忍啊。啊，这勒紧脖子的感觉消失了，气通了，恶魔逃遁了。刚才只是做了一个可怕的梦吧。她擦干净手指上的血，喝下一大杯凉白开，躺在床上，放松四肢，对自己说："没事，真的没事。头脑里的两个朱莎莎和解了，一切都是好好儿的。待明日，睁开眼，朝霞满天！"

早晨，朱莎莎穿戴整齐，上班去。冷一丁瞟妻子一眼。她脸色苍白，双眼空洞茫然，神态冷漠。冷一丁的心里"咯噔"一下。那一天，直到夜晚九点仍不见朱莎莎的人影；手机上，也没出现她微信的留言。冷一丁忐忑不安，打电话至识天下书屋。答复：下午六点就让莎莎先下班了，何总特别吩咐的。冷一丁听了，五指插进头发抠着：事情蹊跷，逛商场、超市去了？这不是她平时的做派。遇到好友喝杯咖啡小叙去了？那也该有个电话回来。联想到今早妻子的脸色与眼神，不对头，很不对头。他心虚，东想西想，突然冒出个念头，会不会莎莎发现了什么蛛丝马迹？他走进衣帽间，拉开大衣柜门，那把檀香折扇平安地在西装内层的兜里呢，这事与它没关系啊。他脑子发胀，傻站在那里。

三　绿呢大台下，伸出一只脚丫子

夜风。细雨。

朱莎莎神情疲惫、紧张、恐惧。她缩肩，双臂交叉，捂着胸脯，快步行走在幽静的沿江路上。啊，路边灯杆上，花瓣形状的白炽灯，好可怕。分明是女妖，怒目圆瞪，面目狰狞，张开血盆大口，随时会跳下来吞噬路人！啊，啊，这一幢幢摩天高楼，摇摇晃晃，正在连片陷塌，向她压过来！她绝望极了，脚下，每一寸土地都是陷阱！夜风袭来，激醒了她的神智。咦，怎么又转回到识天下书屋了？这一下安全了。眼看着保安打盹，她从边门闪了进去。

夜风。细雨。

雅洁简约的爱丽斯化妆品公司办公室，窗外霓虹闪烁，窗内，银色脖子咖啡壶，嗞嗞地响，芳香四溢。方珊珊神情轻松，正与雇员胖妞东一榔头西一锤地闲聊。她俩有缘，一见如故，说话投机，而且都喜欢文艺，尤其胖妞，对诗歌格外痴迷，还是“诗友志愿者联盟”的成员。

胖妞：“珊姐，我原来最迷女诗人舒婷。她的《致橡树》，用形象的语言大声地告诉我们爱情要风雨同舟，要敢于大胆地追求！现在口味有点变，我可喜欢唐代的山水诗了，空灵、寂静、深远。王籍的诗句，‘蝉噪林逾静’，多美的意境呀。”

方珊珊：“胖妞，一点也看不出呢，你爱玩爱笑，用粤语说就是‘大笑姑婆’一个，想不到会钟情没烟火味的山水诗。”

胖妞：“情感多面性吧。珊姐，我胖，我胖得匀称，对吧？”

方珊珊笑言："对的哩。你爱唐诗，我可喜欢宋画了。宋人的纸上寒林，洁净、清瘦，透着寒光。现代人，躁，看这类画心就静了。范宽的《雪景寒林图》，画绝了，我在北京荣宝斋附近买了一张这画的赝品回来。"

胖妞："假能乱真。我好喜欢香港明星夏梦，绝代佳人！美得无与伦比，无可挑剔！"

方珊珊："我也喜欢她，一双丹凤眼，流转着中国古典美女的风韵，她是东方的奥黛丽·赫本！"

胖妞："夏梦，人已去，只有光影可追了。不过，我老爸开设的识天下书屋有一位女士，她可是天仙下凡，与夏梦有得一比，就是高冷了一些。"

方珊珊饶有兴趣地说："是吗是吗？会不会夸张点儿啊。"

胖妞："女人赞女人漂亮，那是真漂亮；不像男人，男人雄性荷尔蒙发作，见了稍有姿色的女人都称美人。"

方珊珊笑得摇头摆脑："我倒是想见见你说的这位大美人。"

胖妞："她不但自个儿美，老公也是大帅哥一个。两个人出双入对，让人见了眼热。可怜，老天不长眼，她好像让抑郁症盯上了！"

方珊珊有点着急："怎么会呢？怎么会呢？那美人真的让抑郁症盯上了？唉，女人太靓了戾气就重！"她啜了一口咖啡，转了话题，"胖妞，冒昧问你一句，有对象了吗？"

胖妞大方地说："没呢，待字闺中。暗恋一个男生，无缘，人家身边可能已有'红哨兵'。"

方珊珊："红哨兵？"

胖妞："就是女友啊。这个男生是我妈春天出版社的编辑，大名何小刚。他是我的偶像，我是他的粉丝。这人人品特正，诗写得特棒！"

方珊珊道："胖妞，你有眼光！"

这时，胖妞的手机响了。

胖妞："小刚，你怎么说话急吼吼的，你说慢点，我听着呢。什么？你再说一遍，朱莎莎失踪了？！天哪，行，行。你告诉诗友们了吗？那好，我马上到，是，火烧眉毛的事，放心。"一旁的方珊珊的眼睛紧张兮兮地注视着胖妞。朱莎莎的名字像一把铁榔头，猛地一记敲在她脑门上。她问："朱莎莎？你的好朋友？""是啊，就是刚才我跟你说的识天下书屋的大美人，她心理有障碍，一直怀疑她得了抑郁症，是我的朋友。现在我们'诗友志愿者'连夜出动去找她。"方珊珊听了心里发怵，一阵紧过一阵。她脑海里浮起那天，在丁香花园，冷一丁跟她说的关于莎莎的病况。她双眼潮红，心情沉重。她道："胖妞，我换身运动服跟你一道去！"胖妞好感动：多好的珊姐，多么富有同情心！

夜风。细雨。识天下书屋大门口。

沈总擦着额头的雨珠，神色严峻，面对十多位员工："有劳各位了，半夜三更出动，去找朱莎莎！非把她找到不可！"他搭搭冷一丁的肩膀："小冷，我理解你此时的心情，你魂不附体，急也白搭，绑紧鞋带，全力以赴，找人要紧！"冷一丁木然。沈总接着道："我强调三点。第一，绝不可声张，弄得满世界都知道。要保护朱莎莎名声，女人是用来保护的。第二，分三个组，分头去全市各大医院寻找。第三，阿强、阿宏，你们两个家在附近，熟门熟路，顺着朱莎莎回家的必经之路，包括横街窄巷，一路排查。我跟小冷等候各位的消息。出发吧。”忽然，车灯闪闪，前方杀过来一支骑电动车的队伍，各人身着运动服，上面印着蓝色大字“诗友志愿者联盟”。胖妞上前对沈总道：“老爸，我们八个诗友志愿者前来报到，听你吩咐！”沈总一愣：“你们这是……”胖妞道：“我们得到消息，知道朱莎莎出事，急忙赶来！”沈总说：“消息真灵。”沈总打量着诗人们：“好好好，诗人有爱心，诗意就高远！”何小刚歪着脑袋坦率地说：“我也是抑郁症患者，这是我们应该做的。”沈总“哦”了一声，感到意外：“年轻人，好样的！你心襟坦荡，何惧病魔！”胖妞补了一句：“他康复了。”何小刚直率：“还在吃药！”一边的方珊珊全听进耳朵里，瞧着这些后生哥、后生妹焦虑坚毅的眼神感慨万千，思绪遄飞。

异国他乡，西雅图郊外小镇，旧楼里龌龊的地下室。她患重感冒，高烧，形单影只、孤独无助地躺在塌瘪的床上，硬撑起身子，吞下冰凉的矿泉水，含着泪水呻吟着。只有一只屋角的蟑螂，在可乐的空罐里爬来爬去与她相伴。门铃骤响，一股暖流涌入心房，终于有人来探视她了——进门的却是凌厉的房东，来催交房租的。而如今，莎莎出事，有那么多相识与不相识的好心人，为她牵肠挂肚，为她的安全忧心忡忡，为她的生死连夜出动，为她的归来深深祈祷。这是人间灵魂与灵魂之间的密语啊！这是高洁美丽的人性之花绽放啊！这是花绿的美金所无法替代的！

春雨中，灯火阑珊、睡意蒙眬的街景慢慢苏醒，黎明开始有车来车往了。所有去寻找朱莎莎的人都陆续地归来了。他们神态疲惫，不言不语，双眼通红。

朱莎莎，你究竟在哪里？！

沈总办公室里，烟蒂头冒尖。整整折腾了一夜，沈总与冷一丁靠在沙发上，半睡半醒，时不时拿起手机瞟一眼，又放回茶几。

冷一丁叹气："事到如今，只能报警了。"

沈总双眉紧蹙，对一旁的员工说："让大家回去休息，上午十一点开门营业。"

突然，三楼的木楼梯响起了急促的脚步声，有人喊着："脚，脚，有一只脚！"推门进入的是上气不接下气的清洁工肥婶，她道："三楼的绿呢大台底下，伸出一只脚，吓死我了呀！"

沈总："你镇定点。脚？台底下会有脚？是书还是脚？你看清楚了吗？"

肥婶："我哪敢多看，我都吓糊涂了呀！"

这时，正来到门外的胖妞与方珊珊，驻步。胖妞警觉地拽着方珊珊，直奔三楼。

绿呢大台下，一只圆润白皙的小腿，微微弯着，伸在冰冷的茶色的地板上。

胖妞与方珊珊见了心惊肉跳，屏住呼吸，两人的手死死捏紧，一步一步上前。方珊珊俯身，只见五只脚趾头上涂着奶黄色指甲油，上面绘着银色的百合花，而大脚趾旁边的脚趾比常人长半厘米。绝不会错，就是朱莎莎！她曾亲手捉着她柔嫩的肉脚，为她涂抹彩绘过。胖妞手颤颤掀开绿呢下摆的一角，朱莎莎身子蜷着，脸儿枕着右臂，红唇微启，呼吸均匀，在冰凉的地板上睡得正香。方珊珊伤心至极，眼帘低垂，脸色苍白，手指在嘴前划了划，示意胖妞，胖妞会意。霎时间，方珊珊捂面哭泣，身子抽搐，快步冲下了楼……

沈总与冷一丁上得楼来见状，沈总抚了抚冷一丁的肩膀，在他身旁说："人找到了就好。让朱莎莎好好睡，千万别惊动她，只当什么事情也没发生过。她醒来愿意上班就让她来上班，跟平时一样。小冷，这个时候，所有的劝慰都是添乱，尤其不可在她面前说什么日子多么光亮美好，你要想得开，现代医术高明，你的病肯定能治好，你切不可自寻短见之类的话。这个时候，在她眼里，你们都在做戏，都是虚饰与伪装！都在撕扯她的面子，都在打击她的自尊！小冷，你听懂我的话了吗？"冷一丁困在乱麻般的思绪中，机械地点着头。沈总又道："你放心，该做什么就做什么去，我会派人悄悄保护朱莎莎的。"

朱莎莎醒来了，在洗漱间略施粉黛，吃了早餐，神态清醒，情绪正常，进了策划经营部办公室，端坐在电脑前开始工作。她的同事玲玲找话跟她搭讪。

玲玲："莎姐，那本《好笑歇后语》真好卖，昨天就销了一百多本！"

朱莎莎："是吗？"

玲玲："确实好笑，笑得你肚子痛，特受小学生欢迎。"

朱莎莎："说来听听。"

玲玲："苍蝇采蜜——装蜂。吃饱了的牛肚子——草包。裁缝不带尺——存心不良。《百家姓》去掉赵——开口就是钱。布告贴在楼顶上——天知道。石头放在鸡窝里——混蛋……"

朱莎莎不冷不热地说："很一般啊。"

玲玲心里"咯噔"一记，转了话题："昨天我爸生日，我驱车去番禺沃尔玛大超市，买了几只加拿大深海大白蟹，每只都有拖鞋那么大。我手撕蟹爪，蘸着陈醋蒜蓉吃，鲜极了。你会喜欢的，改天，我去挑两只‘大拖鞋’让你尝尝。”

朱莎莎抿嘴笑道：“你是我肚子里的蛔虫？你怎么知道我爱剥蟹爪子？”

玲玲：“当然知道，猜呗。你是金庸的同乡，海边生，海边长，又在上海泡了多年，十八岁前的口味终身定格。”

朱莎莎温润的目光注视着对方：“玲玲，好姑娘，我明白，你在逗我，你在逗我开心，讨我喜欢。”她此时此刻的心里，澄静、空荡而又伤感，难以抑制地潸然泪下了。她说：“昨晚，大家十分辛苦，识天下书屋的上上下下，全体出动，都在找我！其实，我也在找回自己！当我从绿呢大台下钻出来时，第一个念头：这是一场噩梦！玲玲，这些日子，我头脑里总有两个朱莎莎在争吵：是抑郁症，不是抑郁症。我好痛苦，我是懦夫，我不敢面对，我没勇气面对一个真实的自己！我下决心了，我会去医院找心理医生的！”

玲玲听得眼眶湿润，跃身紧拥朱莎莎：“莎姐，莎姐，你知道吗？世上好多人都在关心你，爱护你，心疼你！莎姐，你不是一个人孤军作战，你身后有许多人跟你一道与抑郁症抗争啊。”

朱莎莎拭着泪水：“我晓得的。我好感恩！”

四　门铃骤响，请问你家有狗粮吗？

朱莎莎终于去市人民医院找心理医生治病了。她独自去，不

让冷一丁陪同。心理诊室在医院的五楼，静幽幽的甬道两边，摆着几盆长青植物。小护士模样细巧，白衫挺括，纽扣扣得紧紧，露出一截柔嫩的颈脖，好看。她微笑着在前面引路。诊室宽舒洁净，一个盆栽“佛手”置于办公台的一角，吴教授靠在电脑前的皮椅上。他一把年纪了，头发花白，梳理得一丝不苟；白大褂里面的红格子衬衫，给人喜感。朱莎莎边叙述病情边失控地痛哭。吴教授一声不吭，只是默默地递去纸巾。

吴教授：“好，你足足哭了半个小时，痛快！风雨之后见彩虹！现在心情舒畅一些了吧。可以初步断定，你得了中度抑郁症。一会儿，你要去做一系列的常规测试。”

朱莎莎问：“吴教授，中度抑郁症能正常上班吗？”

吴教授：“不发作时当然可以，K歌都行！你爹妈给你好模样，不跳不唱浪费资源啰。”

朱莎莎：“是吗？”

吴教授：“朱姑娘，你要记住，抑郁症这家伙欺软怕硬！没什么了不起！一不要怕，二要有信心，三要打持久战。坚持吃药，一粒都不能少。平时你有什么爱好？”

朱莎莎：“看书啊，什么都看，看得很杂。”

吴教授笑言：“这不算什么爱好，你们卖书的，成天在书堆里泡，放个屁都有书香味！”

朱莎莎听乐了，娇嗔地说：“喜欢小狗算吗？”

吴教授：“算，这肯定算。狗是人类忠诚的朋友！”

朱莎莎：“过去我养过一只比熊狗，可有灵性了，好喜欢。后来身体不好，怕对不住小狗狗，替它找了个好人家，送走了。”

吴教授：“可以考虑弄一只小狗养养，当然，要待你精神好一点。还有什么爱好？”

朱莎莎歪着脑袋思忖着：“对了，年轻时着迷写诗：木棉花溅落一地，写一首；月下散步回来，写一首；钟声在湖面掠过，写一首；镜前用电风筒替自己吹头发，也写一首。写好了，藏起来，不给别人看！”

吴教授：“现在还写吗？”

朱莎莎：“会。有冲动时写。”

吴教授：“很好啊。一不小心你就成了一鸣惊人的诗人啦。我的几位患抑郁症的朋友，有律师、记者、编辑、节目主持人，也有游泳健将、搬运工、诗人。说来奇怪，康复最快的是诗人！”

朱莎莎诧异地问：“为什么？”

吴教授：“诗人爱抒情，会掏心掏肺啊。人的心脉一旦打开，辅以药物，病自然就好得快。”

…………

朱莎莎走出医院，觉得天特别蓝，特别敞亮。这个吴教授，亲切、风趣、幽默、随和。今天遇到贵人啦。

眼看朱莎莎主动就医服药，身体逐渐康复，冷一丁的心不再悬着了，安泰了许多。他知道妻子喜欢室内有花，于是，他从兰圃抱回一盆清雅的君子兰；他也会买几枝康乃馨，插入小花瓶，摆放在她的梳妆台上；他又买几根墨绿的富贵竹放进长腰玻璃瓶里，置于电视机柜旁边。整个居所暗香浮动。餐桌中间的水果盘里，有晶莹剔透的白葡萄，清甜透香的雪梨，硕大醉红的火龙果，金黄小巧的粉蕉，好看又好吃。老公细心周到啊。一天上午，朱莎莎在小区里散步，路过八角亭，一帮人在那里七嘴八舌，待她走近，立刻闭嘴肃静。朱莎莎何等聪明敏感之人，当然猜得出他们在闲谝什么。她反复对自己说，这算什么事啊，扛得住！可是回到家里，就感到浑身不对劲，烦躁，想呕，脖子上全是黏糊糊的虚汗。她喝了半杯白开水，在厅里走动，尽量使自己心绪安定。她弯进衣帽间，心血来潮，拉开大衣柜的门，旋即关严又拉开，又关严。最终嗖地拉开大衣柜的门，拎出一件西装，用劲抖动，“啪”的一声，跌出一把檀香折扇！咦，这扇子怎么成了一只冒着青烟的滚烫的火球，张牙舞爪，火星四溅，在她脚边乱窜。她的双脚不由自主地跳跃躲避。天哪，天哪，那火球伸出舌头舔着她的脚后跟，她仿佛能闻到肌肉的焦糊味哩。她鼓起勇气，狠命一脚，将火球踢飞至墙角，檀香折扇张开软兮兮的臂膀，不声不响躺在那里。她恨死自己了，为何身边又响起魔鬼的声音，不，是朱莎莎自己的声音：

“女人，只有迷恋男人的女人，才会情柔蜜意、心细如丝，想到扇子的香风里会浮动她的倩影。嗯，还有送皮带。皮带，那是痴心女子的誓言，随时随地把自己心爱的汉子拴得紧紧！这会是哪个女人呢？不是方珊珊还有谁！”

朱莎莎心理又失控了，她双手死命揪着头发向上拉扯，拉扯。

她清醒了。她好绝望。吴教授说对这种病要有打持久战的精神准备，她会吗？她有这股韧劲吗？！

这时，门铃响了。朱莎莎从猫眼里窥视着，是邻居何小刚。她拢了拢乱发，开门。

何小刚：“打扰了，朱莎莎。请问你家有狗粮吗？借我一碗，明天我去超市买。”

朱莎莎："有的有的，我不养狗了还剩半袋狗粮呢，你都拿去。你过来坐啊。"

茶几上放着一盒"文拉法辛胶囊"。何小刚说得很轻松："哦，老朋友！"朱莎莎一愣："啊，你也得了抑郁症？看不出。"何小刚："基本康复。莎莎，你也挺好的嘛。"朱莎莎问："喜欢喝什么茶？"何小刚："普洱温和。"朱莎莎："我也是。"何小刚瞧着茶几上的普洱茶，呷了一口道："好茶。这深褐色的茶汤，通透明朗，含在嘴里，有厚度哩。普洱茶，可刮去我们体内的油脂，还有降血脂血压的功效。"朱莎莎笑言："何小刚，你对普洱茶可有研究哩。"何小刚顺着朱莎莎的话题说："普洱茶有生熟之分。生茶通过自然发酵，香味醇厚，有减肥功效，你们女生最称道。"朱莎莎连声说："是吗是吗？"何小刚兴致上佳，不由得眉飞色舞："熟茶，则通过人工发酵。生熟都可以长期存放，越陈越香。普洱茶喝淡了，过半了，颜色漂亮，呈琥珀色。淡了，味道犹在，喝的是茶魂！""哇"的一声，朱莎莎开心地说："何小刚，我长见识了！"何小刚："还有一点要强调。茶可改变人与人的关系。"朱莎莎："那倒是，那倒是。"停了一会儿，朱莎莎兴致很高道："何小刚，我听说了，你是诗人，大诗人！前两天，我胡诌了一首。"何小刚兴致勃勃，双眼放光："可以分享吗？"朱莎莎摇头。何小刚追问："可以说个大概吗？"朱莎莎抿抿嘴："诗是我病中悟到的，可以告诉你诗的题目是'不哭不哭，我们不哭啊'。"何小刚显得好激动，脸通红："有感而发，有感而发！这题目就具有强烈的冲击力！"朱莎莎："你别忽悠我，我不会让你看这首诗的。我的诗从不示众！"何小刚："顺其自然就好，自己开心就好。我们写诗的人，都是个体的精神劳作者，是一个人的上天入地，一个人的张灯结彩，一个人的奥林匹克！但是，诗一旦曝光了，与大众见面了，它的光华就会普照四方！”朱莎莎听了觉得概括得很形象、很准确：“何小刚，你名不虚传，欢迎你常来串门，我真是有眼不识泰山哩。”何小刚：“朱莎莎，可别这么说啊，把我捧到山顶，摔下来命就没啦。拜拜！”他迈出门口，后边传来“啊”的一声：“狗粮，狗粮没拿呢。”

何小刚拎着狗粮踏进家门，满脑子是朱莎莎的病。去朱莎莎家借狗粮，分明是借口啊。他懂得，治愈抑郁症最好的方法之一，就是心理疏通，心病还得心来治嘛，那就是陪伴，真诚愉快的陪伴。现在还是关键时刻，要挽手朱莎莎，一起面对恶魔，战胜恶魔！刚才，与朱莎莎的畅叙，自己的话匣子打开了，很得体自然，也聆听了她内心的倾诉，开了一个好头啊。他会将这种陪伴继续下去。朱莎莎被“卡住”了，要把她捞出来！分秒必争！时间就是生命！两年前，他抑郁症发作，之所以能走出看不到尽头的黑洞，就是幸亏有热心肠的“诗友志愿者”，是他们慷慨无私地伸出一双双温暖的手，让他冰凉的躯体重新燃烧，让他孱弱的生命重见亮光！

深夜。冷一丁背靠空荡的大床，心意沉沉。昨晚，朱莎莎将她的被褥毯子毛巾睡衣拖鞋统统搬去了客房。当时，冷一丁愕然：“莎莎，你怎么搬去客房？”朱莎莎口气冷冽：“明知故问！”冷一丁委屈地说：“莎莎，我究竟该怎样才能将你的心焐热？”朱莎莎双臂抱着枕头冷笑：“焐热，哈哈，焐热，亏你说得出口！”此刻，冷一丁无法入睡，下意识地进了衣帽间，开启柜门，伸手在里面摸索着什么。猝不及防，身后传来惊悚的一声：“找什么呢？”他猛地回头，双目惊恐，只见黑黝黝的走道上，一个灰白的影子，幽灵似的，抱臂而立，是朱莎莎。接着，一把檀香折扇呼地从他头顶划过。

一只野猫，“咪”声凄凉，在阳台的花木间“扑哧”而过。

整整十天，朱莎莎上班，回家，吃药，睡觉，很正常。就是对丈夫不理不睬。冷一丁找话搭讪，她没任何反应，眼都不抬。冷一丁递上削好的苹果，她摇摇手掌表示不吃。冷一丁心想，莎莎进入“冷战”状态，证明神志清醒，身体大有进步啊。然而，冷一丁的心比黄连苦啊。他日夜处于惊恐和煎熬状态。他的头顶好似有块大铁饼往下压，压！在他三十多年的人生中，第一次经历这样的折戟沉沙！他真想去海边，面对滔滔海浪，大哭一场，让心头郁结的苦痛似海滩一样地被清空。

冷一丁没去海边，他的“海边”是丁香花园。

冷一丁神态失魂落魄，坐落沙发，先是唉声叹气，接着埋头号啕大哭。方珊珊轻拍他抽搐的背，纤细的手指抚着他散乱的头发：“别哭，别哭！我知你心里好苦！”冷一丁道：“这种家里极私密的事，我也只有在你面前倒一倒，别人听了会笑话啊。”

方珊珊目光忧伤，打量着冷一丁。这个原本顾盼自雄、颇有傲气的男人，现在眼窝深陷，双目失神，说话有气无力啊。她认真地说：“冷一丁，明天我要去会会莎莎，我俩毕竟是情同手足的闺蜜！”冷一丁听了，整个人如坠冰窖：“珊珊，你疯了！这不是火上浇油吗？不行，绝对不行！我的世界已经柴门堵雪了，你别再砸冰雹子好不好！”方珊珊斜睨了他一眼：“这是我们两个女人之间的事，你一边待着去！”

去前，方珊珊思前想后，方方面面都想个遍了。去莎莎家吧，不妥，冷一丁若赶来不是坏事了？万一莎莎病情发作，惊动四邻，日后会让人留下话柄。去西餐厅慢饮浅酌，也不现实，火候没到，莎莎绝对不会贸然答应的。还是去她单位，莎莎心中再万丈怒火，也不可能冒烟，会顾及同事们的闲言碎语。这是一次试探性的礼节性的相见，看莎莎的反应吧，若气氛融洽，彼此说得上话，那下一步就可深入一点，甚至可以彼此敞开心扉，尽释前嫌，解开心结。这样，对莎莎身体的康复大有裨益。另外，让胖妞陪同，有什么事她可以出面打圆场。胖妞精乖着哩，可能已经觉察到自己与莎莎之间必有故事。也好，让她心中有点数，不会到时不知深浅，手忙脚乱。

胖妞来到识天下书屋经营策划部，摇动粉掌跟大家打招呼，然后移步至朱莎莎面前耳语一番。朱莎莎半信半疑：“是吗是吗？她对我五体投地？为什么哟！”胖妞说：“我也不清楚，她是我的上司，也可能是推销我公司的化妆品，想请你做广告。”“我？”“是啊，你颜值高啊。”“她人在哪儿？”“在一楼咖啡间。”到了咖啡间门口，朱莎莎定定神，双眼一扫，就看见了方珊珊。方珊珊急忙起身，伸开双臂笑靥如花跑了过去。不料，朱莎莎双手交叉小肚子前，表情冷峻，那狭长美丽的桃花眼里，放射出犀利疑惑的光圈，在方珊珊脸上转动。她嘴里没吐出一个字，然后转身就走。胖妞摊手耸肩道：“珊姐，喝杯玛奇朵提提神吧。”方珊珊很随意地答：“好的好的。”双眼却是随着在一楼书柜林立的空间里闪来闪去的朱莎莎的影子。

就是这个影子，一个星期后，在“水果拼盘”十六楼天台上，会像树叶一样飘落？

五　一个人影像树叶一样飘落

哦，像一阵缥缈的轻风，摩天高楼，方珊珊办公室里，飘来了一个人。

方珊珊以为双眼错神儿，细细一瞧，大吃一惊，来人竟是朱莎莎！再细细打量，虽说她面色苍白，没血色，但发髻高盘，脸上那对狭长的丹凤眼，依然美丽动人。她神情冷漠，没一点气势汹汹、斗志昂扬、前来讨伐算账的气焰。方珊珊“怦怦”跳动的心平静了许多。她接忙上前亲热地招呼：“莎莎你怎么来了？太好了，太好了，天上娘娘下凡了！真的，这两天，我一静下来，眼前就会浮动你娇俏的身影。快坐，快坐啊。”朱莎莎垂头，不言不语，不时地抬头瞟方珊珊一眼，眼神闪烁。方珊珊：“莎莎，喝杯柠檬茶，添点蜂蜜，你喜欢的，对吧？”朱莎莎仍然闷声不响。方珊珊心里五味陈杂，也颇忐忑。对莎莎的突然造访，又不知其来意，不知如何说开场白才合适。想起从前小姐妹见面，总是惺惺相惜，互相欣赏，有说不完的悄悄话。方珊珊双眼放光，顾盼间，大惊小怪：“莎莎，你俏脸蛋两边的耳钉，闪着微微银光，好有气质，迷死雄性动物啦！”朱莎莎也会鄙视方珊珊秀脚：“呀，珊珊，你身高一米七，还穿四厘米的高跟鞋，俯视众生、母仪天下啊！”而如今，俱往矣。方珊珊面对的是一个熟悉的陌生人，一个让她心惊肉跳的陌生人！此一番，她来，是吉是凶，是福是祸？

朱莎莎闷声闷气：“在这世界上我是一个多余的人！浪费粮食，糟蹋纳税人的辛苦钱！”

方珊珊：“莎莎，你瞎说什么呀？谁身上都会有小病小痛的，你精气神儿挺好。”

朱莎莎沉着脸：“我讨厌我自己，我越来越讨厌我自己，痛恨我自己！我尽给所有人添乱，添麻烦！我是一个废人，就是一个废人！”

方珊珊：“快别这么说。你周围那么多人爱你，疼你，关心你，帮助你，为你身体的康复祈祷着！”

朱莎莎摇着头：“哄我！你们都戴着面具哄我。你们没有一个理解我，原谅我，都认为我在装，在作，在自贱！珊珊，我活着真没意思，对我来说，分分秒秒都是折磨。我的身体里有一只可恶的鳄鱼在咬噬我，拉扯我，我好无奈，好痛苦，好绝望，我真的好绝望！请别说明天会更好，我没有明天！”说罢她惨笑。

方珊珊听了心“怦怦”跳，这是可怕的自杀的信号啊。怎么办？她一时语塞。

朱莎莎认真而又坚决地说：“珊珊，我今天来是对你有个要求，你必须答应我！”

方珊珊：“莎莎，你说，我会尽力帮你，你的事就是我的事，我们永远都是好姐妹。”

朱莎莎惨兮兮地说：“你说到做到。我对生命已经没有任何渴望、任何留念！我的前面只有一条没有尽头的黑路，看不见一丝光亮。我对人间的欢乐、幸福、亲情、爱情已没有丝毫感觉。我之所以活着，是因为还有一件事没有安放好！我请求你能收留一个人，只有你能收留他！他很可怜，很孤独，很凄凉，他需要你的救援！而我对他已无能为力！你行行好，看在我们姐妹一场的分上。你放心，一百个放心，我是真心的。我在这个世界弥留之际，把他托付给你了，我就可以从容地了结我的生命。你跟冷一丁相亲相爱过日子，我在天堂就会无忧无虑。”

方珊珊听得头皮发麻，眼睛湿热，上前将莎莎紧紧抱住：“莎莎，我的好莎莎，不能啊，万万不能往那边想。你住进我的丁香花园吧，我让胖妞过来，我们一道散步，一块做瑜伽，一起煎牛排，一同调鸡尾酒。我还会监督你定时吃药，保证把你养得漂漂亮亮，一身阳光，男人见了全无抵抗力。好吗，好吗，莎莎？”

朱莎莎反应平静，自说自话：“那是一个好去处，我自由了，我彻底解脱了。”说着，她风一样地飘出办公室。方珊珊哭着拽住她：“你去哪儿啊，哪儿也别去，去我的丁香花园！”朱莎莎用力推开她：“我累了，我回家。珊珊，放心，跟你说话，我挺清醒的。”

方珊珊陪她至电梯口，只得挥手而别。她回到办公室，人像被雷击一般瘫坐在皮椅上。她嗖地抓起手机与冷一丁通话。冷一丁说：“我会格外当心的，会留意莎莎的一举一动的。她跟你说的，这两天也对我说过，说过之后没发现她有什么异样，反正我的脑袋是被她搅成一盆糨糊了。必要时我会送她去医院住院治疗的。你放心。”

深夜，雨潇潇。镶着银边的闪电，在天际舞动。朱莎莎眼光呆滞，脚步迟钝，来到十六层高楼的天台，冷风吹动着她白色的风衣。她幽灵一般的躯体在扶栏边闪来闪去。此刻，她的内心死水一潭，脚下的拖鞋在雨水中“滋滋”响，仿佛在她耳边催命：还犹豫什么？拧巴什么？留恋什么？只要从这里纵身一跃，人就像树叶一样飘落，你就彻底解脱了。她紧咬嘴唇，身子倾斜，呼地将一条右腿跨出扶栏。她喊出惊悚的尖叫，正要让左脚发力，这时，一个响雷在她头顶炸开，她的脑袋“咣”的一下，整个人倒在水泥地板上。她绝望的双眼，望着深暗幽广的夜空；她支起身子，靠着扶栏喘息。一架夜航的飞机，由远而近，正在徐徐降落。哦，若这架飞机失事坠落，而自己正好是这一航班上的乘客，那该多好，那是多么幸运。那坠落瞬间的画面，多么让她神往。想象几十分钟之后，城市会掀起怎样难以想象的刺激的场面！而这一切与她毫不相干了，她的灵魂已上天。朱莎莎的双眼直视不远六百米高的广州塔。塔身不断变换着红色、蓝色、紫色的光影，就似魅惑的眼睛向她示意：“来啊，我身姿妙曼，光彩绚丽，我的‘极度云霄’‘白云星空’，足可让你的身子映着圣洁的光，潇洒地，像飞人一般地飘落。”朱莎莎的大脑抓狂啊，是死是活？怎么办？怎么办？她渴望出现奇迹，有一只摧枯拉朽的大手，用洪荒之力，把她从十六楼的天台上一把推下去，该多省事。啊！一股硬绷绷的气流在勒紧她的脖子，她张大嘴巴呼吸，她唰地躺下，躺在阴湿的水泥地上。她伸开四肢，任雨水洒泼。

一只比熊狗，汪汪吠叫几声，围着朱莎莎躺着的湿漉漉的身子打圈圈。

凌晨，阴冷的雨夜，比熊狗当然不会独自蹿上十六楼天台的，是随着主人何小刚上来的。

昨天傍晚，何小刚与朱莎莎在公寓的电梯口相遇，见朱莎莎面容惨白，神情落寞，他心头一紧，自己是“过来人”，知道抑郁症患者的情绪变幻莫测，忽阴忽晴。他口吻轻松地说：“莎莎，你的诗《不哭不哭，我们不哭啊》修改好了吗？我脖子都等长了，等着先睹为快呢。”莎莎嘴角牵了牵，欲言又止，摇摇头。何小刚：“你那天说也想家里养一只可爱的小狗。对了，有一只小型的苏格兰牧羊犬，浑身雪白，耳朵黑亮，机灵可爱，做过疫苗驱虫，你喜欢的话改天我送过来。”朱莎莎仍是摇摇头，径直按了按电梯钮，上楼。何小刚很警觉，上楼，去哪？作为邻居，他猜度朱莎莎的心理，人靓是非多，加上她生性孤傲，所以从不串门，平时，也只是与冷一丁夫妻双双，璧人一对，在小区花草径的麻石路上散散步。对他何小刚，可能是彼此气场感应，加上他主动上门“陪伴”，所以关系就熟络许多。何小刚回家之后，总有些心怯，竖起耳朵，听听对门有什么动静，过了十几分钟，忽听得钥匙在铁门上转动的声音。他急忙在“猫眼”里窥视，只见朱莎莎推开厚实的原木门进了家，他心中的石头才算落地。而他睡至凌晨四点半，翻来覆去就是睡不安宁，许是第六感觉吧，他一骨碌起身，披上风衣，牵着比熊狗，直上十六层天台。何小刚朝着狗吠的方向冲了过去，俯下身子，夜色里，隐隐可见朱莎莎被黑发黏着的惨白的脸。他禁不住泪流满面，捧着朱莎莎脑袋轻轻地晃动。朱莎莎紧闭双眼，呼吸均匀，熟睡。何小刚轻声说：“朱莎莎，你醒醒，醒醒，回家睡，这里会着凉的。”朱莎莎睡眼惺忪地醒过来了：“咦，何小刚，你怎么在这里？！刚才，我做了一个好可怕的梦：巨浪，排山倒海的巨浪，呼啸着向我压过来，我拼命呼救，双臂乱舞。我看见一个头上缠红布的人，很像你，吹着唢呐，声音高亢嘹亮。我终于挣扎着，从波峰浪谷中挣扎出来了。我从水中露头，看见山上的白云了，那云朵让山尖尖勾住了，就下起了雨。不一会儿，雨过天晴，山花烂漫！”何小刚听了道：“太阳出来，山花烂漫，好，好！”朱莎莎身子一阵痉挛：“好冷，我好冷，我想喝杯滚烫的普洱茶！”何小刚说：“行，行。我陪你回家，洗个热水澡，睡个好觉。我一定会到你家冲泡普洱茶的。”朱莎莎神志清醒，频频点头。

连续几天，冷一丁面带喜色站立于阳台，向左边阳台上的何小刚翘翘大拇指。何小刚会意，朱莎莎身体恢复得不错。而且，那天他去市人民医院，遇见吴教授，说及朱莎莎近日的病况。吴教授说了十二个字：提高警惕，坚持吃药，心理疏导。何小刚听了心里宽慰了许多。他让胖妞适时地去朱莎莎家，陪她说说闲话，也请两位“话头醒尾”的女性诗歌志愿者随胖妞一道去。

周一上午，何小刚手机上跳出一条信息：“约吗？泡茶？”是朱莎莎发来的，哈，她情绪不错。虽说才四个字，但每个字上都映着朱莎莎浅笑嫣然的样子。何小刚立即回了信：“OK，即到。”朱莎莎家的客厅，晨光灿然。何小刚进到客厅里，差点“哇”的一声喊出来。好一位临水照花人呀。朱莎莎身裹着墨绿乔其纱真丝面料的旗袍，肩披白色轻柔的中袖羊毛衫，眼眉如画，笑声清脆。她开门见山道：“何小刚，我今天这身打扮好看吗？我自己为自己庆贺，我是死里逃生的大活人！”何小刚点头，笑道：“好看好看。嗯，上帝不收你，瞧不起你这个大美人，还不够格！”朱莎莎口吻轻松，好似在说别人的事：“那个响雷若迟到一秒钟在我头顶炸响，那么你只能在告别会上见到本人了。”何小刚若有所思地说：“朱莎莎，瞧你轻轻松松坦然说死亡，可见你是胆大包天的人，吞了老虎胆的人，勇敢的人！”朱莎莎笑言：“别夸我。再犯呢？抑郁症这个恶魔可不是轻易饶恕人的！”何小刚道：“兵来将挡，水来土掩，你又不是一个人孤军奋战！”朱莎莎：“那倒也是。我会有信心的！何小刚，我倒要问问你，那晚，半夜三更，你怎么也上了十六楼天台？”何小刚呷了口茶：“你想听？说来话长，有故事哩。”朱莎莎双眉轻扬：“我爱听！”

何小刚道：“十六层天台，老地方，我熟悉的老地方！”朱莎莎疑惑地问：“是吗？是吗？”何小刚：“两年前，我中度抑郁症发作，病得不轻，虽说白天还能看稿写诗，但有时实在难受得坚持不下去了，跟病魔斗得筋疲力尽了，就会有轻生的念头，一了百了，我会上天台侦察地形。”朱莎莎长叹：“我明白。后来你怎么没有纵身一跳呢？”何小刚：“你问到关键点了。正巧，那晚，一位长者，仙风道骨的模样，爱写旧体诗，也是我们诗友志愿者成员，跑来跟我神侃。开头我让病魔折磨得要死要活，瘫在沙发上发呆喘息。他倒好，自自在在，从左边口袋里掏出一包咸干花生，从右边口袋掏出一小罐潮州凤凰单枞茶，自顾自地冲泡工夫茶，然后讲起了‘暗物质’，那是科学家们提出的可能存在于宇宙中的一种不可见的物质，假想的物质，比电子、光子还要小的物质，肉眼绝对看不见的物质。”朱莎莎听了道：“说这些多无趣啊，玄而又玄，我们一窍不通，是物理学家研究的课题。”何小刚道：“别急，你听下去，很有意思的。他说‘暗物质’与佛教的‘六道轮回说’有些相通，都是玄妙的、假想的、未来的。”朱莎莎问：“‘六道轮回说’怎解？”何小刚说：“那位长者告诉我，佛教有‘轮回’一说，即人死后会进入来生，也就是‘轮回’。依平生所作善恶，会有六个去处：造恶之人堕入‘三恶道’——地狱、恶鬼、畜生；行善者会去‘三善道’——天、人、阿修罗。”朱莎莎问：“这位长者说这些与你的病有何相干？”何小刚答：“当时长者指着我的鼻梁道：‘前世，你肯定没有做过丧尽天良、大逆不道的事，否则，你就会投胎做猫、做狗、做恶鬼进十八层地狱了。但是，前世，你肯定行过缺德的让人痛不欲生的事，今世就遭报应了，让你病得不轻。’我听了心里豁然敞亮了。已经遭报应了，全都遭报应了，受到惩罚了，我何必再自寻短见呢?！我要好好活着！我立志要救苦救难、慈悲为怀啊！心眼开了，我的身体自然康复得快。”朱莎莎听了，用心揣摩这些话，说：“何小刚，你说得真好，前世若无相欠，今世怎与抑郁症相遇。我的心释然了许多。我要接受不完整的自己。”何小刚：“莎莎，这些说法听了多少会有些启发。信则有，不信则无。对吧？”他的目光在朱莎莎脸上转圈圈。朱莎莎：“你还想对我说什么？来，先喝杯工夫茶润润喉。”何小刚连饮三小杯，开口道：“朱莎莎，我离过婚。”朱莎莎吃惊：“怎么回事？你一直单身的呀。”何小刚平静地说：“我的前妻，湖南妹子，长得水灵高挑，在广州的一家超市做收银员。她是个诗迷，对我很崇拜。我真的是靠山吃山，靠水吃水，靠诗吃诗，找到了我的另一半。都是血气方刚、活力十足的男女青年，谁也按捺不住先滚床单再领结婚证啰。我湖南的老爸老妈大喜，老泪纵横。我爸扛着一纸箱的腊肉，腊猪头、腊猪肝全齐，我妈拎着一瓷缸红艳艳的剁椒酱赶来广州参加婚礼，可我的岳父大人死活不干，坚决不参加婚礼。他是石场老板，粗眉毛一扭：“诗人，诗人滥情能当饭吃，一行诗五角钱，顶个屁用！他娘的，鲜花插在牛粪上！拆，非拆散不可！我这个卖石头的要脸皮，讲仁义，不用穷得叮当响的诗人赔偿我细妹子的青春费，倒过来，我送他一车皮花岗岩条石，拉去广州变钞票强过破诗一千首！条件是一刀两断，快离快散！”开始，我老婆哭哭啼啼，坚决不干，后来石场老板想了一条计，物色了一个说是伦敦经济学院的海归博士，如今是广州某证券公司的高管。他模样眉清目秀，风度翩翩，仪表堂堂，还是他们湖南郴州的老乡。此人驾着簇新的凯美瑞轿车，到超市门口接送我妻子，声称是他堂哥。出手阔气，初次见面就送名牌苹果手机，接着是三克拉的钻石戒指。他俩勾肩搭背出入豪华宾馆会所。在如此凌厉的攻势下，我妻子心活了，心野了。她横看竖看，我何小刚不是大象了，变成蚂蚁了，加上我的抑郁症升格成中级，离婚也就顺理成章了。结婚才一年零三天，枕头还没睡热啊！这事，我想也是报应，用‘轮回说’解释就通了，可能是我前世做了亏心事，做过负心郎。哈哈，凡事想通了，心也就释然了。”朱莎莎侧耳细听，长吁短叹，感慨不已，对何小刚说：“你这故事好有嚼头，可从现实的世态来解读，也可用‘轮回说’来诠释。我很佩服你！你心大，大事成小事了。”

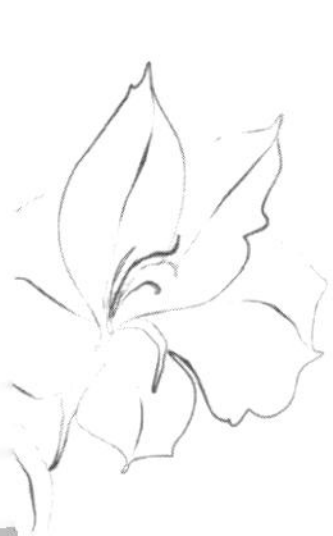

六　不哭不哭，我们不哭啊

“诗友志愿者联盟”近日正紧锣密鼓筹备一次诗歌朗诵会。这是面向社会的公益活动。对朗诵者有几个规定：一、朗诵者必须是联盟成员，诗坛名家一律不请，可以作为嘉宾参加；二、必须是自己创作的作品，要真心真情，切忌花花草草，无病呻吟；三、扣紧为抑郁症患者鼓劲打气，顽强与病魔斗争这个主题。另外，还有个创意：若演出效果好，联盟成员将三三两两深入医院病房、家庭，与患者一道朗读诗歌，互动交谈。为这事，他们个个都像电光火石般迸发热情，满怀信心地做各种准备。何小刚特希望朱莎莎能加入这一活动。他几次三番请她出山。因为，这对朱莎莎恢复健康大有好处，况且，她本身就是患者，她手上的《不哭不哭，我们不哭啊》就是真情实感的表达，很有感召力。另外，她大美人一个，站在舞台上，光彩照人，抢人眼球。可是，几经动员，朱莎莎还是犹豫。她说：“我做点幕后工作吧，我为朗诵者敷粉画眉行吗，我为朗诵会搬凳抬椅行吗，我给朗诵会打杂，也表示我出点力气。你饶了我吧，我写的诗确实登不了大雅之堂，别人听了会笑掉大牙的啊！”何小刚好无奈。

诗歌朗诵会，在识天下书屋二楼展览厅举行。舞台的大幕上不断映出赫赫然的一行字——

城市变得越来越美，城市里流行着一种病……保卫生命，热爱生命，绝不屈服，向着光明！

这个诗歌朗诵会，经各路媒体传播，听众爆棚，竟来了一百多位听众，只得将座位的椅子统统搬走，大家站着听这个别开生面、主题引人关注的诗歌朗诵会。整整一个小时，朗诵者声情并茂、字正腔圆的声调都在飞起的掌声中流过，听众手里的鲜花不断挥舞，热情高涨。最后一个节目，端丽庄重的女主持人站在舞台中央，目光巡视一番，眉飞色舞地介绍：“这个节目，是本次朗诵会的‘压轴戏’，由我们的女神朱莎莎女士担纲。说她是女神绝不是夸张，她的美，可与林青霞比试！”

听众哗然！主持人道：“你们信不信？”

听众回应：“信！！”

主持人伸出右臂：“有请朱莎莎！”

朱莎莎步子轻盈，摇着手掌，走上舞台。台下肃静，所有目光汇成光束，照着她。她穿一件藏青牛仔布翻领上装，铜纽扣闪亮。她的丹凤眼清澈纯明，脸上浅笑嫣然，向听众行礼。立即引得了满堂彩！

台下听众窃窃私语：“好漂亮啊，真的比明星还明星。瞧她的身段像跳芭蕾的。她身穿牛仔服也穿出非凡的韵致哩。她如果到我们学院上课，每一个男生都不会埋头记笔记，都盯着她的一举一动，全部进入迷糊状态！”

朱莎莎的开场白：“谢谢各位朋友的光临！我叫朱莎莎，一个卖书的。”

台下哗然。

“我是一个中度抑郁症患者，发作时，生不如死！”

台下气氛凝重，鸦雀无声。

“我的生命差点像一片树叶从十六楼的天台上飘落！”

台下："哇，这绝不可以啊，你没事吧！！"

"我命大，命中注定，去不得阴曹地府，还有很多听众要听我朗诵呢。"

台下掌声能把天花板掀翻！

"我现在要坚强地活下去，是你们，是我身后的兄弟姐妹给我信心，鼓励我勇敢地活下去！"

听众手执鲜花，跃上舞台，祝福她。

朱莎莎潸然泪下，朗诵她的诗。

不哭不哭，我们不哭啊
我们都是亲兄妹
一样的命
一样的病
一样的痛
一样的愁
把我们连结在一起
我们绑好鞋带
挽紧手
我们挺起胸膛
高昂头
我们坦然面对
人生光怪陆离的洪流
不怕狂风
不怕恶浪
不怕鬼怪

不怕病魔
我们的信心坚如山脉
我们的力量地动山撼
我们勇敢向前走，不回头
走出黑暗
走进黎明
走向灿烂
光明的女神在向我们招手

这时，台上的所有射灯都亮了，大放光明。一群诗友志愿者齐刷刷地站在朱莎莎身后，也齐声朗诵着那首诗，气势如虹，语气激昂。朱莎莎侧身对听众道："请允许我在这个令人难忘的舞台上，当众感谢一个人——何小刚先生。他是青年诗人，他是我心中的菩萨。"她上前两步向何小刚献上鲜花，深深鞠躬。

台下，交头接耳了。

一个大女孩道："莎莎姐，为什么他是你的菩萨？"

朱莎莎深情道："因为他是个一心扑在抑郁症患者身上的，救苦救难的大——菩——萨！"

乐曲的悠扬声中，女主持人站在台前道：诗歌是最高贵的艺术，它让每一个人都懂得尊重生命，热爱生命！希望大家多读好诗，多听好诗！谢谢各位，晚安！

七　给你，只给你我的朱砂痣

开罢诗歌朗诵会之后，朱莎莎康复得很快，人变得开朗了许多，面色也红润了。她按时服药，何小刚仍陪同她去郊外遛狗。诗友胖妞他们也会来，胡天海地地闲聊，并请她加入了诗友志愿者的微信群。她挺乐意，也会对自己满意的诗点赞几句。那只牧羊犬总在她脚跟亲热地转来转去。为这只爱犬，她一会儿去买狗粮，一会儿牵它去打针，一会儿带它去洗澡剪毛，不亦乐乎。不过，她与冷一丁，没出现亲亲热热嘻嘻哈哈且嗔且喜的喷发，倒像远道而来的亲戚，彼此客客气气，交谈也是选择性的，知道什么该说，什么不该说。冷一丁很识趣，半年了，没进过朱莎莎独住的客房，没暗示过想亲热的意图，一切随她，只求太平。方珊珊疲于化妆品生意，飞机成了她的“飞行旅店”。她会发条微信向朱莎莎问好，也会快递各地的土特产过来：北京的牛舌饼、玫瑰酥，上海的绿豆糕、五香豆，杭州的乌梅蜜饯，安徽的六安瓜片茶。市人民医院的吴教授对朱莎莎说：“才半年光景，你身上出现了奇迹。你的康复经验值得总结。改天，我请你去白天鹅宾馆吃西餐，好好聊聊。”

冬日的下午，最高气温二十一摄氏度，南方的冬天最舒适。朱莎莎精气神上佳，身上披了件鸟翅形酒红羊毛衫，坐在电脑前随意搜索。突然跳出了一串自己与何小刚遛狗的视频。先是愕然，谁拍的？粗粗看了看，里边没什么特别的东西啊，也不可能有什么让人惊艳的镜头。再慢慢品咂，发现每组镜头的解说词，都在挑逗，蛊惑，煽动，污蔑！对人身进行激烈的攻击！她的心怦怦跳！

第一组镜头。

广州郊外的绿道。

朱莎莎头戴大舌头网球帽，身着绛红运动衫，腰系白色腰带，手牵着浑身雪白、双耳漆黑的牧羊犬，英姿飒爽。她侧脸与何小刚说着什么。何小刚一身鹅黄运动服，手牵比熊狗，跟朱莎莎谈笑风生。

解说词：媚眼闪闪，心儿怦怦。娘娘累了，香汗淋淋。绿道深处，有个凉亭。情话绵绵，风儿轻轻。

第二组镜头。

路边芒果树下，芒果散落一地。朱莎莎欢跃，弯下身子捡芒果，捡了一只色泽金黄的，在鼻上嗅了嗅，眯眯笑递给何小刚。何小刚扬手将芒果掷向远处。两只狗奋蹄追逐。朱莎莎踮脚，拍手，呐喊。

解说词：野生芒果最有味，味就味在野地里。你一口，我一口，吃到嘴里甜在心，眉来眼去等不及！

第三组镜头。

朱莎莎走着走着，双眼发黑，一阵眩晕，蹲下身子，靠在榕树的树干上，休息，眼睑微微颤动。忽地，她头一歪，睡过去了，呼吸均匀。何小刚一惊，俯身观察，卸下小背包，垫在她颈下，解开她的白腰带，叠成方块，轻掩她的双眼，挡去晃眼的阳光。何小刚与两只小狗在朱莎莎的身边守候。

解说词：何郎情深，怜香惜玉。日照朗朗，宽衣解带？等妹醒来，香吻谢你。树下守候，此爱可期！

朱莎莎看到这里，脸颊发烫，愤愤不平，关了电脑。很明显，这视频是冲着“何郎”去的。

过去，应该说一年前吧，她对这个颜值不高、瘦瘦小小，面目清秀、喜欢养狗的诗人，并无特别的印象。他太普通了，甚至有点可怜兮兮。这一年来，何小刚与她的疾病、生命发生了关联、纠葛、互动，她才有机会看到他的真性情、真风采。他对自己无私的关爱，他禅性的精神境界，他对抑郁症患者的火热心肠，他的学识、才华、风趣与幽默，都日日夜夜撞击着她的心灵啊！几天不见，她心里会惶恐不安：怎么不理我？夹克衫在他瘦小的肩头飘晃，看他太瘦了，她会焦虑不安：孤单一人，回家也没一顿热汤热饭。一旦何小刚出现在她身边，她会身体灼热，面色潮红，目光澄明，心境大好。哪怕是双双走在逼仄的小巷，也会觉得月比别处柔和，风比别处爽人，花比别处灿烂。尤其是近半个月，半夜醒来，她心情会变得缠绵缭乱，脑海中总浮起他清秀的面容，总盼着黛青的黎明快快到来，她要正装牵狗出发，跟一个她刻骨相思的人散步！她发现自己近来爱在镜前画眉敷粉了，自从得病以来，她头发只扎根橡皮筋的。这是什么样的潜意识呢？是久违的性意识的复苏？是爱？是宿命？！好几次遛狗，穿过紫荆林，她心旌摇曳，直想扑过去，紧紧拥抱何小刚，用肢体美妙无声的语言，在蓝天白云下，在冬日的和风里与他交谈。

她按捺不住内心的骚动，刻不容缓，要见他。她抓起手机给何小刚发了一条微信：“忙着？过来！”

何小刚来到朱莎莎家门口，房门虚掩。他推门站立客厅，“咦”了一声：“人呢？”“在这儿呢，过来。”耳边传来朱莎莎清脆的声音。何小刚诧异，他从来没进过她的“闺房”。他忐忑，脚步迟钝，走上前去。那房间的墙面浅绿柔和，午后斑驳的阳光在墙上移步。乳白色百叶窗下的大床上，朱莎莎身着白色真丝、印有暗花的宽袖衬衫，肩披羊毛大披巾，靠在床栏上。她伸出白皙柔软的小手拍拍床沿："坐啊。"何小刚哪敢，惶惑不解地坐在一边的皮椅上。朱莎莎口吻神秘又调皮："请你来朗读一首诗。你读，只有你读，才能读出味道，读出感情！"

何小刚："是吗？你普通话标准，我一口湖南腔，老土！"

"我就是喜欢听你的湖南腔！"

"诗在哪儿？"

"打开电脑。"

"美人电脑，隐私满满，不可乱动。"

"授你这权！"

"受不起。"

"我说受得起就受得起！"

何小刚打开桌上的电脑，点击着，全神贯注地瞧着，嘴角绽放笑意。

"你在笑话我？我不像你，能写出穿透人生迷雾的金句！"

"朱莎莎，你太抬举我了，我有那么好？"

"你就有那么好！你是神，你是菩萨，你是我心中的LOVE！"

听到最后这个英文单词，何小刚心"怦怦"跳，掠过一阵惊慌。可千万不能失控啊。千万不能扰乱她的思绪，她正朝着光明艰难前行呢。他说："朱莎莎，我真不像你诗里所说的那样好：'你是一束光，引领我走出层层黑道；你是一条船，帮我冲出排排恶浪；你是一座山，推我攀登山顶，看到金色霞光！'朱莎莎，我真的没有你说的那么好！"朱莎莎双眼亮闪闪盯着他，好一阵才柔声道："何小刚，让我报答你一次可以吗？我没有别的，我只有朱砂痣！你吻吻我的朱砂痣啊，只给你！"

何小刚急中生智："哦，差点忘了。"他从裤袋里掏出一小罐茶叶："这是四川名茶'省舌'，相传是卧子朝贡给女皇武则天的，茶叶的命名也是出自女皇。我们到客厅泡茶吧，你会喜欢的。"朱莎莎轻叹："好吧，去客厅喝你的'省舌'吧。"她撸了撸何小刚的后脑勺："小刚，你是广州府里真正的新好男人！"

八　心灵之间的密语

农历除夕之夜。何小刚没回湖南老家过年。老爸老妈去长沙他姐那里了。他姐生了双胞胎，又是男婴，对当了外公外婆的两人来说真是喜从天降。老两口拎着大包小包，装满笋干腊肉，喜滋滋地去抱外孙了。何小刚独自从花市扛了一盆象征吉祥的四季桔回来。走到家门口，只见门前摆满了鲜花，有寓意富贵的紫罗兰，祈祝平安的白百合，翩翩起舞的蝴蝶兰，煞是绚丽夺目。他知道这是诗友们送的。正在此时，胖妞到，她白胖的脸上浮着一层细汗，气喘吁吁："何小刚，你忘啦？快点啦，去我家吃年夜饭。剁椒鱼头等你到才下油锅啦。"吃年夜饭的事，她妈提前十天就让胖妞转告他了。何小刚先是支支吾吾，后来也就应承了。一来他不能不给上司面子；二来这是领导对他评不上"星光杯奖"的歉意表示；三来胖妞妈要在饭桌上观察这对年轻人的关系到了什么级别。然而，半路杀出"程咬金"，这顿饭吃不成了。他发了一条微信给胖妞："急事缠身，年饭别等。"事情的原委是这样：下午，他接到一个很特殊、很古怪、很意料不到的电话。此人死皮赖脸地哀求，要在年三十晚，见到何小刚，要让何小刚大慈大悲救他一命，他自称对人生已绝望。此人何小刚认识，何止是认识，对他简直恨之入骨，人渣一个。然而何小刚还是决定要见见这位想跳珠江的神秘兮兮的不速之客，也不是几句话能说得清与此人的瓜葛。他只好电告胖妞表示十二分的歉意，并说送走客人，再晚，也会到府上赔礼。胖妞听了，半信半疑："何小刚，你别神神怪怪忽悠我。是不是有湖南乡下细妹子找上门了？！"何小刚笑言："你想象力丰富。要不，你来看看，那人是不是长发披肩的细妹子。"胖妞说："那好吧。"一个中年男人，头发蓬乱，身着皱巴巴西装，见了何小刚"扑通"跪在地上："何同志，我有罪，我对不起你啊！你还认识我吗？我是刘枫。"何小刚道："我怎么不认识你，你是堂堂证券公司的刘经理，英国留学海归，风流倜傥，我前妻的丈夫！"那人说："我早已没有老婆，她一脚把我踹了，跟老板去了大洋洲！我孤身一个人，光棍一条啊。"何小刚让他进了客厅，端上热茶道："你大年三十急着找我有什么事？请说。"那人说："我心里好苦啊，向你来倒苦水！"何小刚说："那请倒吧！"

"我只有高中文化，也是湖南人，在广州的一家证券公司当司机开车，一个偶然的机会，认识了那个石场老板。他看我能说会道，相貌端正，又是做金融的，便对我发生兴趣。我灵机一动，不错，有棵大树可攀，于是编了一套我的辉煌历史哄骗他。他是个土鳖，信了，对我出大钱'武装'了一番，名车钻戒，反正都是他女儿名下的，他不亏。他让我对他女儿发动攻势，休了你何小刚。我使出浑身解数，终于把你的老婆弄到手。不久，石场老板出事，蹲班房，倾家荡产。我的秘密也在她女儿面前暴露了。我只得离婚走人。我被证券公司辞退之后，做过领带的推销员，贩卖过海鲜，当过中巴司机，现在在一家公司的停车场做夜班当值，混个三餐啰。我越来越觉得没前途，在广州混得很失败，四十边的人了，头顶无片瓦，只得在污水横流的郊外出租屋里求一宿。无脸见苦苦守寡把我养大的老娘！我常有想死的念头。年三十，家家团聚，欢声笑语。我孤苦一人，无处可去，就找上你。何同志，你说我咋办？你给我指一条路，我应该活在这个世界上吗？我是黄鳝上沙滩，还有得救吗？！”他抱头呜呜地哭。

何小刚听了，五味杂陈，来人说的这一切既咎由自取，自己作孽，也有让人同情怜悯的一面。他进了厨房，取来一盘腊肉、一碟花生，倒了两杯红酒：“来，你是稀客啊！喝一杯，过年了，新的一年你会行好运的，干了！”那一晚，何小刚跟他聊到曙色初露，才送走这位奇特的客人，临别硬是在他兜里塞了一个大红包。何小刚洗把脸，扛起那盆四季桔，赶去胖妞家。

胖妞家客厅里，灯光柔和，插在大花瓶里的桃花开得正艳。胖妞低着头看着手机上的微信。她爹妈靠在沙发上打盹。全家都在等人。胖妞“霍”地跃身，兴奋地说：“到了，他到了。”她碎步开了大门，只见何小刚肩扛四季桔进得门来，时钟踏正五点，千家万户正在梦里边。何小刚向胖妞的爹妈致意，寒暄了一番。两位长辈识趣地退回自己的卧室。沈总道：“此人可信！”

“何以见得？”

“粤语有句土白：牙齿当金使——诚信。”

“诚信在哪儿？”

“何小刚说再晚也来，人不是到了吗？清晨五点啊！”

“那倒是，说话算数。”

“那盆四季桔很有意思。”

“发现什么了？”

“心灵密语啊。何小刚想说的全在金桔里啦！”

“对啵！”

且说朱莎莎家的年夜饭。冷一丁在广州酒家订了个“盆菜”，里边鸡鸭鹅、海参鱼翅生蚝全都齐，又蒸了一条石斑鱼，炒了一个青菜，煲了一锅莲藕排骨汤，相当丰盛。这时一位美丽的客人，手持鲜花，不请自来，那是方珊珊啊。朱莎莎激动得跳了起来，上前紧紧拥抱。冷一丁颇觉尴尬。方珊珊眉一扬：“给你们两口子一个惊喜！欢迎不？”朱莎莎说：“我是很想请你来的，冷一丁肯定会赞成。再想想，你方珊珊堂堂外资企业驻广州代表，风光八面，哪会到我们家吃家常饭啊，也就不好意思开口了。”方珊珊道：“什么金碧辉煌没见过，什么美酒佳肴没尝过，在我心里，在广州，最温暖的地方就是‘水果拼盘’啊！”朱莎莎说：“这话我最爱听！珊珊，你喜欢苏格兰威士忌加冰，对吧？”方珊珊道：“别别别，别把我灌醉，今晚八点之后，我要去机场接我的小乖乖，意大利小帅哥！要留点酒量。”朱莎莎抿嘴笑道：“好啊，一个小帅哥！”方珊珊自豪地说：“是啊，他比我小八岁！”说罢，她大大方方打开手机：“瞧，我的威尼斯傻小子！我就喜欢他那双忧郁夺命的眼睛，望着你，骨头都酥了。”冷一丁听了酸溜溜地说：“珊珊，你到哪里就在哪里留情！”方珊珊妖冶地白他一眼：“那又怎样？我才不委屈自己呢。那个小帅哥，是我生活中的调味品、奢侈品，也是必需品！”朱莎莎打圆场：“珊珊就是讨男生喜欢呢，她身上的气场，发出的信息波哪个男人都无法抵挡，都要拜倒在她的石榴裙下！”方珊珊哈哈大笑：“你们两夫妻轮番攻击我啊。”酒过三巡，方珊珊道：“过完春节，公司要调我去新加坡工作，跟你们拜拜了。临走前我有句重要的话，一句好久以来憋在心里说不出口的话，要对莎莎说。”她倏地站立，虔诚地说：“莎莎，我的好姐妹，我生命里最美的女神。”她突然停顿，对冷一丁道：“请你先走开。这是我们女人间的悄悄话，是我们闺蜜之间的心灵密语，你不能听。”冷一丁离去，心头一阵紧过一阵，方珊珊会说什么呢？朱莎莎对方珊珊投去深情的一瞥，站了起来：“珊珊，你是我的至爱！此时此刻，你什么也别说，你什么也没亏欠我啊。我朱莎莎从心底里领你的情了！我们俩从来是最知心、最默契的，还用说出口吗？我去房间里取一样东西，你们稍等。”

朱莎莎手执一个黄色绸布裹着的小东西，回来了。她喜形于色地说：“你们猜不出来的，一定猜不出来的！”她倏地解开绸布，开启盒子：檀香折扇！冷一丁眉头微微皱了皱，方珊珊神情坦然。朱莎莎动情地说：“这把扇子里有我们三人共同创作的故事，里边有眼泪，也有误会与欢笑，也有我们身上的热度与风骚！但愿三十年、四十年之后，我们一头银发再相叙，坐在壁炉的火光前，这把扇子在我们手里传来传去，回忆我们的青春梦！祭祀我们逝去的美好岁月！霎时间，朱莎莎、方珊珊、冷一丁热泪盈眶，紧紧搂抱，唱起了《友谊地久天长》那首苏格兰民歌：“怎能忘记旧日的朋友，心中能不欢笑，旧日的朋友岂能相忘，友谊地久天长！”

窗外，夜色酽酽的绿荫那边，珠水河上，腾起了一束束光芒四射、五彩缤纷的烟花。

夜深了，窗外传来零星的鞭炮声。

冷一丁醉眼瞧着夫人，自言自语：“昨天再好，也是昨天，明天我们脚力更有劲道！”

朱莎莎嘴角掠过一丝笑意。

“婚姻这棵树还在长，它还会长高长粗！“

朱莎莎侧脸，很留心听的样子。

“家不是分清是非的地方，家是讲爱的地方！”

朱莎莎显然有所触动。在冷一丁的杯里添水。手掌在他的肩头轻拍两记。

冷一丁试探地问：“今晚我睡哪儿？”

朱莎莎目光温润笑道：“还用问？睡你自己的床啊。”

她走进她的房间，扔出一句话：“随你！”

冷一丁一怔，回过神，快步走进朱莎莎房间。

房间里，传出朱莎莎幸福的笑声。

2018年7月26日

广州大学桂花岗校区寓所

暖男

秋风起兮，乐曲悠扬。今天，著名学府滨江大学的红砖房西餐厅热闹非凡。手捧鲜花的客人来了一百多位，其中不乏学有所成的青年才俊：有美国哈佛大学计算机专业的博士，有市“红棉”文学奖得主，有省电视台当红女主持，有名扬全市的中学语文特级教师。他们相约前来为一位名叫田边草的人，祝贺四十岁生日。这姓田的何方神圣，能闹出这么大的动静？不是他自己闹的，是别人张罗的。那么他是这间学校的名教授？学术权威？博士生导师？非也。他是该校中文系写作教研室的普通讲师，小人物一介。不过，在“民间”，在红墙绿瓦的学府里，他的名字很响亮：说他怪人刺头的有之，说他颜值高、脸黑、双眼发光的有之，说他禀赋灵异、会做学问的有之，说他仗义乐施、广结人缘的有之；说他有女人缘、只开花不结果的有之。总之，关于田边草的话题，教职工们津津乐道，有一匹布长哩。这一日，西餐厅给包下来了，大屏幕上，不断地闪现灿然夺目的对联。上联：夏天里的凉棚，下联：冬天里的火炉。横额：我们的暖男。

主人公田边草十分动情，泪珠转动，伸出一对膂力刚健的手臂，挨个儿，紧握来宾的手道谢。几个女同学窃窃私语：

“田老师好反常，怎么流泪了，不像他平时的做派呀。”

“别说了，我都要哭了。知道不，他好委屈呀，至今还是个小讲师。”

“闭嘴闭嘴。滨江大学也不是六根清净的神庙，不公的事还少啊！”

眼尖的摄影师捕捉到两个动人的镜头。一位坐着轮椅、白发稀疏的阿婆来了。田边草箭步上前迎接：“陈婆婆，您来了！不能啊，这不能啊。”他躬身紧握老人干瘪的手。陈婆婆道：“田老师，你不请，我也要来！怎么，不欢迎？只许你从七楼背我下楼晒太阳，不许我来讨一块蛋糕吃！”这陈婆婆就住在田边草对门，儿子、媳妇都出国定居了，身边只有一个老保姆照管她。第二个镜头：大学西侧门外补鞋档的补鞋匠来了：“田老师，听说今天是你的生日，老汉一点心意，这对自制的布鞋，鞋底贴着胶皮，不怕水湿，你一定要收下。”说着他将布鞋塞到田边草怀里：“你是大秀才，给我这个糟老头一点面子啦！”突然，他放大嗓门：“各位同学，你们肯定不知，田老师为我孙子补习语文，足足一个学期，分文不收啊！如今，我孙子在北京上大学啦。”他从帆布袋里取出一沓稿纸，指着说：“哦，我没文化，但我分得清颜色，那红色的密密麻麻的字，全是田老师为我孙子改作业时写的。田老师大好人一个，打锣也难找啊！”众人听了这暖心暖肺的言语，无不动容，也唏嘘不已。

此刻，客人散去。田边草回到自家逼仄的小厅，靠在藤椅上养神。他从兜里摸出一根雪茄烟，那是回家路上，一个叫不出名的学生，硬塞进他裤袋里的。这男生倒退着道：“田老师，这古巴雪茄您试试，那是我老爸的朋友送我老爸的，我偷偷拿了一根。”说着他一转身，疾步而去。田边草心意沉沉，衔着雪茄，厅里浮动着一股芳烈的香气，那是烟草、肉桂、可可、蜜桃之混合味，苦兮兮，甜丝丝，他的思绪遄飞了。肖俏，他曾经的恋人，没有来参加他生日的聚会。她是学府里出了名的美人儿，潮汕的“雅姿娘”（粤东潮汕一带对美女的俗称）。她貌美、肤白、腰细、身柔，气韵生动。男士为她唱赞歌：“肖俏进楼，千秋阳光随后。”她跟田边草一样，至今仍孑然一身，不过中间，肖俏曾与本校的一位处长有过短暂的婚姻，只维持了一年多就拜拜了。肖俏下班回家，明晃晃落地长窗的大客厅，一只波斯猫在她脚跟咪咪叫，日子好不清冷。她没来吃生日蛋糕，去了香港参加华文文学研讨会。田边草的目光落在墙上的照片上：威猛的他，身旁站立一位云南白族少女，身段婀娜，双目清澈，耳环灿然，十分靓丽。他轻叹一声，此一时彼一时啊。

少年的田边草是幸运的，他进了镇上的初级中学。尽管，每天来回要赤脚行走十公里。他的脚趾头让沙石、荆棘、龙舌兰的硬茎，磨得粗粝至扩张，似打开的扇子。他脏兮兮的书包里，装着阿妈精心备妥的午餐：木薯、炒米饼，还有傻笨的椰子。课室里，书桌板凳，全会摇摇晃晃“唱歌”，可十分敞亮，没有玻璃的窗子永远洞开，任海风吹红孩子们的脸蛋。从课室里，可以望见清澈蓝天下缥缈变幻的白云、幽蓝呼啸的大海。三年的初中生活，让田边草从一个少年变得有点像精壮强悍的渔民之子了。更幸运的是，他遇到月薪二十八元的代课教师——摘掉“右派”帽子的李老师。李老师不仅教语文，还兼教历史与音乐。他教什么课都那么认真、投入，那么活泼、风趣。在课余，他还给学生讲书法，安排半小时临字帖。他不只是讲说书法一撇一捺的规矩，他说“文发乎情，书亦发乎情”，把同学们听懵了。他说不要紧，往后你们自然会懂。每逢春节，他会写许许多多对联送给同学们。县教育局局长闻风而至，来索讨墨宝。他足足写了十张。临走时，局长送给写字人椰树牌香烟一包，作为润笔费。连老校长都气愤不过：“啊，就这样尊重知识，尊重人才！”李老师听了一声不吭，他能唱好听的苏联歌《喀秋莎》《莫斯科郊外的晚上》。台风天，李老师卷起裤脚撑开破伞，送放学的孩子一程又一程。同学们都从心底里爱戴他，四时八节总会拎点青菜、鱼干、新米接济老师。夕阳下，李老师俯下身子在屋角生火做饭，饭面上那碗发黑的咸鱼，永远吃不完，永远蒸了又蒸。田边草眼看这情景，心里好生难过，心口发闷。他有妻子吗？有孩子吗？不是说他是大学毕业的吗，为什么只是代课老师，低人一等？为什么只身流落到荒芜贫瘠的海边？

少年的心里浮起许多问号。田边草暗下决心，长大了要做像李老师那样的好老师！长大了，赚钱了，他要扛一只新鲜冒热气的大猪腿送给老师——老师的身子太孱弱了。

田边草高中毕业，如愿考进了椰岛师范专科学校中文系，毕业后，成了县城第一中学的语文教师。他资质聪颖，勤奋好学。

他懂得为人师表，责任重大，来不得半点虚头巴脑。教了四年中学，他在省城的教育杂志上发表了四篇关于中学语文教学的文章，连上海《语文教学》也慕名来约稿。也是机缘巧合，这四篇文章让滨江大学中文系主任郑方之教授看到了。这位教授的名字在教育界掷地有声，他肚里有货、双眼识货，又热心师范专业，而且，当时滨江大学在物色“中学语文教学法”课程的教师。郑方之教授给田边草的信中，引用了陈独秀先生的一句话：“不管你是留洋学生，还是小镇青年，你有才，我们等你。”田边草读信后，兴奋不已，来到广州。由于郑方之教授的力排众议，经过面试、试教等考核，校方终于同意给田边草一次机会，试用一年：行则留，不行则回，并让田边草写下不可反悔的保证书。校方好苛刻，不，算很开通的了。要知道，想到滨江大学求职的硕士生、博士生、海归生犹如过江之鲫，多得是，随你挑！况且，省里的大专院校，没有让大专生来做老师的先例。民国时期，有北京大学蔡元培校长慧眼识英雄，让初中学历、二十三岁的梁漱溟到哲学系任教。那是民国的老皇历嘛。不过，论实际教学经验与对中学语文教学独特的创新的理解，田边草确有他的长处，那不是初出茅庐的高学历者可比的。田边草暗忖：华山一条路，有时，机会一生只能遇到一次，要么咬咬牙上，要么丢掉中学教师的铁饭碗，回老家跟随老爸出海捕鱼！没啥了不起。海边生、海边长的人，暗礁、水怪都不怕，还怕什么?！

田边草之所以在滨江大学声名鹊起，绝不是因为他在五年中，获得了在职研究生的学历，也不是因为晋升了讲师，名正言顺地坐稳了当老师的交椅——这在博士多得头碰头的校园里，太小儿科了，不值一提，而是缘于绿草茵茵的运动场。不管是一百米闪电般的冲刺，撑竿跳矫健的飞跃，还是泳池里到达终点时纵身仰脖的一吼，都让青春勃发、荷尔蒙充沛的女生惊叫不已，眩迷阵阵。在月无聊、人兴奋的夜里，有一个年轻女教师，正在拥衾痴想，白天，田边草的镜头交替显现：黝黑端正的脸庞，丰隆性感的胸肌，结实有力的手臂，充满蛮力的长腿。有型——喜欢，好喜欢，一汪幸福的春水在心中泛起。她就是肖俏，一年多前，北京大学现当代文学博士点的毕业生，来到了这间她故乡的大学。因为不在一个教研室，大学又不用坐班，她与田边草也只是在课室楼的电梯口偶尔相见，点头之交。肖俏的打扮，朴素里透着精致。蟹青色的针织连衣裙将她婀娜的身材勾勒毕现，细巧白皙的脸蛋两侧，有两粒银色的耳坠，好不抢眼，脚踏乳白半高跟凉鞋，光洁如瓷的脚后跟，见了让人心跳！当这位大美人走近你身边，有一股淡淡栀子花的清香向你袭来。她已婚？待字闺中？男士们免不了要打听一番，结论是：单着哩。田边草，三十出头的大小伙，不傻，他眼中的这位新来的“雅姿娘”，确实美得让人心痒痒，不过，不是他的“菜”。田边草记得，每年春节回家探亲，临到晚餐时，老爸总会说：“回来！你不小了，三十边的人了，回来娶一个！船上的，你不中意，让你妈去黎母山里找一个细皮白肉、会唱会跳的小学老师。广州大都市，花花世界美女多，看瞎眼也没用。你看上人家，人家看不上你啰。你身上的鱼腥味没洗净啊，你肚里的番薯屎没屙清啊。儿子，实际点，钓马鲛不是你想就能上钩的！”老爸的话粗了点、俗了点，却很有嚼头。田边草有时确实很自卑，家庭、学历、人脉、钱财哪样都赶不上人家啊。所以，在系里召开的业务交流会上，他只坐在一边听，从不发言，像个稻草人似的。是的，田边草只有在课堂上，面对莘莘学子，才变得气场十足、信心十足，他的灵性、他的机智、他的才华、他的活脱幽默的口才，才会淋漓尽致地发挥。

锦绣新村，并不锦绣，既无奇葩异草，更无水榭亭台，不过，成行成片的紫荆树倒很能遮蔽炎热暑气，让人阴凉舒适。这新村是20世纪80年代初，省里为落实知识分子政策，专门拨款，为滨江大学教工盖的。新楼落成那天，敲锣打鼓，新闻媒体大大地报道了一番。肖俏，北大博士，学校为留住人才，优先分给她四十五平方米的一房一厅。这让许多青年教工好生眼红，很不服气：难道北大飞出来的全是金凤凰?！此刻，肖俏身穿湖色睡袍，站立阳台，远眺天边，朝霞红彤彤。嗯，好天气，会有好心情。她将秀发扎成一束马尾，在镜前照了照，挺养眼的。她暗忖，切不可将时间荒掷在美容化妆上，要办大事哩。十一月，学校一年一度的职称评审就要开锣了，她申报副教授，书稿、论文、项目完成报告、七七八八的表格都舒齐了，又有北大这块金字招牌，上个副教授应该不是问题。可是，她到滨江大学任教时间不到两年，才一年零九个月，按规定还差三个月，这就得“破格”。天哪，破格就悬了，要看你与评审委员们的关系，要看他们的脸色、喜好、审美取向。假若哪个评委，因股票被套、爱人红杏出墙、儿子酗酒撞车，心情极坏，那算你倒霉！他随便拎一条理由出来都可以把你踹掉。譬如，学术上有无创新、有无特殊贡献等等。唉，生杀大权在他们手里，就看他们手上的这一票了。多一票，天堂；少一票，地狱！肖俏明白自己的弱项，她到滨江大学时间短，没有建立起深厚的人脉关系。别看这堂堂学府，气象恢宏，一样是静水流深啊。有时，事情的成败，关键就在于此！这一年多里，她也作了一番情感投资，拜访过几位德高望重、著作等身的学者、权威、教授、博导。她知道这些人个个满腹经纶，人情练达，有话语权，因此她更加懂规矩，看对象，知道该说什么不该说什么，连穿戴都尽量朴实无华，免得人家对她第一印象欠佳。她告诫自己，在他们面前，绝不议论学术流派，北派长、南派短的；也不宜评品哪位学问高、学问低，影响大、影响小。人际关系复杂，你中有我，我中有你，必须慎言。更不能说及评职称等人事敏感话题。要带点小礼物吗？不用，水果、香烟、红酒太俗气，空手去，干干净净、自自然然、清清爽爽地拜访，效果反倒好。她探访过杨教授。他俩拉家常，说茶道，谈木雕潮绣，讲潮菜美味，交谈甚欢。一个多小时聊下来，距离消失，肖俏几乎是他的干女儿了。她探访过说一口吴侬软语普通话的刘教授。他以研究徐志摩为专长，是现代文学专家，也是校学术委员会委员。他服饰齐整，温文尔雅，做派很具仪式感，论人评书，卓识不凡。她也探访了文艺批评家莫教授，湘西沈从文的同乡。这位仁兄放达洒脱、情怀自由、观点新潮、指点文坛、有点匪气，颇能豪饮，因而朋友多多。面对肖俏，他直言："你是滨江大学的一张靓丽的名片！"并且诚邀她来家看碟，说藏有300多张中外影碟。肖俏回答巧妙："您是影碟收藏家哩，价值连城啊。"她心想，你横空凌世，眼神贼兮兮，岂敢招惹！

肖俏在锦绣新村门口等候公交车。遇上早高峰，大塞车。她别转头，发现新村甬道上，李雪华教授正拖着拉杆箱走来。她

“哦”了一声，眼前，幻灯片似的闪过关于李教授的传说。李教授杭州人士，虽则已五十有五，但体态匀称，皮肤细白，加上几十年不变的发式，剪了个与年龄不相称的童花头，很显年轻，不过脖子已露出松弛的迹象。学生们对她敬而远之。原因一是她上课爱与名家挂钩，北大谁谁、复旦谁谁，不是她的导师就是她的师姐师弟。二是上课总爱抖出她三十年前，做研究生时写的那本小册子《美学初探》。三是对学生苛刻，“文学概论”的考试，一个班的补考率竟达到百分之二十。四是讲课爱拖堂。大冬天，食堂的馒头快冻僵了，她还在三尺讲台上滔滔不绝。同学们对她一丝不苟的敬业精神毫不领情。所以，背地里对她的童花头给了个好笑又形象的称号“铜盆头”。这个“花名”竟一届一届地传下来。肖俏对这些不以为然，她留心的是李雪华教授头上眼花缭乱的头衔。系里老师对她不亲热，在系里她也没有私谊深笃的同事，但她的风头名气不亚于系主任。有人说，李教授重话出口，能把文科大楼的地板砸出个坑！肖俏飞速向李教授赶了过去。她轻柔又调皮地说：“李老师给一次助人为乐的机会啦。”肖俏从李教授手里夺过了拉杆箱。“哟，是你呀，小肖老师回学校？”“是啊，您也是？我们结伴。”“我去韶关开会，他们的车来这个公交站附近接我。哎，文山会海，烦人，不去又不好，人在江湖嘛，人家派专车来接呢。”“李老师，您是名家嘛，您大驾光临，会议档次就高了，不找您找谁？！有人想去还去不成。”这话听起来有些恭维，李雪华听了，明知她讨巧，心中还是很熨帖的，她说：“肖俏，你这姑娘应该调去学校外事办当接待科长，真会说话。”“是吗？我笨嘴笨舌的，长个头不长脑，没城府，您可别介意哟。对了，李老师，我们年轻女教师有时碰在一起会闲谝您呢。”李雪华诧异：“闲谝我什么？说来听听。”“您可得大人大肚量啊。”“说吧，没事。”这些年，同事跟李雪华说的全是业务上的事，全都客客气气、尊敬有加，哪听过这轻松软绵的“私房话”。她饶有兴味。“李老师，大家都说您漂亮，有活力，精气神都了得，美到秋天依然美啊！”肖俏停了停，瞄一眼对方的反应。李雪华抱臂，翘起下巴，眉目舒展：“说下去，我听着呢。”“说您会保养，一定是早晨一杯西洋参茶，中午一碗清炖鸡汤，晚上一盅桂圆煮红枣。”顿时，李雪华畅怀大笑：“我有这福气就好了。姑娘，你李老师是劳碌命！我爹我妈给了我好基因倒是真的。”“是的是的，有时人身上有的长处是与生俱来的。您上课，大受同学欢迎，内容精彩，与时俱进，那是肯定的；您的声音略带江浙腔调，又糯又清亮啊。”“不会吧。骂我的，我也听不到。”“不会不会，高兴还来不及哩。有一次，您在市图书馆‘大讲堂’，面对公众讲‘美学入门’，听说连走道上都挤满人，光听您甜美的声音就好满足。”李雪华突然脸色阴沉下来，犀利的目光在肖俏身上绕了一圈：“小肖，你夸张了，把话说满了。”她清楚记得，那次在“大讲堂”讲课之后，她郁闷了好几天，那有两百多个座位的讲堂，陆陆续续零零星星才来了几十人，好没面子。肖俏立时醒悟，可能自己说过头话了。好在李老师转了话题：“肖老师，又快评职称了，你申报了吗？”“没呢，我心大心小的，挺自卑的。”肖俏想不到她会提这个敏感话题。李雪华也只“嗯”了一声，问道：“肖老师，你是研究当代文学的，主攻方向是什么？”“我目前的研究课题是古典主义与‘茅盾文学奖’获奖者的书写，请教您啦，这方向行吗？”李雪华没有正面回答。她不方便回答，她不是肖俏的教研室主任，只是说："做学问，搞研究，结合实际，扎扎实实，切口要小，开掘要深，不宜贪多、贪大。有的青年老师，逞英雄，一年写两本专著，我不提倡。""谢谢李老师教导，我会记在心里的。""您有印象吧，深圳大学的吴子君，当年您的研究生，她说，您的那句话她现在还牢记。""吴子君我晓得的，她说什么了？""她说李雪华教授治学严谨。她常说，现代学人切忌浮躁，不要随意出书，宁要夜明珠一颗，不要土豆十担。"肖俏的这番话点中穴位了，李雪华笑眯眯地说："哈哈，我岂不是成了喋喋不休的布道的牧师了，哦，不说了，不说了，接我的车来了。"她上了一辆簇新的"别克"。肖俏向她挥手，行注目礼告辞。肖俏暗喜，这次候车聊天恰到好处！

怎么了？面对电脑打字，老出错，思路总断，总走神。肖俏粉掌支颐，气恼自己了。那田边草在绿茵场上昂首健步的样子就是挥之不去。暗恋他了？单相思了？他有这么好？男人，又有肌肉又有型就是大帅哥？错！要是他是个木头人，言谈好无趣，无法沟通呢？哦，别自作多情，八字没一撇哩，人家对你没任何目光的暗示与言语的暧昧啊，每次系里开会，他的视线故意越过自己投向别处，可她还是盼着下次会议的再见。肖俏啊肖俏，你真能做贱自己呢，太掉价了吧。嗯，下午田边草会在英语系上"大学语文"课，倒要去听听这个元气满满的男老师是如何表现的。她要实地考察。

肖俏端坐阶梯教室靠窗一侧。同学们的目光齐刷刷地望过去，女神啊，好靓的女老师也来听课了，罕见。田边草身穿纯白

T恤，土黄的牛仔裤把屁股包得严严实实，很有线条。他快步上了讲台。咦，换了个帅哥老师。台下同学们交头接耳，有些骚动。田边草的目光向下边扫视一番，自顾自地点着脑袋，引来女生窃窃嬉笑："好萌，傻兮兮的，可爱！"他开口了："你们的秦素雅老师有好事，快生宝宝了，这学期余下的课由本人来讲，我叫田边草。"好土、好别致的名字呵，引来哄堂大笑。他继续道："我到你们英语系上课，心情特好，让我有学习英语会话的机会。"这句话他是用流利的富有金属铿锵感的英语来说的，可把众同学听乐了、听服了、镇住了，下边反倒鸦雀无声。

后排，一对男女生脑袋挨着脑袋，旁若无人，卿卿我我，嘴巴像小鸡似的啄来啄去。田边草瞧在眼里，诗兴大发，配上肢体语言，吟诵道："月朦朦，荷池边，夜风微微，梦境神仙地，煎烹勾魂私语好去处。可此刻，劝君暂停歇，且慢缱绻，作别销魂。霓裳羽衣，妙人合一，相欢会有时。"吟罢，田边草的手指向末排热恋中的这对梦中人。顿时，全体同学回头看，"大彻大悟"，掌声、嘘声四起。肖俏也被这别开生面的活跃气氛感染了。她亮晶晶的眼睛一秒钟也舍不得离开台上的讲课人。好一个田边草，你可真会藏拙，平时不吭声，在课堂上眉飞色舞啊。田边草接着道："言归正传，开讲'作文单元'。作文你们从小学写到中学，到了大学还得写，很头痛，很烦，对吧？凡人就得做烦事；这世上要做成一件事，不烦不行。更何况各位学英语的，翻译讲究'信达雅'，这就考你的文字水平了。听过吧，鲜鱼才能清蒸，不新鲜的只能红烧。"咦，一时同学们纳闷了，田老师有没有搞错，怎么说起烹调了。"我这是比喻，写作文不能空想翻白眼，要有鲜活的鱼，即鲜活的生活。一条手指宽的小鱼熬一锅汤，味道肯定淡寡了。什么意思？写作文，材料要丰富，要充实，要筛选。也就是说要求同学们做生活的有心人，留心生活、观察生活、思考生活，特别是生活中各种精彩动人的细节，细节就是文章的血肉。说个细节的例子你们听听。那时，我是椰岛师专中文系的学生，暑期去市郊搞社会调查。一位洗脚上田的乡村小老板请我吃夜宵，他说：‘学生哥，你有文凭我有酒瓶，文凭加酒瓶就是高水平！’我听了很震撼，人的观念在变，他懂得知识就是力量。他们身上正在进行精神换血！改革开放的广东有一句顺口溜：转得快，好世界。就是说要与时俱进！这顿‘夜宵’，后来我将它写成一篇散文，在报纸上发表了。”台下反响热烈！“我再讲一个你们身边的细节。再过两个月，南方最好的季节——和煦的冬天就要来临，到那时，在我们滨江大学的校园里，你们会看到女生的穿戴：上面蒸松糕，下边飘凉粉。”这是什么奇装异服啊？女生们面面相觑了。“蒸松糕就是上身穿着蓬松的羽绒服，下边彩裙飘飘如同凉粉，你们发现了吗？发现这个细节了吗？你们要有一对发现美丽的眼睛啊！”一片哗然。

…………

整堂课，在愉悦的、启发式的互动中结束。下课时，田边草让雀跃的同学们团团围住了。肖俏仍微侧着脖子，手指拨弄着额前一绺细发，端坐未动，思绪起伏！曾几何时，这红墙绿瓦的学府里，这饱学之士云集的中文系，人们关心的是自己的“高头讲章”，是发出黄钟大吕的声音，是如何跟国外的学术研究挂钩接轨，而这“大学语文”算什么学科，根本上不了档次，令人不屑一顾。“大学语文”老师没人关注，成了“卑微的孤独者”，勤勤恳恳几十年的讲台耕耘，待到快退休，施恩个副教授的头衔，算是“皇恩浩荡”了。哦，想这些作甚，这是经天纬地的大学校长们考虑的事。你，一介小女子，胡思乱想什么呀，还是多想想牵动你魂魄的白马王子吧！你本来就“动机不纯”，为了感受他雄性躯体里发出来的强大气场，为了听听他富有磁性魅力的声音，为了亲自“实地考察”他是大象还是蚂蚁，才姗姗而至的。此时，她走在凤凰树交织成片的校园小径，双眼流转异彩，心里春波荡漾。她莫名地笑出声来，那是在想着他。

中文系教工资料室，绿荫蔽窗，鸟鸣啾啾，古色古香，十分幽静，来这里的人很少。田边草正埋头翻阅资料。肖俏步入，眼神温暖，斜睨他一眼，轻声“哦”了一下，原来他也在这里。她不声不响，偏偏在他一侧坐落。田边草全神贯注眼下的书，未发现。肖俏心想：别装！灵机一动，她信手从拎袋里取出一本名叫“小说课堂”的新书，两根细白的指头，将书推到他面前。田边草见书，诧异，抬头，也不吭声，狡黠地笑了笑，旋即，取过白纸，在上面写了两个字：“好书”。将书与白纸退了回去。肖俏气鼓鼓地咬咬下嘴唇，挥笔：“送你”！又将书与白纸推给他。近在咫尺却如此递情，好别致，不妨记录——

“多谢小肖老师。”

“喜欢就好。”

“有心了。”

“没心，心给狼吞了！”

“怎解？”

“我好生气！”

“谁惹系花了？！”

“你！”

“我？”

“就是你！！”

“一头雾霾。”

“你弄得我乱七八糟！”

“冤！我何来这种功力？！”

“你把我的心弄得乱七八糟！”

“栽赃啊！”

“问你。”

“恭听。”

“为何不理我？为何当我没来？为何懒得瞧我一眼？我丑？我蠢？人头猪脑？我没品位没气质没风度？我在你眼里一无是处？！”

“无语，只能无语。”

“痛快点，像个大男人！”

“你……”

“别期期艾艾！”

“你含着金汤匙来到人间，我从鱼腥味的船舱里蹦到岸上。”

“什么意思？”

“你迟早会明白。”

高度近视的资料室管理员，走近木架，添加新到的书报杂志。他双目的余光里，只见雪白的纸片会跳舞。

肖俏朝管理员花白的后脑勺翻了翻眼皮，写道：“走吧”。

“去哪儿？”

“咖啡屋。”

“小资情怀。”

“失忆了？上树摘椰子，下树煮咖啡。”

“知我所爱！”

“少嗬瑟！陪我去坐一会儿。”

“还有话说？”

“心事，堵得慌！我要释放真我！”

“关键词？”

“说说你，说说我，说说我们两人未知的人生！”

田边草听得傻眼了，单刀直入啊，感动了。他陡然站立，写了大大粗粗两个字：“遵命”！

干柴烈火啊，田边草与肖俏频频相约幽会了。虽则评职称的大幕即将拉开，该修饰的论著、该填写的表格、该知晓的评职称的新规定、该了解的左左右右申报者的实力比较，都得查漏补缺、分析研判，尽量不要发生闪失，然而，当青春的躯体一旦相依相偎，进入了缥缈的仙境、肉欲的辉煌，那么所有不可动摇的条条框框、清规戒律，都变得不具任何约束力，都是稻草绳，都苍白无力！每当一弯新月升在碧空，夜风吹拂窗帘，小房里，这对恋人紧紧相拥，粗言谵语，你来我往。田边草说：“你是一只灵狐，我无法招架！”肖俏道：“你是一个蛮汉，我成了你的俘虏！”田边草说：“爱情真奇妙，昨天彼此都装，今天刚离开就相思，说不清道不明啊。”肖俏说：“说得清道得明的叫事情，不叫爱情！”田边草说：“我是认真的，我会是你的丈夫，我是你永远的情人！”肖俏说：“说的比唱的还好听！男人都心花！但愿不要始于冲动，终于春梦，那我就惨了！”她狠狠地轻轻地咬着他精壮的臂膀。小房里，响起了生命欢乐的呻吟……

本来，田边草小厅的饭桌上，总是置放着半只硕大的椰子壳，里边装满了烟蒂。今日，小厅打扫得干干净净，规整得妥妥帖帖，那铺着亚麻台布的桌子中央，花瓶里插着一束鲜艳的红玫瑰，让人眼睛一亮。今天一大早，田边草就踩着自行车兴致勃勃地去菜市场采购，买了走地鸡一只、活鲈鱼一条、姜葱蒜一把，另加潮州咸酸菜一罐。他要亲自做一次“海南鸡饭”，让未来的海南媳妇尝尝，庆贺肖俏二十九岁生日。已经夜晚十一点了，仍不见她的身影，人去哪了？下午，肖俏像一阵风似的飘进来，背着手，俯下身子，笑嘻嘻地瞧瞧洗净光鲜的嫩鸡、碧绿生翠的葱段、金黄细细的姜丝，然后，在他脸上吻了一记：“我喜欢，我喜欢，你做的海南鸡饭是我的最爱！”田边草说：“有话在先，我的手艺很蹩脚，不对你的胃口别皱眉头，翘嘴巴！”“哪会！不在乎吃什么，看跟谁吃！亲爱的，你的心意领啦！”“记得啊，今晚六点半开席。”“OK，一定准时。”待到下午六点，肖俏来了电话：“喂，好对不起，有急事，我会迟点到，等我！”电话挂断了。咦，这可不是她平时的做派，蹊跷，什么急事啊？那就耐心等吧。已经是晚上八点了，连个电话也没有，田边草踱出家门，踏着斑驳的月光，在学校西北角的半月湖溜了几圈，回来，依然不见她人影，只得焦心地坐在藤椅上闭眼养神，睁眼抽闷烟。田边草身立阳台，朝下张望，校园静悄悄，乳白的路灯，远远近近，一盏盏亮着，透着暧昧迷离的光。时钟踏正夜半十十点，玉人终于驾到，肖俏媚眼含春，在他身后，一把将他拦腰围紧：“别生气，答应我别生气，我的小乖乖！”田边草别转头，疑惑地舒了一口气："你回来啦，去哪儿了？""别急嘛，听我慢慢解释好吗？""行行行，边吃边说，我先去厨房忙。"

事情是这样的：学校科研处上任不久的杨晓东处长，邀请肖俏今晚去校学术交流中心贵宾房打扑克，言辞殷切，无论如何要给他面子。并说牌友有校长助理小柴、招生办主任周大美人等。肖俏心中有数，这几位虽是中层干部，不算显赫，但都是少壮派，能量大、人面广，只只都是"潜力股"，得罪不起。况且，这位杨处长这次竟然挤入了校职称评审委员会，正踌躇满志，春风鼓点，实权在握啊！还有，她心知肚明，杨处长刚离婚，千方百计，找各种借口，接近她，向她献殷勤。几天前，在办公楼门口的台阶上，杨处长曾呵护有加地对她说："小肖老师，这次评副教授你可得铆足劲啰，竞争激烈，个个都飙上了，不过，你肯定没问题。"又说："美国著名学府布朗大学的东方文化中心晓得吧，有'交流学者'的名额呢，各方面的条件衡量下来，你顶合适，我会为你留心的。"话外之音，冰雪聪明的她当然会掂量的，"好风凭借力，送我上青云"嘛，她自有分寸。

也巧，这一日正是肖俏的生日，又要与心上人共进晚餐，畅饮开怀酒，所以她下午就精心扮靓一番：脸上略施粉黛，上身穿一件烟灰丝麻无袖低领衬衫，脖子上戴了一串珍珠项链，下面是一条紧腰奶白色七分裤，曲线妖娆，清丽动人。杨处长见了直觉恍惚入了仙宫，醉了。他暗思，如此性感的妆容莫非对他心有属意，命里有桃花？！他老出错牌，哪有心思打牌！他双眼骨碌碌地转，随着肖俏挥动的嫩白的手臂。

田边草知晓了事情的来龙去脉，心中不免"咯噔"了一下。

他斟了两杯红酒："来，喝了，祝肖俏生日快乐！哦，我给你唱一曲。""好啊好啊，我们唱生日歌，压低声音啰，夜深人静呢。"田边草"嗖"地站立，煞有介事，显出一副大无畏的英雄气概唱道："穿林海，跨雪原，气冲霄汉……"肖俏愕然："喂喂喂，你怎么，神经搭错线啊，怎么唱起京剧《智取威虎山》了？"田边草道："这唱段可是杨晓东处长的拿手好戏、看家本领。"肖俏撇撇嘴："干吗提起他，扫兴。"田边草答："这你就有所不知了，会有点意思的。每逢教师节、毕业宴、新生联欢，甚至三八节，这位杨处长必然主动上台献歌一曲，而且，情有独钟，必定要'穿林海，跨雪原'一番。"肖俏不屑地说："大庭广众显摆自己呗，他爱唱就唱去。"田边草不以为然："小肖，这你就小瞧他的智商了，他是在给自己做舆论、做宣传、做广告。"肖俏不悦地说："关我什么事！"田边草继续道："杨处长还有另一高招，每逢周日晚，他必定骑上摩托去校党委组织部何部长家，为他的爱女补习数学，风雨不改。那位千金终于考入金融学院。"肖俏说："你的意思是这个杨晓东脑子灵光'识做'，跟对人了？"田边草点点头："算你不笨。如今，何部长升任校党委副书记，专管人事纪检，所以才有今天杨晓东的平步青云。他不当数学系教书匠，走仕途了。"小肖有点不耐烦了："这些跟我们蚁族没半角钱的关系！"田边草也不理对方的情绪："数学系的老师背后讽刺他，出微积分的试题，四道题，错两题。出错题，小意思，人家照样处长当着，副教授的头衔晃着。照样是众人仰视的学校职称评审委员会的成员。"肖俏说："行了行了，你跟我说这些无非是让我少搭理这种人，对吧？我又不是弱智，你也别对我警钟长鸣了。好了好了，吃我们的海南鸡饭吧。”田边草言犹未尽：“行，不说他了。我再提醒一点，这个杨晓东，别瞧他平日里，待人接物礼节周到，笑口常开，心里鬼着呢，他在打你的主意！”肖俏听了颇为气恼：“你也别小肚鸡肠，倒翻醋罐子了，打个扑克，就能把我拐走？！你也太不自信，太看高杨处长了，太小瞧在皇城根下混过多年的本姑娘了！”田边草口吻平和地说：“肖俏，你别动气，我理解，你有你的想法、你的难处。处理人际关系，我远不如你。不过……”“不过什么？”肖俏追问。“不过，有的事情看起来挺复杂，其实全是自找的、自己设定的。一个人，心机太重，聪明过头，简单的事情就复杂化了，如果像海滩一样，倒空自己，人活得就轻松了。”肖俏听了双眉紧蹙，神色凝重，思忖良久：什么意思，聪明过头，心机太重，你直说好了，我很自私，心胸狭隘，凡事打小算盘，讨人嫌？！像海滩一样倒空自己，哇，难道我心里装着那么多见不得人的脏东西？原来你是这样看待我的！她越想心越沉，越乱，越觉得委屈。田边草对她的神情看在眼里，心想刚才是言重了，连忙体贴温和地说：“你累了，我去替你冲一杯热咖啡提提神。”她摇摇头：“不喝，我什么也不想喝，好心情全让你给搅了。”说着，她眼角湿热，轻轻啜泣了。见状，田边草急忙上前紧紧地将她搂住，在她明净的额头上亲了又亲，而肖俏泥塑木雕一般，没反应。

肖俏赌气，一连几天没搭理田边草，可思念就像小虫似的爬上心头，心乱神散。有时，她独自站立阳台发呆，任细密的雨丝沾湿脸庞。好一个田边草，狠心肠，真倔，对女友一点也不紧张，恼人！你不可以跑来我这里说几句好听的呀？天底下的女人都要男人哄的嘛！哦，毕竟是一对恋人，一点纷争、一点龃龉过了也就过了。田边草拎着一包肖俏爱吃的零食——甘草话梅、烧烤鱿鱼丝上门了，道："听说你厨房下水道堵了，我帮你通通。"肖俏佯怒："通你的头，你的脑袋才要通呢。"田边草笑吟吟站立不出声。肖俏踮脚，侧脸，嘴角噙着一缕微笑，等待着。田边草会意，挤挤鼻，伸出双手，捧着她诱人清香的脑门，俯下头颅深深地吻了下去。

被誉为象牙塔的高等学府，关键时刻，火药味呛人呢。肖俏急吼吼地跑来对田边草说："知道吗，知道吗？林紫惹出大事了，全校都在传，把她说得要多难听有多难听！"田边草不急不慢地说："你的好闺蜜林紫，从来都不是省油的灯。前些日子，她的宝贝比熊狗失踪了，她找门卫质问，上保卫科告状，还打电话去了派出所，闹得沸沸扬扬，结果，三天后比熊狗乖乖回来了。她又怎么了？"肖俏说："喂喂喂，你对林紫有成见，有点同情心好不好？这次，她真的倒大霉了！"

事情是这样的，上周末，林紫拎了一个水果篮，兴冲冲来到李雪华教授家。李教授道："小林老师，你来坐，我欢迎，怎么无端端地拎了水果篮过来啊？你年纪轻轻就学了这一套！"林紫虔诚地说："李老师，我一直感恩您对我的培养教导。我也没别的意思，刚巧朋友送来一箱成都的猕猴桃，很新鲜，拿了一些，让您尝尝。"李教授道："小林老师，你也知道我的为人，有人说我古板，那也没办法，让人说去。你应该晓得我现在所处的位置，如果我开了这个头，接受别人的馈赠，那我得开设一个小卖部，专门卖水果红酒西洋参！水果篮你拿回去，你一定要拿回去，我绝对不能收！”林紫拖着哭腔：“李老师，您就收下吧，给我一点面子好吗？下不为例。”李教授沉着脸：“不行！”林紫站起身：“谢谢李老师教诲，我不打扰您了，拜拜。”她飞快下楼。这位不速之客走后，李教授越想越气恼，这林紫也太不自爱，太不尊重人了。她发现水果篮里有一只系着黄丝带的盒子。这是什么？解开一看，天哪，是一尊金光闪闪的笑佛。霎时，一股怒火蹿上心头，她脸色铁青，呼吸急促：不像话，荒唐，把我看成什么人了，简直是侮辱了我的人格！第二天刚上班，她神情严肃，手拎水果篮，走进了学校纪律检查组的办公室……

田边草知晓了事情的原委道：“真好！李雪华教授一身正气，是我们学习的楷模。肖俏，你这位闺蜜脑子进水了，拎着猪头找错了庙门！”肖俏道：“她也是病急乱投医嘛，你想想，一连两年申报副教授都落空，多痛苦，多没面子。这李教授也太绝情了，给林紫留条后路嘛，干吗非要把金佛往纪检组送。这下好了，林紫成了反面典型、丑闻，让人当戏文看。唉，这笑佛又不是纯金的，铂金的。往后，林紫怎么做人？！可怕！”田边草意味深长地瞧着肖俏：“呵，那么巧，昨天下午在文科教学楼的大堂，我跟李雪华教授也有一次短兵相接。”“你说什么？什么短兵相接？”肖俏疑惑不解地问。田边草说：“你有一位远房表妹叫顾美珍，在揭西农村民办小学当老师，对吧？”肖俏皱皱眉：“是啊。我跟你提起过她。怎么了？她跟李雪华教授有什么干系？八竿子打不着的。”田边草说：“有干系。我们滨江大学专门为乡村民办教师设立了中文函授大专班，你表妹是中文班的学员。这个暑期，她来我们学校参加毕业考试，对吧？”“对啊，这又怎么了？”“你表妹‘文艺学概论’的考试得了五十九分，听清楚，李雪华教授在她的试卷上批的是五十九分！”“天哪，要命，一分之差，毕不了业，要补考，又要折腾好一阵哩。”田边草说：“我也是听别人说的，很想不通。有这样给分的吗？“文艺学概论”的试卷，没有填空题和选择题，由四道大题组成，每题二十五分，我倒要请问这多一分少一分是怎么评算出来的?！要知道，这张函授专科毕业文凭十分管用，有了它就有申请公办教师的资格，有了它可以改变民办教师的命运，不再是可怜兮兮的每月只拿三百六十元的工资。这张文凭对民办教师来说真是盼星星盼月亮啊！”肖俏焦急地问：“那怎么了？你去打抱不平了？你扛起正义的大旗去讨伐李雪华了？你跟她红脸了？”“是的。也是上苍安排的，在文科楼大堂我俩不期而遇。开始，对这件事，彼此心平气和说得还行，说着说着双方据理力争了，动气了，脸红脖子粗了。我说：‘李教授，这一分之差您是怎么算出来的？我看只能从地底下把数学大师陈景润请出来才行！’李教授瞪起眼：‘你这不是跟我胡搅蛮缠吗?！我这个人从教几十年，一直以来都是坚持原则的，分数面前人人平等，从不徇私。’我说：‘李教授，你标榜的原则极其可笑！什么原则，狗屁！你们把博士学位、特聘教授双手恭恭敬敬奉送给达官贵人的事还少吗？而对一个势单力薄、在贫困线上挣扎的乡村民办教师却如此无情无义、分分计较、刻薄刁难，良心去哪儿了？给狗叼了?！’李雪华听了，气得脸庞由红转白，指着我说：‘小田老师，你、你太没教养了，你这种人不配跟我说话！你说清楚，谁是狗?！’我说：‘你别抠字眼，我是泛指，谁干缺德事谁就是狗。’这时，大堂里的人越聚越多，劝解的、看热闹的、发表公正评议的，闹哄哄成一片。”肖俏听得头皮都麻了，这田边草竟敢把李雪华给得罪了，老虎头上拍苍蝇啊！目前是评职称的敏感时刻啊。更让她如堕冰窖的是，在中文系，甚至新闻系、历史系，谁人不知自己与田边草的关系，这下好了，盘根错节，要得罪多少人哪，过去辛辛苦苦建立的情感纽带都会松垮，而且，自己肯定会搭进去陪绑。肖俏死死盯着田边草，咬紧嘴皮，一言不发，良久，才说：“你逞英雄，你是救世主！你这样做考虑过我吗？！”田边草听了也很火，寸步不让：“城门失火，殃及池鱼，对吧？”“就是。你的莽撞，你的不理智，你的脑袋进水，阻挡了你前进的脚步，妨碍了我既定的目标！你懂吗？你没懂。”“行行行，你很快就会沙粒成金，彩蝶破茧，我不该坏了你的好事。”“田边草，你让我失望！我一直以为你是我心中的一座高山，原来你是一堆土渣子！”肖俏这话好狠。“我不只是土渣子，我还是烂鱼臭虾，而你，是高贵的女神，未来的博导、权威、名教授！”“别讥讽我，也许有一天真的是了呢。哼，你这个人就是不识时务、不知好歹。李雪华教授没说错，你缺少教养！”说罢狠话，肖俏气咻咻地转身就走。田边草扔过去一句话：“我没教养，我是你前进路上的绊脚石，你随时可以搬开！”肖俏别过头，哼哼鼻，冷笑。田边草愣在那里，想不到这平时柔情似水、笑靥如花的女人，刹那间，会变得如此冷酷。女人心，海底针啊。他隐隐觉得问题可能出在渐行渐远的价值观上。而事实上，与肖俏生日那天的争执，已显露端倪了，只是双双在热恋中，将这些不合拍的音符都变成美妙的旋律了。

滨江大学评职称的锣鼓终于敲响。行政楼会议室长方桌的四周，团团围着十五把皮交椅。十五个评委，风度翩翩，鱼贯而入。后排坐着几位靓仔靓女，放录像带的、录音的、拍照的、保管材料的，很有阵势。主持人徐副校长，秃顶，是一位温和开朗的胖子。他道："各位，请看桌面上的纪律守则，我就不念了。我们校职称评委会参与终评，是有权威性的，一锤定音！在这个会议上，重点有两点：一、就是对各系评审组报上来的四票同意三票反对的人，要认真议一议再投票；二、破格晋升的，要反复斟酌，是否符合破格条件。现在开始。第一位，中文系的田边草，他申报副教授。哈，这名字有意思，田边的草，人踩猪吃羊啃狗尿，可就是长得飞快，极有生命力。"这番幽默诙谐的言辞，说得大家哈哈笑，为严肃的会议增添了活跃的气氛。徐副校长接着道："这位田讲师我风闻了，大帅哥，女生的梦中情人，跟中文系大美人肖俏恋上了，好啊，肥水不流外人田。"下边又发出一阵朗朗的、暧昧的、你知我知的笑声。徐副校长好心情，道："中文系主任郑方之教授，请你将田边草的情况向大家简要介绍。""好。我长话短说，三点：一是中文系写作教研室负责三门课，本系的'写作'课、各系的'大学语文'、师范方向的'中学语文教学法'，这三门课田边草都拿得起，教学质量很好。这类课，不显赫、不堂皇，许多老师不屑一顾，而田边草干得有滋有味，深受同学喜欢。二是他的著作，除了写作方面的论文，主要就是这本《实习笔记》。"郑方之挥了挥这本十万字的小册子，"对于中学语文的阅读教学、作文教学等等，此书都有相当不错的见解与可操作性，很接地气。此书一版再版，发行量达十五万册。三是他的基本学历：椰岛师范专科学校中文系毕业，后来读在职研究生获硕士学位。介绍完毕。"唇枪舌剑开始。一个评委说："作为先进教师，田边草完全够格。"徐副校长插话："我的印象中田边草是三连贯，三年都评上全校的先进教师。请你继续说。"那评委道："我说完了。"哟，说了一句话就完了？微妙隐晦尽在不言中。另一评委道："当年北大校长蔡元培先生说过，大学要以研究学术为天职。这本薄薄的小册子我翻了翻，没有多少学术味，也缺乏系统理论的支撑，有点'小儿科'。刚才郑方之教授说这本书发行量十五万册。我要告诉各位，当年一本《木工手册》，发行量都有一百万册。所以，发行量跟能否评上副教授没有任何关系。"这言辞好犀利啊。李雪华教授发言了："各位可能也晓得了，日前，我跟田边草老师发生了小摩擦。请放心，我不会感情用事。这位田老师的学养是要打问号的，他缺少严格的学术淬炼，基础不扎实，底气不足，所以只能写一点常识性的读物，这与学术著作不沾边。他应该认认真真，青灯黄卷，做足学问，还应该开阔视野，参加各种学术交流，才有可能写出领潮流之新、有国际范儿的著作来。我们滨江大学是一所名校，近年来声名鹊起，所以必须要有后劲，靠谁？靠不断成长中的学术精英。我们切不可以自己的偏好，作为评审的标准，将不符合晋升条件的人，弄进教授的队伍！"一个评委扯了扯郑方之的衣袖："'铜盆头'向你开火了。"郑方之淡定地说："本人皮厚，刀枪不入。听吧。"这时，民国史专家、大嗓门的老曲开腔了："我不想说，听不下去了。我认为田边草很够格，完全可以晋升副教授，我们不少副教授只能望其项背。我要请问李雪华教授，我们学校有哪位副教授，写出了轰动学界的、领潮流之新的、有国际范儿的著作了？在这里我要请教诸公，'写作学'不是学问？'大学语文'不是学问？'中学语文教学’不是学问？都没有学术含量？只有鲁迅论、郁达夫论、闻一多论才有学术含量？！笑话！说起蔡元培先生，他将二十三岁的梁漱溟请进北京大学当老师呢。所以，对田边草先生不要存在世俗偏见，不要小看年轻人。师专生怎么了，师专就不能飞出金凤凰？北大清华的窝囊废也不少啊。”徐副校长听罢，伸出两只胖乎乎的手往下压了压：“各位心平气和、心平气和！”外语系的莎士比亚专家向教授道：“我也说一点，英国戏剧家王尔德说过：‘这世界上好看的脸蛋太多，有趣的灵魂太少。’如果碰到一个有趣的人请一定要珍惜。”徐副校长笑言：“向教授你这话颇有情调，还有点暧昧成分。你们教外国文学的就是有浪漫情怀。”会上笑声飞起。“请解释，你说的如何与此刻的评职称攀搭。”向教授说：“好，我说的意思是考研攻博出专著，几乎是高等学府里标准的美丽的脸蛋，这种美丽的脸蛋校园里到处都能碰到，然而，对于来自基层、没有人脉、禀赋奇异、学有专长、脚踏实地默默干活的朋友，我们是不是应该给予关注，网开一面呢？”此话的倾向性十分明确。这时科研处处长杨晓东谦逊地说：“各位导师，我是新手，我跟各位坐在一道诚惶诚恐，说得不妥请指教。田边草老师，我比较熟悉，我们都是登山爱好者，他为人不错，乐于助人，登山时总会替别人拿包，迷路时指点方向。不过有一点要说一说，他讲课时口无遮拦，影响不好。他在谈到如何写好文章时竟然言道：‘鲁迅先生说不要硬写，我说不硬不写。’”说到这里，会上骚动，议论纷纷。他接着说：“这话不应出自堂堂大学老师之口！当然，这与学术无关，但很不健康！”顿时，会场波动，李雪华教授很生气：“这是什么话？这不是不健康的问题，这是黄段子！为人师表，竟然污言秽语，太不像话！”另一个评委也很气愤：“大学神圣的讲台，面对男女学生，太不可思议。这是思想意识丑陋的表白，还要不要师道尊严？！我为田边草脸红！”历史系教授有他的看法：“田边草这话确实会产生歧义。这里有两点：第一，他确实在课堂上说的吗？第二，他说这话时应该有上下文的，不可断章取义。”一个评委在纸片上写了几个字给郑方之教授：“你知此事否，有澄清的理由吗？”郑方之轻声说：“再等等。”会议中止了片刻，风云突变，后排的工作人员、人事处小丘站立道：“徐副校长，田边草说这话时我在现场，能允许我说一点吗？”徐副校长“哦”了一声道：“我看可以，各位的意见呢？”“行啊。”会上多人赞同。徐副校长说：“小丘，请说！”小丘道：“那次，田边草老师带队，到从化吕田的乡村中学实习。我是从化吕田人，周末回老家，晚间，请田老师还有村里的几个青年文学爱好者到家小叙。大冬天，弄了两斤狗肉打边炉喝小酒。说到文章如何写才漂亮时，田老师说：‘材料要丰富，感情要饱满。鲁迅先生教导我们不要硬写，我说硬了才写。’大家听了笑声连连。田边草老师说：‘大家不要往那边想。我说的硬就是感情冲动。你心中总得有阳光才能温暖人家！’”话毕，徐副校长笑言：“原来如此。哈，冬天里北风呼呼，红泥小火炉，吃狗肉，喝米酒，很有情调啊。”一个评委眼朝天花板翻了翻，自言自语：“我看那位处长居心叵测！”

开票结果，七比八，七人赞同，八人反对，田边草无缘晋升。

散会路上，郑方之神情沮丧，走在他身边的新闻系关教授道：“方之兄，你德高望重，在会上该据理力争，恐怕形势就不一样，就不会有一票之谬。”郑方之不悦地说：“老兄，在会上，你为何闷声不响，像只缩头乌龟！”关教授答：“是的是的。我听贵系李雪华的发言，颇为张狂，还有另外几位，个个凌世不凡，惹不起啰。评职称，太敏感，你走出前门，后门小道消息就飞传了。得罪人，自己还蒙在鼓里呢。”郑方之感叹：“那倒也是。你胆小如鼠，我也差不多。前些年，我发动六位教授，联名致信校长，要求在教工宿舍楼下的园子里建个凉亭，设几张水泥椅，作老师休憩之用。不料遭总务处小科长一顿奚落：‘房改房你们都买下啦，还异想天开要亭台楼阁。你们大教授个个荷包胀，想诗情画意自己掏腰包修嘛，还联名写信，脱裤子放屁，多此一举！’后来，这事也就不了了之了。还是我老婆骂得对：‘你们这些教授个个都是胆小鬼，没肩膀，办不成事。’”关教授听了点着头：“言之有理啊。方之兄，你也别生闷气了，今晚，教工棋牌室一乐可好？”“行，听你的。”

回头，说说女主角肖俏。那天整个上午，肖俏都心神不宁，看看表，刚好十一点，这个时辰，她的命运是凶是吉，该在职称评审会上敲定了。她好慌，心弦绷得紧紧的，心“怦怦”跳。她喝了一口冰开水，稳了稳情绪，灵机一动：对了，去行政楼下紫荆林一侧等候杨晓东，他是评委，应该会给她透露消息，暗示也行啊。她必须第一时间知道这一切！果然，会散了，杨晓东出现，最后一个步出行政楼。他在会议室洗手间的后窗，就已经发现不远处，紫荆林里肖俏婀娜的身姿了。他的嘴角浮起几丝诡秘的笑意：好啊，要的就是美人主动。我求人，我是乞丐；人求我，我是皇帝。他弯入紫荆林里的小径，装着埋头向前。肖俏在后边“喂”了一声。杨晓东回头：“哦，在这里遇见你，有事？”“明知故问，装傻。”杨晓东贼兮兮地瞧她一眼，道：“你的心情可以理解，上不上这个台阶，风光大不一样。”“问你，大处长，怎么样了？急死人了。”“有些事，真的很复杂、很复杂。”“我让评委们踹了？你说呀！”“别急嘛，小肖老师，这里是说话的地方吗？去我家，我给你下面条，慢慢细说。”肖俏嘟嘟嘴，好无奈，进了杨晓东家。肖俏抱臂倚门而立，模样清丽，神色带着几分苦楚，格外让人怜惜。杨晓东递上一罐可乐道：“小肖，真的，我是尽力了。我资历浅，我说话要有节制对吧。”“杨晓东处长，你别吞吞吐吐好吗？”“好，那我就打开天窗说亮话了。你过来沙发上坐，别站着。”肖俏移步端坐。杨晓东伸手撸了撸她梳理精致的后脑勺。肖俏挪了挪身子。杨晓东侧过脸，眼神恣意地盯着她细嫩圣洁的脸蛋、弧线清晰的红唇以及绿色羊毛衫裹着的翘翘的乳房，血脉贲张，喉结蠕动了。他有力的左手臂陡地伸了过去挽住肖俏哆嗦的肩头，甜言蜜语：“小肖，上帝真不公平，你那么有才华咋还这么美！亲亲，让我亲你一口。”肖俏将他的脸推开。杨晓东右手紧捏她的粉掌：“小肖，你行的，你真的行的，胜利属于你！”肖俏发出颤音：“我行什么？我是胜利者？”杨晓东说：“千真万确，你胜利了。”杨晓东迅捷地俯身将她的红唇吮进嘴里。肖俏猝不及防，挣扎着，额前的一绺秀发划来划去。杨晓东说出了能击中穴位的关键一句：“八比七，八票同意七票反对，你险胜了，你不该感谢我这一票吗？”肖俏说：“真的，是真的？”她跃然起身，十分激动。“绝对真的！”“太好了，杨晓东，杨大处长，让我怎么感谢你呢？！”“你自己说吧。”他猛地将肖俏拉进怀里，脸面贴了上去：“给我一个标准的吻。”这时，肖俏变得很驯服。人迷迷糊糊了。好一阵子，肖俏喘了口气："好了，杨晓东，坐一会儿吧。就这一次啊，我在你面前晕了头！"杨晓东暗忖，戏刚开锣呢。他取来一瓶红酒，倒了两杯："来，庆贺你荣升副教授。"肖俏不屑地拉长声调："副教授，叹清秋！算个啥呀。"杨晓东道："哈，到手了，口吻就不同了，说风凉话了。"说着，他突然长吁短叹，握拳，敲着前额连声说："这事怪我，这事怪我！"肖俏紧问："发生什么了？怪你什么？"杨晓东虔诚地说："都怪我跟进得不及时，你去美国布朗大学做交流学者的事给误了。本来这名额是你的，让你们中文系的李俊占了，他后台硬，有背景。不过你放心，我们正在跟美国威斯康辛大学东方文化中心协调，一旦敲定交流学者的事，首选就是你肖俏，我绝对有把握。"肖俏听了心里又激动又欢喜，顺风顺水啊，喜事连着来。她道："杨处长，你是我的贵人呢！""知道就好！去美国做交流学者，只需一年多时间，回到滨江大学，你的身价就不一样啦，你手上就有了一把开启生命幸福大门的金钥匙！"趁形势大好，杨晓东一把将肖俏推倒在长沙发上，快速除去她绿色的羊毛衫、薄呢长裙。肖俏竟像一只乖乖的小羊羔，无力反抗，也不反抗。天哪，这玉雕的脸庞，颤抖的乳房，细腰鹤形的曲线，整个雪白雪白的胴体，在杨晓东面前展露无遗！他无法自控，也不会自控，太销魂了！他猛力地压了上去。肖俏先是惊慌，明知无法挣脱，人也就放松了许多，一忽儿，身子里升起异样的酥酥麻麻的感觉，一阵又一阵。她喃喃地说："我怎么能这样呢，我怎么能这样呢，我是一个坏女人，是吗？是吗？杨晓东，就这一次了，一次不可避免的兴奋的闪失！"

杨晓东支着身子，以鉴赏的目光瞧着她："无与伦比啊！小肖，你在我眼里永远是一朵初夏的玉兰花！你是浩浩大海，任何江河细流都不可能流进我的心田！”“别、别酸啊。我该走了，记得我的大事！”“放心，刻在心里呢。小肖，往后的日子相思如海，难熬！”“别想那么多！”

…………

学校职称评审的结果终于公布了，整个文科大楼开锅了，议论纷纷，什么奇谈怪论都有：当然啰，女人有张好脸蛋就是最有效的通行证。早预料到啦，田边草，大帅哥，粉丝多多，朝中无人还不是照样得个空！田边草的情商只配给肖俏拎鞋。这对神仙眷侣好日子长不了，不平衡从来都是爱情的撒手锏！有眼看啦，发展下去，田边草的名字消失，换成肖俏教授的老公。田边草还好，不像有的人去人事处哭哭啼啼喊冤。他只是闷头闷脑地在操场跑圈，累了，骑在双杠上，眼望高远的天空发呆。肖俏在不远处瞟着他，很不安乐，很是矛盾，十分纠结。

南方十一月的校园，秋色迷人。那一排排手挽手的凤凰树，树形高大，树干舒展，花色灿烂，大红、橙红、粉红，聚群相拥，争丽斗艳。可肖俏就是心意沉沉，耷拉着脸，在林子里踱来踱去。那杨晓东，对她发动猛烈的秋季攻势，不理又不好，理他更是没完没了。这个矮矮小小、俊眉秀眼的男人与田边草英武朗阔的形象比，差了一大截。还有，此人精过头，会算计，自己又不是“傻大姐”，在一起肯定会很累，会有好日子吗？更让她反感的是他在领导面前的做派：学会低头，早晚出头。不像田边草，为人处世就是堂堂正正、不卑不亢的男子汉！凡事怕比较，越比越觉得田边草好，不能放弃！还有，自己也是三十边的人了，女人总是春短秋来早！对杨晓东她定下一个铁律：不上他家，以礼相待，吊着再说。那杨晓东是个精仔，眼看佳人反应不积极，用工整小楷在宣纸的信笺上抄录诗一首送上：“你爱想起我就想起我，像想起一颗夏夜的星；你爱忘了我就忘了我，像忘了一个春天的梦。”肖俏的答复是：“高姿态，很洒脱。多谢！”唉，烦人的田边草，揪心的田边草。虽说本姑娘有了那次无可避免的闪失，那也是情有可原、无可奈何的事啊。当然事过之后，心里还是十分内疚的，可全是我的错，你田边草没一点责任？她也很能体会当前田边草的处境，为评个职称把心上人也评没了，柴门堵雪啊！可为何在电梯里照面，就像见了陌生人，连个招呼都没有。你就是个倔驴，可你们岛上不出驴这种动物啊。真让人心寒！肖俏正东想西想，迎面遇见闺蜜林紫。肖俏说：“心烦意乱，陪我走走。”林紫说：“你上了红榜还烦，我可真想跳珠江呢。送点礼，有多大的事啊，谁不送？怎么样，你还在跟田边草冷战？现在人家最需要你的贴心安慰，你倒好，幸灾乐祸，不地道。”肖俏瞪她一眼，长叹一声：“你还是我的好朋友呢，你不懂我。男人哪，一旦走进一个女人的心里，那女人就一定很贱！”林紫问：“什么意思？”肖俏说：“田边草不理我一天，就是折磨我一天！这些日子，我像个孤魂野鬼，在校园里晃，不知往哪儿安顿！”“这么严重哇！”说着，林紫突然手拍大腿，“啊，对不起，我撞见他，他主动问我，肖俏近来好吧。我说你腿这么长不会跑去问啊。他也不答。我又对他说，最近肖俏心事重重，没精神，老毛病又犯了。他也没出声。当晚，田边草跑来我家，放下一只牛皮纸信封，胀鼓鼓的，让我转给你。我问啥东西？他说了一个字：药。”肖俏听了连声说：“是吗，是吗？”来到了林紫家，肖俏打开牛皮纸信封一看，“啊”的一声：“天哪，天底下哪有用塞肛门通大便的‘开塞露’当作爱的信使的？！”林紫当场哑然失笑，言道：“这个田边草，亏他想得出，好细心，好体贴，好幽默啊。行了，通了，OK了。”

过了一个星期，田边草生日那天，肖俏做了几样可口的潮州菜，放进一只乌黑锃亮的漆盒里，拎着，袅袅婷婷地来到田边草七楼的小套间。那盒里装着咸鲜鹅头一盘、蒸熟冷冻剥皮牛一条、青椒炒豆豉一碟、浓稠甜腻芋泥一盅。田边草笑脸僵硬迎客，有些尴尬：“谢谢小肖老师记得我的生日，还送来你的招牌菜，不好意思，很不好意思。”肖俏心想，怎么腔调称呼也变了，变得这么隔生，称我小肖老师了。她环顾客厅四周，言辞活脱：“嚯，你这儿挺整洁干净嘛，不会像是猪窝。都说‘单身狗’惨啊，你不惨啊，日子过得有板有眼。”田边草也不接话，只是苦笑。按照过去，两人肯定会相互攻击，插科打诨，嬉笑戏谑一番。来时路上，肖俏就告诫自己，千万别哪壶不开提哪壶，绝不提评职称的事，挑些街头巷尾的趣闻逸事来说。这样一来，开口说话心就累了，有时就会冷场，不知说什么才恰当，才不拗口。从前，她可以汪洋恣肆，毫无顾忌，怎么开心怎么来，她可以手搭田边草肩头哼歌星刘若英的歌：“在千山万水人海相遇，喔，原来你也在这里。”田边草在厨房一边做紫菜豆腐羹，一边思忖着，眼前的肖俏虽则一颦一笑一举手一投足依然风情万种，有勾人心魄的韵味，但他就是兴奋不起来。要是早先，他会将她揽进怀里，刮着她鼻梁，为她吟诵汉代卓文君的《白头吟》：“愿得一心人，白首不相离。”他曾无数次地拷问自己，你还爱她吗？然而，想到评职称前后她的表现：八面玲珑、精心包装、说变就变、刹那翻脸，唯恐踩了她美丽的尾巴，又实在让他心生可怕、无法认同。他也想过一刀两断，心又不忍，舍不得，七上八下呵。肖俏很能察言观色，见他闷声不响在厨房里磨磨叽叽，心情变得很失落，热脸蛋贴了冷屁股，何苦！待羹汤上了桌面，田边草问："味道可以吗？""可以。""要淋上麻油吗？""行。""撒点胡椒粉？""随你。"好无趣的对话啊。转念，肖俏想调节这沉闷的局面，强打精神笑言："你喜欢听歌星莎拉唱英文歌曲《卡斯布罗集市》，我唱给你听好吗？"田边草反应不热烈，只是点头。肖俏唱罢，对方表情木然，这歌没能走进这个男人的心里。肖俏心中有疙瘩，无法自然释放情感，所以唱得缺少灵性，十分干瘪，那歌词里的香芹、鼠尾草、迷迭香与百里香，都代表着爱情的甜蜜、力量与忠诚。她问自己："你甜蜜吗？你忠诚吗？你唱出婉转美好的感情了吗？"接下来，席间，他俩静幽幽地吃菜喝酒，连碰杯也全无兴高采烈的情绪，只是轻轻一触。他俩从未体验过这种苦涩的滋味。两人的眼神也会时不时地顺着杯沿，飞快擦过，彼此交换着什么样的心灵密码？苦闷、矛盾、纠结、忧伤？！

这顿生日饭，没有坦诚的心灵交流，没有吃出融合，只吃出了失望。

掐指算来，暑假已至。田边草约了一个叫"绿豆"的人结伴做驴友，去云南高原一趟。他要目睹湍急的河流是怎样从终年积雪的大山里奔出来的；他要看看浩荡不羁的山风是如何赶着白云飘的；他要体验说来就来的骤雨是怎么将大地变得水汽漭漭，在竹屋顶上罩一层薄烟的；他要脚踩茶马古道，与迎面而来满脸刻着沟壑的藏胞，拍张照留个影；他渴望在寨子边，亭亭玉立的槟榔树下，见到如月似雪、个个纤腰、能歌善舞的白族姑娘！当然，他也希望让蓝天下透明的空气，洗涤他郁结心头的闷气、浊气！临走时，他在电脑上给肖俏留言："爱情是需要管理经营的，让我们彼此冷静下来，认真梳理。"

田边草与绿豆来到西南边陲、大理白族自治州首府驻地下关镇。两人在"风花雪月大酒店"门口张望，哟，好现代，好时尚，好气派。田边草拍了拍绿豆的肩膀："这么高级的宾馆非我等享用的。"于是，他们进了附近的"快乐小栈"落脚，白天，只需三十五元就搞掂。而且提供生火做饭的灶头，甚好。田边草只背了一个油彩木工箱，说："开路。"晚上回到客栈，做饭吃，让绿豆别忘了带相机。绿豆说："放心，在腰上系着呢。喂，田哥，我听说百里之外，有一个阿卡族集居的村子，女人露乳满街走，习以为常，可谓奇俗，游客络绎不绝。"田边草道："你小子心生邪念了。你女儿都能打酱油了，你见得还少啊。我也打听过，向东走十里路，有个铜桥村，街市（云南称乡村集市为街市）兴旺。那里白族集居，民风淳朴，习俗奇特，文化信息量大，民歌舞蹈、童谣俚语，随处可见可闻，去那边开开眼界，逛逛如何？"绿豆点头称是。两人打扮各异：田边草大高个儿，头上压了顶鸭舌草帽，深绿T恤紧绷胸肌，下身穿花布短裤，大长腿壮实有力，整个人俊朗英武，有点外国电影里影星"雅痞"的味道；绿豆短小黑瘦，眼凹唇厚，眼珠精溜溜，戴不锈钢架近视镜，身着紧身杏黄T恤、暗格咖啡长裤，酷哩。两人自由自在，好不快活，嘴上叼着美味饵块，模样怪异，走在铜桥村的街市上，引来众多好奇的目光，尤其是头饰五彩银光闪闪，身着红白相间衣衫的白族少女，更是肩挨肩头碰头吃吃地笑个不停。那边，高竖的竹片上，挂着一张好夸张的画：姑娘卷发飞扬，仰着脖子，张大嘴巴大笑。旁边有几个会跳舞的彩色大字："春天里头花饰品"。哇，轰摊哩，瞧瞧，姑娘们彩衣飘飘，弓着身子，翘起滚圆的精巧的硕大的瘦尖的屁股，埋头在摊上选着自己心爱的饰物。绿豆见状，兴奋异常，急忙取出相机，跑前跑后，钻来钻去，从各个角度，"咔嚓嚓"地拍摄下这难得的美丽的瞬间。田边草站立一侧，盯着摊档的女主人。她脸蛋清丽细白，右耳银色的大耳环灿然，着白色民族服装，系玫瑰色镶细粒白珠子的腰带，个子高挑，十分惊艳。她正在做广告："欢迎大家来'春天里'摊档。我叫媚丽丽，白族姑娘。你们大家看过电影《五朵金花》吧，这五朵金花都是我们大理的，我算不算一朵金花呢？"众人反应热烈："当然算啰！"她从一方精致的盒子里取出一枚枚五颜六色、光泽鲜明的饰物，捏在手里徐徐晃着："发卡、发箍、发簪、发带、项坠、耳环、戒指……各位都看到了吧。这些好东西都是从广州、深圳进货的，闻闻，带香气呢。嘿，头花饰物的款式非常时尚，美国人、加拿大人都一袋一袋买回去哩。各位，价钱便宜，莫失良机！这发卡一块钱一个，买十个送一个。噢，还有这宝石项链，从广东中山进货的，中山知道不？大名鼎鼎的孙中山就是那里人！"下午五点，高原的阳光明晃晃，街市上的人流退潮了。绿豆对女主人媚丽丽说："媚姑娘，你摆姿势，我替你拍几张。"媚丽丽摇摇手："不用不用，好多游客都替我照过，都说回去后把相片寄给我，全是空话，浪费我的表情！"田边草说："媚姑娘请放心，我们今天回到下关镇，立刻冲印，后天上午我送过来，才三十公里，坐摩托一阵子就到这儿了。”媚丽丽半信半疑地问：“真的?!你是干啥子的哟?”绿豆说：“他的名字叫田边草，很好记。他是滨江大学的教师。”媚丽丽说：“教大学的?了不起得很！我还以为你是香港的演员，很像周润发哩。”说着她脸上泛起了红晕。绿豆看在眼里，说：“媚姑娘，他是大帅哥，女学生的梦中情人！”媚丽丽低眉窃笑。田边草在绿豆脖子上掐了一记：“你小子别胡扯！”绿豆对媚丽丽说：“现在光线最好，你们俩就站在‘春天里’的画下合照一张，帅哥美女，照片肯定可以参加摄影大奖赛。”田边草说：“媚姑娘大方点，请吧。”媚丽丽脸上带着几分羞涩站立田边草一侧。绿豆见状：“喂喂喂，有没有搞错，中间隔得那么宽，牛都能牵过去，挨近点，再靠紧点，别紧张，看我，笑，笑笑。”照罢相，媚丽丽神态自然多了，笑容像蜜一样漾在嘴边：“你们两人别走了，今晚寨子晒谷场跳芦笙舞，好热闹好开心的。我姐会唱《曼粟花》，上过电视台表演哩。”绿豆抬头向田边草眨巴眼睛。田边草说：“那最好了！”绿豆说：“现在我们开路，去转悠转悠，到洱海边享受静生活。今晚，晒谷场里象脚鼓咚咚响时，我们就见着了。”媚丽丽拍拍粉掌：“说话算数哟，我和我姐等你们。对了，跳完舞请到我家火塘边喝苞谷酒，吃凉鸡米粉。我家干栏屋可大了，住一宿，竹叶里飞来的金丝鸟会把你们叫醒。”

绿豆说：“谢谢媚姑娘，凉鸡米粉我想吃！”

田边草说：“谢谢媚丽丽，苞谷酒我爱喝！”

大雨如注，说来就来，四野漆黑，高原的夜黑得吓人。田边草与绿豆迷路了，他俩捂着脑袋钻进路边草棚躲雨。雨势渐弱，绿豆发现远处有灯光微现，越来越亮、越近，他快速奔了出去，挥手喊道："请帮忙啊，我们是游客，迷路了！"一辆摩托戛然停了下来，那人掀开雨衣，车灯映照下是一位穿白色对襟衣、黑领褂子的小青年，他愣愣地听着绿豆的话。田边草插嘴："'春天里'的女主人媚丽丽今晚请我们跳芦笙舞，听她姐唱《曼粟花》！"顿时，那小青年显得很兴奋："明白了，明白了。你一说《曼粟花》，我们就是好朋友！夜啰，芦笙舞给雨水冲跑了，去我家，上车啊。"小青年所在的村叫梨花村，进得门来，他高声地说："妈，有客人，煮三道茶呀。"喝了第一道苦茶、第二道甜茶、第三道回味茶，又嚼了核桃片。小青年笑眯眯地说："那会唱《曼粟花》的是我的未婚妻，今年冬天就要结婚了，你们看。"他指着墙角未油漆的五斗柜，"我自己动手，我们这里有的是好木材。没见过世面，只看过画册，不懂捷克式、八克式，也不懂方脚圆脚，对付吧。"田边草连忙上前细细打量一番道："小兄弟，木工活是本人爱好，你信得过我，我将此柜修改一番如何？"那小青年乐了："你从大地方来的，见多识广，我干时兴活不行，你只管动手吧。"于是，田边草从袖珍木工箱里取出刀、锯、刨，打赤膊，精脚板干了起来，绿豆当助手。田边草对小青年说："你瞧，这门的线条不够清晰，缺少立体感；这脚，比例不当，不太俊秀，要动点手术；这抽屉的手把，略嫌粗俗。"小青年听了这内行话心很踏实，又摸摸这精致闪亮的木匠工具，爱不释手。他自言自语："专家，就是专家！"田边草干得正欢，门"咿呀"的一声，一前一后，闪进两位姑娘。走在前面的那位将彩色雨披取下来抖了抖，露出娟秀端正的脸庞："哎哟，哪里请来的两位赤脚大仙！"小青年上前介绍："这是我亲爱的媚珍珍。”闪在一边的媚丽丽做着鬼脸：“要得啰，要得啰，文武双全啊。可惜来到我们高原山乡，变成了盲人摸象！”原来，小青年已电话告诉媚珍珍，家里来了两位客人。鸡啼，曙光初现，田边草才罢手，一个款式新颖大方的五斗柜，以崭新的面目“屹立”于房舍的一角！这一夜，灶房里的灯没熄过，透出阵阵香味。

田边草从云南回来了。人回来了，心留在那里了。淳朴的民族、崎峻的风光、好客的习俗、清丽的少女，都难以忘却。更让他欣慰的是，他苦心三年创作的专著《大学语文探索》即将出版。这样，他第二次申报副教授职称的筹码就重了许多。他的伯乐、恩师郑方之教授审读了《大学语文探索》的原稿，评价颇高：“眼向上，脚向下。”“向上”的意思是对“大学语文”这门课程，具有高瞻远瞩的理论阐述；“向下”的意思是作者用亲身讲授这门课的经历，以鲜活生动的事例，佐证这门课应如何教，才能获得学生的喜爱。郑教授还特地上门对他说，这一次千万别拿了一副好牌，打成一手烂牌！肖俏呢，先是回故乡潮州吃椒丝炒薄壳（海瓜子），然后，约了林紫等几个闺蜜，去了一次印尼的巴厘岛，在金巴兰海滩踩细白的沙粒，几个人嘻嘻哈哈、疯疯癫癫玩冲浪，好不痛快！回到学校，是非多多，又让她心乱神散了。

杨晓东打“舆论包围战”，形成他俩关系既成事实的态势。一说众青年教工相约登市郊帽峰山。山路弯弯，走着走着，杨晓东与肖俏不见了，躲进松树林里，絮语呢喃热吻去了。又说杨晓东介绍肖俏去财经大学人文学院做讲座，杨晓东亲自驾车护送女神，回来路上双双进了珠江新城的凯旋门酒店开房了。这接吻、开房的事全是硬编的呀，好冤。另外，近几个月，总有人在肖俏耳边吹风："抓紧点，别心大心小，杨晓东才是一只绩优股。看涨！"更阑夜深，肖俏也思忖，自己曾定下铁律，与杨晓东尽量少接触，怎么又跟他来来往往了呢？虽说很有分寸，也是有些暧昧成分啊。女人哪，真是经不起男人的死缠烂打、硬攻软磨，女人的心太柔软了。谁说的，漂亮女人就像一座美丽的城堡，过往的人，瞧着瞧着，就思谋进攻了。又是谁说的，漂亮女人家门口的篱笆外，总会有几条转悠来转悠去的"野狗"。她如今三十，仍是女神级别，可已不见有什么人冲锋陷阵向她猛追了。也难怪，前有帅哥田边草，似乎仍是千丝攀蔓，没了结；后有穷追不舍的杨晓东，攻势凌厉，别人也就知难而退、不凑热闹了。女神待字闺中，也许有这个缘由吧。不过思前想后，比来比去，她发觉自己还是舍不得生命元气贲张的田边草，都说他们是珠联璧合的一对。女作家艾云说得多精妙，多丝丝入扣："现代人在两性关系上，不但要有相对的忠诚，还要有彼此的妥协，也要有必需的隐瞒。这是一个灰色地带，人们试着在这里喘口气，修复一下已见感情的纹缝的裂罅。"说得真好，是的哦，爱情必须有裂缝，阳光才能照进来！于是肖俏打定主意，约田边草去鹊鹊咖啡廊长谈。她想好了，以学人关心的学术为切口，看谈得是否投机合拍，若谈砸锅了就拉倒！你若放下，就是强大！

在鹊鹊咖啡廊里，肖俏一弯浅笑，噙着杯沿说："从云南回来，气色不错嘛。""是啊，回到学校就不得安宁了。"肖俏直奔主题："听郑方之教授说，你的《大学语文探索》快出版了，很接地气。好啊，正逢其时，又快评职称了，预祝你成功。”田边草答：“郑老师为我打气。我有自知之明，我写不出高头讲章，只能写点教学的心得体会，说好听点是教学报告。听说你的《古典主义与当下长篇小说的书写》，北京的《现代文学研究》转载了。”肖俏脸有喜色：“是啊，你也关注了？《现代文学研究》是核心期刊，千军万马过独木桥，登上一篇，真是行运行到脚趾头！”言辞之间，有几分情不自禁的嘚瑟。田边草笑吟吟地说：“好啊好啊，毕竟是北大孵化出来的，出手不凡。”肖俏佯怒：“别挖苦我！我总觉得做学问，研究课题，方向很重要，池子小了，翻不起大浪！”田边草听得出她话里有话，平和地说：“我这个人啊，就是这么块料，这么点水平，小打小闹，在别人那里是不屑一顾的。不过，我不想扭曲自己，我有我的坐标！”肖俏听了不是滋味，提高了嗓门：“你别敏感，我可没说你小打小闹，我的意思是选课题，平台很重要，阴沟里的老鼠吃污水，粮仓里的老鼠吃大米。凭你的天赋、才气、学养，你完全可以调整你的思维方式，选个有价值的课题来研究。”“好啊，请说说有价值的课题，麾下听着呢。”肖俏扑哧一笑：“你把我当娘娘了。比如说深圳作家群的崛起，比如说‘粤军’文学创作探讨，比如说爱情诗的研究。”田边草笑得吊诡：“小肖，你真是一位优秀的政治辅导员！你说的‘三星’女诗人，她们的诗我看过一些，有些感触。”肖俏觉得有点苗头。她就一直想把这个倔得像大海里鲨鱼一样的男人，拉近自己做人做学问的星光大道。她连声说：“好啊。这三位女诗人在诗坛漫天花雨呢，值得研究。可以写她们如何将先锋派诗歌语境融入中国现代诗歌。”田边草乜斜的目光打量着肖俏：“可惜，这是你的一厢情愿。这三位女诗人的诗我看不懂，不会欣赏，天书一般，要猜谜一样猜，硬着头皮读下去吧，读着读着非得进精神病院不可。”肖俏听了有几分恼怒：“喂，你客气点别伤人行不？怎么会不懂？不懂为什么那么多少女迷上了？”田边草说：“原因就是这类诗可以忽悠热爱诗歌的懵懂少女。”肖俏虎起脸：“田边草，你也太片面、太武断了。应该说她们的诗里，有国外先锋诗人的影子，有朦胧的气氛，那里也闪烁着从国外移植的光辉！看不懂只怪你自己水平低。”田边草摇头：“我不怎么看20世纪80年代的所谓朦胧诗人，不是被读者抛弃就是转行，好多都已回头是岸了。现在诗坛有一股歪风，只要高鼻子蓝眼睛的放个屁，我们的一些先锋诗人就嗓子痒痒！”肖俏听得上火了，大声地说：“田边草，你别口出狂言好不好！你怎么变得那么俗气啊！你这话敢跑去女诗人中间说吗？不消三分钟，你就会被吐沫淹死！”田边草道：“肖俏教授息怒。我绝不会去研究‘三星诗人’，那太无聊。这是一群只会说疯话、废话、痴话的人，一群连中国话都说不连贯的人！”肖俏说：“田边草，你对诗歌有深仇大恨啊！”田边草按了按太阳穴说：“错，我对诗十分敬畏！一首好诗，千年传诵，至高无上！”肖俏轻叹：“田边草，你也别按额头上的太阳穴了，你在烦我！”她拿起拎包面色冷峻：“每个人都是生命的独立体，我无法改变你！”田边草站立：“你说对了！走好。”

秋雨如晦的上午，田边草坐在小厅，心事重重地抽闷烟，看来这第二次申报副教授职称又要泡汤了，凶多吉少。因有人揭发，他在东方出版公司出版的《大学语文探索》是假书号，这是欺骗行为，弄得不好还会受处分。田边草如堕冰窖，百思不得其解。昨天下午，田边草得知这一消息，当晚窝了一肚子火跑去绿豆家，因为与东方出版公司合作是他推荐的，也是他经手的，他是中间人。田边草在去绿豆家的路上，思忖，绿豆绝不可能干缺德事。在高校，职称是老师唯一的姿色，他懂，不能有一点闪失。绿豆，十多年的交情，兄弟一般，他是可靠的。田边草进了绿豆家，他傻眼了，已是晚上八点，绿豆还没做饭，小女儿坐在一角，流泪啃着面包。绿豆整个人像霜打的茄子一般蔫了，愁眉不展苦瓜脸，一问原委才知他老婆得了子宫颈癌，住院了，准备动手术，数目不小的医药费还没落实。他老婆是超市收银员，工资微薄，绿豆自己在软件学院图书馆当合同工，收入也低，老家梅州农村还有两个老人要接济，日子过得紧巴巴。田边草道："你小子，我们还算不算老友啊，人命关天的事怎么不说！你等着，我马上就回来！"不到一个小时，田边草风风火火地赶来，将一个活期存折"啪"的一记放在绿豆的手里："拿着，里边有一万五千元，估计够的。密码701701，我的房号就是701，好记。"绿豆感动地说："田哥，多谢你雪中送炭，我一定会还的，我给你写个借条。"田边草厉声地说："废话！就这样，我还有急事，你夫人几时动手术告诉我。啊，妹仔最乖，听爸的话。"田边草将两块巧克力塞进孩子兜里，而关于假书号的事，他一句不问。田边草回到家中，自说自话："生命奇妙，你不知道下一分钟会发生什么。怎么倒霉事都让我们兄弟给撞上了？"

电话铃骤响。田边草接电话："哪位？啊，校办小李。现在去徐副校长办公室，是评职称的事吧？你们看着办，徐副校长那儿我就不去了，我昨晚就跟你说了嘛。""哈，你不去，我不请自来。"推门而入的正是徐副校长。他双手撸了撸秃顶上几根沾着雨丝的毛发。田边草神色诧异。平日里，一个管上万师生的大校长，哪会上一个小讲师的家门。徐副校长坐下，笑道："不速之客，打扰啰。"他摸着裤袋："又给老婆大人搜走了。小田老师给支烟抽。"田边草吃惊于徐副校长的做派，有意思，没官架子："有，有，没中华，有南京。"徐校长接过烟："南京好，我故乡的烟，香！"田边草也放松多了："您喝什么茶，红茶还是绿茶？"徐校长道："我喝广东工夫茶，来广州几十年，他乡是故乡。""好，我给您冲潮州凤凰单枞。""哈哈，你冲泡工夫茶的技术肯定一流，你的前女友就是潮汕'雅姿娘'嘛。""您的情报很灵。""那是你小田老师故事多多，都钻进我的耳朵了。"田边草听了只是呵呵地笑，也不知如何接话。徐副校长又道："小田老师，你有人缘啊，我的在北师大读博的女儿打电话讨伐了：'田边草老师评不上副教授天理难容！'"田边草说："请问您女儿叫什么名字？""我女儿叫马小莉，跟她妈姓。""原来如此，我不晓得马小莉是您的闺女。这姑娘我很熟。几年前，去从化乡中学教育实习，我带队。走夜路，小莉脚扭伤骨裂，因为很快就轮到她讲课，我不批准她回家，她背地里骂我是'法西斯'！"徐副校长插话："不批准，对啰。这事我晓得，脚背有点骨裂，照过片子，无大碍，当然应该坚持。现在的独生子女娇得很。噢，对了，小莉的日记她妈偷看过，她说你是可爱的'法西斯'，让她拄着拐杖为孩子们上课，一辈子难忘。"田边草说："当初如果我知道她是您的宝贝女儿，我照样让她咬咬牙讲好课的。我这个人很犟，不识时务、情商低，让人嫌弃。"徐副校长听了哈哈大笑："小田老师，我这个闺女很佩服你，很敬仰你，还暗恋过你呢。"田边草听了有些紧张："徐副校长，我是清白的。”徐副校长说：“很正常嘛，女孩子情窦初开总会有想法，你不妨听听。她在日记上说：‘我不曾拥有，我为何痴想！致X。’‘你能给我一个忽然的春天吗？致X。’所以说，小田老师，我对你是有所了解的，我不会乱串门的。”田边草说：“我们的学生很纯真、很可爱，我平时就喜欢跟他们玩在一起。”“大学的老师，尤其应该热爱自己的学生！好，言归正传，长话短说，假书号事件，我也摸了摸情况，知道一二。现在我要见见你的朋友，那位中间人，让他写份材料，盖个手印，证明他也是被骗的，你们两位都是受害人。那我就敢签四个字：同意申报。”田边草摇手拒绝：“徐副校长，那不行，我不能告诉你中间人是谁，他是无辜的，上了骗子的当。”徐副校长说：“嗯，你是讲江湖义气的！”田边草辩道：“不是的。徐副校长，我的朋友是某学校的合同工，这事若捅出去，他会丢掉饭碗的，他老婆正在医院里躺着，身患癌症，女儿才六岁。他是家里的顶梁柱，不能因我评职称的事，把他家给拖垮了！我良心上说不过去，我会一辈子被钉在耻辱柱上！”徐副校长沉默良久：“小田老师，我同意你的看法，我是你也会这样做！但是对不起，现在我必须公事公办，取消你的申报资格！”田边草说：“我认了！用广州话说，让人宰了一颈血！徐副校长，您让我感动！”

田边草没资格申报副教授，田边草跟肖俏吹了。田边草墙里的损失墙外补，田边草又成了新闻人物。不过，这“墙里的损失墙外补”是啥意思？原来，那天中午，秋光照人，滨江大学的西侧门，来了两位身穿鲜艳民族服装、美若天仙的姑娘。她们各拖一只拉杆箱，眼神好奇，东瞧西看。她们问了好几个学生，田边草老师在哪儿住？回答都是摇摇头不知道。媚珍珍蹙眉，对妹妹说：“有点不对头啰。大城市的男人像水池里的浮萍，没根的，这个田边草靠得住吗？”媚丽丽说：“姐，你不要疑神疑鬼，田边草不会是这种男人，我敢保证，靠得住！”迎面来了驾驶校车的肥仔司机。媚丽丽上前问道：“大哥，我们是从云南大理来的，向你打听一个人，你们学校有个田边草老师吗？”肥仔司机双眼骨碌碌地转：“你们两位是歌舞团的明星吧。哈，你找我OK了，田边草是我的老友，中文系的老师，教工篮球队的中锋！”说着，他从裤袋里掏出皮夹取出一张照片。照片里，田边草穿运动服在投篮。两姐妹一看，雀跃了：“就是他，就是他！”肥仔司机说：“两位好有情意，千里迢迢来会他，好嘢！我带路！”他热情地从两姐妹手里拿过拉杆箱，一手一个，威风凛凛，走在前边开路。两位姑娘跟着偷偷地笑，遇到菩萨喽。正是午餐时分，食堂开饭时间，林荫大道上人头攒动，熙来攘往。男生们见了仙女下凡，驻足，双眼放光，血脉贲张；女生们见了“哇”声不断，好奇哩。前边开路的肥仔司机，遇到熟人，吼着大嗓门：“云南来的两朵金花，田边草的朋友。”那人说：“田边草有艳遇不出奇啊！”来到教工宿舍区，田边草正从半月湖边的小径走来，手里捏着饭盒。肥仔司机喊道：“田老师，走快点，你家来贵客了。”田边草抬头一望，傻眼了，奔了过来将客人迎进家门，对着两姐妹道：“不是做梦吧，不是做梦吧。你们怎么来广州了？快坐下快坐下。”他手忙脚乱，冲茶，找出了一包花生、半袋炒米饼：“饿了，先填填肚子。”他跟肥仔司机耳语了几句，肥仔司机转身就走：“放心，我搞掂。”媚丽丽见状说：“田大哥，别忙，见到你好高兴，肚子不饿哩。这次到南方大都市开眼界，想见见从没见过的大海，也要进点货，这里的头花饰品品种多，也新潮，好销，在大理很吃香。”田边草说：“好。我做向导，先游广州，再到中山、深圳转转，你们会满意的。”一会儿工夫，肥仔司机拎了一只竹篮，从食堂买了白切鸡、烧肉、煎鱼、炒菜花。又过了几分钟，几个女生结伴而来，递来了一个点心盘：鸡仔饼、莲蓉酥、蒸虾饺、叉烧包。后面跟着一位男士扛着一箱啤酒。更让人惊奇的是，对门八十五岁的陈婆婆摇着轮椅也来了，她笑道：“今早阳台上飞来两只欢喜雀，奇了，果然，小田老师家贵客来临啊。”她从轮椅里拎出一个小袋子：“甜甜蜜蜜的白糖糕，阿婆的一点心意，姑娘长得真靓，快尝尝。”两位云南妹头转来转去，含情脉脉地瞧着这一切。

待到人们离去，媚丽丽说：“田大哥，你们广州人太雀啦！”媚珍珍说：“田大哥，你们广州人太仙啦！”（太雀，表示可爱滑稽；太仙，表示热情有趣。都是云南方言）趁着田边草在厨房忙，媚珍珍对妹妹说：“我不用耳朵评人，我用双眼观察人。田大哥是个好人，好人缘，平时积了德的！”妹妹说：“是的啰。”吃罢午餐，田边草说：“下午，我带你们去荔枝湾，那里有亭台楼阁、小桥流水，古色古香，岭南的风味很浓，周边也有小商品市场、玉器饰品市场，值得看。再去北京路步行街走走，那里商业繁盛，是金鸡下金蛋的地方，一定要去的。再去看看千年古刹六榕寺，登六榕塔。愿你们两位有登‘飞来寺’的感觉。那也是触摸神的指尖的地方！”两姐妹听了眉开眼笑。媚丽丽说：“满意，好满意，田大哥安排得很妥帖。”于是，三人兴致勃勃下了楼。楼前停了一辆绛红色的面包车。田边草说：“车都准备啦，有心有心。向车队借的？”肥仔司机道：“不用借。

麻烦。打个电话给老朋，听说田大哥用车，二话不说车就开过来了，红色的，大吉大利！”

这个下午，游得很尽兴。

四天之后，媚丽丽、媚珍珍，大包小包，告别广州。在去机场的路上，两姐妹欣喜的眼泪流得一塌糊涂！

田边草回到家里，若有所失，发现书桌上留着一封信——

田大哥，我没文化，写得不好，莫笑。你给我的印象好得很！

你是一面铜锣，平时挂在墙上，安静不吵，铜锣一发声，响开了，山坡上的李树全开花，十里九街都香！

你是一管芦笙，会发出好听的曲子，舒心贴心开心，好比精脚板踩进山泉里，眼前，阳光明亮，白云朵朵！

你是一棵油棕树，高高壮壮，日日夜夜，在肚里酿造乳汁，就像阿妈在火塘边，为她的儿女做饵块米线！

我祝你像我们家乡绿色的梯田，风吹来，白云赶着它向上飘！

我不是手链，不是项链，不是玉镯；我是耳钉，小小的耳钉，发一点点银光，只给一个人看！

你的朋友太雀了，代我问好！

你们广州人太仙啦，我还要来！

再叫你一声我的田大哥！

媚丽丽

2002年10月20日

田边草的这次艳遇，在文科大楼里疯传，变成各种添油加醋的风流故事，当然也传到肖俏的耳朵里。多事者在她面前搬弄是非，肖俏虎起脸："我不想听到'田边草'三个字！请尊重本人。"那晚，肖俏房门紧闭，熄灯，独自酣畅淋漓地哭了一个多小时，然后，在电脑上给杨晓东发了四个字："过来我家！！"杨晓东见了，心怦怦然，喜出望外，再在电脑屏幕上看看，没错啊。他还是很疑惑不解，发过去几个字："您让我现在到您家吗？"回复："人头猪脑啊？即刻过来！"嘀，此刻的女神是什么心理？报复？性释放？！

自从第二次申报副教授失败后，田边草对评职称已心灰意冷。后来的四年里，他每年都拒绝申报，师生都有反映，弄得学校领导也颇有压力，总不能赶牛上树啊，是他自己不报。这四年里，田边草出了两本"写作学"方面的专著，那本《公文写作学》还拿了省社会科学书类的一等奖，用他自己的话说："做点喜欢做的事，挺滋润。"每逢节日，他不是参加登山活动就是做驴友，西藏布达拉宫去了两次。大理却没再去，因为媚丽丽家族一致反对，绝不允许一个白族姑娘远嫁广州，她也只好嫁了个本地郎。肖俏呢，2003年去美国威斯康辛大学做交流学者之前，与杨晓东闪电结婚，没摆酒，没举行结婚仪式，只去了一次泰国清迈。待一年后，肖俏回国，发现丈夫劈腿，七窍生烟，大闹一场，双方悄然离婚。她事业上势头很强，2007年评上了正教授，成了博士生导师，给了她很大安慰。她与田边草平时也有来往，关系可以，虽不热络。好心人劝他俩破镜重圆，两人都淡淡一笑。滨江大学的各项指标显示，跻身全国名校当之无愧，省里给予不少办学自主权。徐副校长成为该校一把手，在校务会议上提出让田边草做校特聘教授，此提议一致通过，聘书下达，田边草谢绝："嗟来之食不香啊。"肖俏看上去仍是不老女神一个，赞美恭维的人不少，有"行动"的人没听说。她自己放话："我在等一个人。"谁？她没讲。

太老

他，李凡丁，虽则年已五十有三，两鬓青丝夹白，然，身材修长挺拔，模样俊朗潇洒，眉宇间透着英气，超然自信。此刻，他背手，站在书房里，欣赏着窗外似火云绛霞一般的簕杜鹃。片刻，他转身，对着紫檀木架上陈列的陶塑扫了一眼，那只彩陶公鸡尤其抢眼，应是引吭高歌，却偏偏脖子微侧，透出“白眼看鸡虫”的意思，很是独特。接着，他面向悬挂于墙自己手写的条幅，摇头晃脑地吟咏起来：“休对故人思故国，且将新火试新茶。诗酒趁年华。”他对苏东坡的词从来就情有独钟。然后，他踱到长条案桌前，将玄色织锦缎唐装的袖子浅浅一挽，露出雪白衬布，手握湖笔狼毫，饱蘸墨汁，在点金的宣纸上写下“金色战马”四个苍劲有力的大字，面有喜色。显然，他对这四个字颇满意。他想起来了，那次市委宣传部邢副部长来局里调研，对他调侃道："李局，你还是笑傲江湖孤家寡人钻石王老五一个？别千挑万拣了，文艺界美女如云，找一个可心的、不硌脚的嘛。你老兄仍是一匹金色战马啰！"

说起市文化局李凡丁副局长的婚姻，在这个南国明珠S市的文化界，确实是人们饭后茶余常说常新的热门话题。他的夫人，市歌舞团的领舞，水一般的潮汕绝色佳人，古典中透着现代，温柔里展示干练。可惜，老天嫉美，花落花飞，刚过四十，就香魂陨落了。当时，李凡丁才过五十，长夜难眠，好不恓惶。半年之后，形势大变，登门提亲说媒的走马灯一般。这也难怪，李凡丁的优势是明摆着的：榕园小区的大套间住着，"别克"小轿车开着，精装五叶神烟抽着，文艺界各种会议的主席台坐着，市美术家协会的兼职副主席当着（也有微词，说他是因官大才当上的，这有失公允，李凡丁未当文化局副局长之前，他的油画就参加过省中青年画家的美展），还有一点让美眉们感兴趣的，李局的独女在美国留学，已拿了绿卡，山长水远回国机会不多，倘若嫁过去，后娘易做。更让人听了瞠目结舌的是李局还是一位深藏不露家财数千万的大富翁。此话当真？据坊间版本，他的岳父，粤东普宁大茶商，还是古董字画的大收藏家，光是那尊清乾隆年间的碧绿生翠的老坑"翡翠卧牛"就价值三千万啊。这份巨大的家财全由他夫人继承，夫人去世之后当然都落在李局名下了。总之，传说多多，活灵活现，是真是假，不得而知，但，有一点是可以肯定的，它们抬高了李局的身价。在近三年中，跟他品茗饮咖啡深谈浅笑的美人少说也有十个八个：有古典淑女型的，有领潮时尚型的，有新贵名媛型的，有海归现代型的。可惜，统统谈不成功，无缘！究其原因，两个字，太老！谁老？是李局嫌人家老，还是人家嫌李局老？是心老，长相老，思维方式老，年龄太老？个中细节外人不得而知。李凡丁副局长的婚姻大事，也就成了局里上上下下都爱探究猜测的谜。每当多事者兴高采烈、吐沫横飞、添油加醋地解谜时，局办公室接待科副科长蔡志浩总是伸长脖子（因他身高一米七，故必须随时保持身子的挺拔与增高），细眼珠眨巴眨巴，只做听众，绝不开腔。旁边一位老大姐斜睨着蔡志浩："小蔡，到你立新功的时候了，你人脉广，狐朋狗友多，你该物色一个靓女给李局啊。"蔡志浩答道："杨姐，瞧您说的，李局终身大事还轮得到我来瞎掰？我算老几？"老大姐听了点点头："算你精乖。"用"精乖"两字来形容蔡志浩倒很贴切。他为人处世灵活醒目，办事利索，脚勤嘴甜，讨人欢喜。大学毕业来到文化局不到三年就成了副科长。别瞧他平日里大庭广众之下对李局恭恭敬敬、不卑不亢、公事公办的样子，暗地里，李局的家他跑得最勤。一则，李局是单身汉，家里许多琐事要有人跑腿；二则，李局平时醉心于书画丹青，而他在文化单位里耳濡目染，对此也兴趣日浓，尤其是油画，所以彼此有共同语言。当他站在李局一侧，注视这位上级在宣纸上龙飞凤舞时，就会不露痕迹而恰到好处地恭维几句，以客观的口吻说："中国的书法真了不得，丰富、细腻、神奇、有个性，集声形画于一体。"李局听了道："小蔡，你对书法有点见解了。""跟您学啰。"蔡志浩很谦逊。兴致好的时候，李局会斟一杯上好的乌龙单丛茶给他的下级，自我表扬一番："我的油画还有一点功底，书法就难登大雅之堂了。哈，竟然有人喜欢我的狂草，我也只能从命了，秀才人情——纸一张嘛。"蔡志浩会说话："李局，您的一幅字换一桌龙虾石斑肯定没问题。”李局听了很舒服：“你小子会擦鞋！”应该说他俩的情趣确实相投，磨合得不错。蔡志浩颇有心计，觉察到这位上级有时闷坐书房，心情落寞，是因为婚姻大事，始终磕磕绊绊啊。近日，一个合适的人选进入了他的视野，跟李局倒是挺般配的。她名叫苏霓虹，美术学院讲师，芳龄三十八，离异、独身，是他女友乔真真的闺中密友。他见过几面。这位女讲师，苏州人，面目精致，雪肤细腰，云鬓高耸，风姿绰约。午后的阳光下，端坐画室作画，圣女般不可侵犯。

蔡志浩要下一盘好“棋”了。

他包里带了一方古玩市场淘来的鸡血石，兴致勃勃地进了李凡丁的家门。蔡志浩先是递上鸡血石。李局将它捏在手里品赏一番，然后二话不说，将一沓人民币塞给他的部下：“谢了，这两千块你一定要收下，否则就没有朋友做了，来，饮茶饮茶。”蔡志浩晓得这位上司的脾气，恭敬不如从命。蔡志浩开门见山切入主题，说要介绍一位苏州美女给李局。李凡丁听后“嗯”了一声，不置可否，自顾自啜着工夫茶。蔡志浩心里明白，李局身边，蝴蝶纷飞，阅女无数，人正飘着呢，况且，他总不能在部下面前表现得太猴急。于是，他先来一番旁敲侧击：“哈，风水轮流转，现在男人比女人吃香。李局，你对画院的程胡子有印象吧，他爱画鹰，他吹，说那对鹰翅膀就值十万块，可惜有价无市啦。他都五十好几了还处男一个。平日里，胡子也不刮，脏兮兮的。哈，你别说，现在他倒成了香饽饽了，人家给他介绍一位三十五岁眉清目秀的女博士，他却说：“没结过婚的免谈。有没有搞错啊？”李局笑答：“没搞错。三十好几，女博士，没婚史，那就是所谓的‘剩女’，剩有剩的理由，不能一概而论，但这类女性要么是事业狂，要么是挑剔狂，要么本人条件特好是个自恋狂，总之，不易相处。相反，离异过的女人往往更懂得珍惜感情，更会疼男人。”蔡志浩一听，正中下怀，连忙接过话：“是的是的。我替你介绍的苏霓虹有过婚史，没生养，美院动漫系的大美人，跟你肯定会说到一块，年龄也合适，比你小15岁。这位女讲师可以说‘五度’都齐备了。”李局不解地：“什么五度？”蔡志浩答：“高度、风度、深度、嗲度、热度。”李局笑言：“你了解得很细致嘛。她‘五度’齐全，拥有这么好的条件身边该不会清冷的，我又何苦多此一举也去凑热闹。”蔡志浩提高嗓门：“美丽的城堡自然会有猛士去攻占，没人进攻反倒不正常了。不过，美女是属于酋长的！您就是酋长！”李局仰面大笑：“行行行，小蔡，你别给我戴高帽，这帽子不合尺寸，风一吹就飞了。”蔡志浩不罢休：“李局，说真的，您跟苏霓虹成功的概率很高，虽说她很优秀，但毕竟岁数摆在那里，已老大不小了，不敢随意挥霍剩余的青春了，所以她考虑问题会比较实在的，找您这样的男人谈何容易？世上再有能耐的女人也渴望有个可靠的归宿啊。”李局盯了蔡志浩一眼，若有所思地点点头。蔡志浩看在眼里，兴奋地：“李局，你放心。我生平第一次做红娘，我会尽心尽力的。”临别时，李局扔去一句话：“你可千万别口无遮拦，像打锣一样，弄得满世界都知道！”蔡志浩答：“我懂得轻重！”

南方三月天，雨后新晴，阳光暖和，漫出一片金黄，照得客厅格外敞亮。花瓶里的一束素雅的栀子花，沁出淡淡清香。苏霓虹离婚之后的两个月心情不错，美院若没课，爱睡到几点就几点，爱在梳妆台前扮靓多久就多久，爱怎么吃就怎么吃，瓜子酸梅鱿鱼丝只管嚼，爱煲电话粥就煲电话粥，爱去步行街淘衫就放手淘，大包小包拎回来，爱在互联网上消磨时间就昏天黑地消磨，不必看任何人的脸色，自由人了嘛。但最近，心里总像塞了一把草，堵得慌，好孤单，好落寞，没个男人结实的肩膀靠靠，没个男人可以让她说说悄悄话，宅在八十平方的小套间里多浪费“资源”。已是朝四十奔去的人了，韶华易逝啊。好在她会自我调节，将空闲时间填得满满的。她会在电脑上做做动漫软件设计，她会去健身馆养养心练练瑜伽，她也能学学服装裁剪，与闺中密友嘻嘻哈哈做做小蛋糕喝喝香槟酒。哦，这个乔真真，去云南做“驴友”，个把月了，人影不见。此刻，她身穿蟹青色针织短裤，粉颈香肩乳沟玉腿毕现，连拖鞋都甩到一边去，打赤脚，那光洁如瓷的脚后跟让人心疼。她将三本砖头般的硬封皮书，小心地置于头顶，挺直腰板，双目平视，全神贯注，一步一步地在客厅里来回走动，人逐渐放松了，步履也就自然了，摇曳多姿了。这种独创的“平衡操”，她向多位女友推介过：女人的背太重要了，背直挺，就会给人青春魅力永驻的感觉。美丽的背影最能显示女人味，也最性感，偏偏被大家忽略了。

手机唱歌了。

苏霓虹：“哪位？”

乔真真：“你说哪位？”

苏霓虹：“哟，你终于死回来了！”

乔真真：“我现在就在你家房门口！”

苏霓虹箭步上前拉开房门，乔真真挟风而至。好姐妹抱成一团，粉拳相互敲打。

苏霓虹为乔真真调制了一杯玫瑰花冰茶递了过去。

乔真真欣赏着这只凹凸有致的厚玻璃杯和淡红的汁液，啜了一口："太好喝了，还是苏姐最懂我，最疼我。"

苏霓虹慢吞吞地说："是吗？知道就好。怎么样，一路上有斩获吗？"

乔真真兴奋地说："有啊。丽江、泸沽湖美死人了，真想统统扛回来。哈，我的手提摄像机立新功了，没停过。站在高原山野的竹楼上，面对苍茫暮色，什么也不想，就默默地站立，灵魂像给洗涤了一遍，人成仙了。好清澈的湖啊，水鸟上下翻腾，英俊高大的摩梭后生哥，挥动孔武有力的长手臂划船劈浪，那雄健的姿势让人一辈子也忘不了。还有篝火、舞蹈，粗碗盛来的香米酒，大口喝，大声笑。那情，那景，你没有亲临其境是想象不出的。"

苏霓虹笑问："真真，还有更精彩的你没说，你打埋伏了。"

乔真真眨巴双眼，愣了愣："我知道你想问什么。当时确实有冲动，电话里，我跟你说过了呀。"

苏霓虹："让我点到穴位了吧。讲得具体点，细枝末节都讲出来，别偷工减料。"

乔真真："坦白告诉你，那位划船的棒小伙很有礼貌地求过我，当月亮升到山梁上的时候，能不能到我住的竹楼走婚。"

苏霓虹紧张兮兮地："你同意了？"

乔真真摇摇头："我对他说，我们一起唱歌、跳舞、喝酒，做个好朋友。"

苏霓虹有几分失望："没故事？"

乔真真："没故事。走婚，是他们母系民族的风俗，很正常的。好了好了不说了，到时，我将云南之行的写真集送你一本，让你过过瘾。对了，十天前，我在电话里说的那件事你该放在心上吧？”

苏霓虹一副犯糊涂的样子：“什么事啊？”

乔真真狡黠的眼神瞟着她：“你不会忘记的，你不可能忘记的！”

苏霓虹向乔真真讨了一支细细的薄荷烟，点燃，吐了一口：“你的男友蔡志浩，为我介绍一个男朋友，名叫李凡丁，堂堂文化局副局长，没错吧。”

乔真真：“没错。你的态度？”

苏霓虹：“我没态度。”

乔真真：“为什么？见见面总可以吧？是骡子是马牵出来瞧瞧总可以吧？倘若没感觉，‘见光死’那就算了。苏姐，小妹奉劝你，要知道李子的味道就得亲自咬一口。勇敢点，向前跨一步，也许前边是一片宽广的青草地！”

苏霓虹泥塑木雕一般不开腔。

乔真真道：“其实，羊胎素也好，蜜丝佛陀也好，都无法改变女人的容颜，最能让女人容光焕发、青春长驻的秘方就是爱情，就是身边有一位鞍前马后、知冷知热呵护你的男人！”

苏霓虹轻叹一声：“真真，你什么时候变成口吐莲花的说客了。我问你，你的蔡志浩把李凡丁说成是一只会连续涨停板的牛股，是一个天上有地下无的好男人，那李凡丁有眼无珠啊，身边飞舞着许多狂蜂浪蝶，干吗不伸手抓一个？再说了，大学城里，满腹经纶的女生，口号喊得震天响：年龄不成问题！找一个响当当的‘大叔’当老公！为何李局长不动心，反倒对我有意思？”

乔真真一时语塞，抬头瞧瞧水晶灯说：“这就难说了，缘分的事，各眼各花。你平时蛮自信的嘛，你美丽迷人的风姿也是公认的，否则美术学院怎么给你一个‘冰美人’的雅号。你知道吗？多少年轻姑娘都妒忌你呢，打听你是怎么养生的。”

苏霓虹：“还有一个问题，李凡丁的宝贝女儿在美国，我估计肯定是个被宠坏了的脾气骄横的少女，一旦回国发展，当后娘的会有好日子过吗？还有一个问题……”

苏霓虹还想说下去，让乔真真打断了：“你还有个完没有啊？这个问题那个问题，不累吗？女人哪，成天钻在问题里，自我设计一大堆问题，不出三天，不变成老太婆才怪呢。苏霓虹姐姐，小妹这厢有礼了，听小妹一次，明晚六点，紫荆酒店十八楼西餐廊跟李凡丁先生会面，我作陪，当参谋，做灯泡。你就痛痛快快去相亲，痛痛快快去体会，痛痛快快去感觉！”

苏霓虹在客厅里踱来踱去，口气变软了：“你这是赶鸭子上架。”

乔真真上前搂着她的肩膀：“我是逼鸳鸯去戏水！”

乔真真半个身子挪进了簇新的“凯美瑞”小轿车，蔡志浩一头大汗匆匆赶来。

蔡志浩瞟了她一眼道：“你怎么素面朝天？牛仔裤一条、波鞋一双，会不会朴素了点儿啊？”

乔真真白他一眼：“今晚是我唱主角吗？”

蔡志浩：“那倒也是。真真，今晚我就不去了，我是李局的下级，上司相亲，我坐在一边很别扭，他也会尴尬的，你说呢？”

乔真真："是呀，蔡志浩，算你不笨！今晚你去哪儿玩？"

蔡志浩轻叹一声："还玩呢，劳碌命，去为办公室杨主任的宝贝疙瘩补课，补数学。"

乔真真："活该！你自己愿意，自己找的，窝囊！"

说他窝囊，蔡志浩有难言的委屈。一个小小的公务员，科长前边还带了个"副"字，能不夹着尾巴讨好上司，看上司的脸色做人吗？！替那孩子补课确实是自己主动提出来的，说是套近乎、拍马屁也对。唉，陪太子读书容易吗？你乔真真命好，老爸是沙老板，清远北江上有几艘挖沙船，赚得盆满钵满；而今又在做保健品生意，环市路上摩天大楼里有间一百平方米的大办公室。你这位大小姐当然可以想去哪儿就去哪儿，想干啥就干啥，不用看任何人的脸色。我老爸只是个无权无势无钱的退休小学老师，教师节，上边施恩50元过节费就眉开眼笑了。我不靠自个儿眼观六路耳听八方，小心谨慎择机行事行吗？！乔真真，你蜜里泡大的，恐怕想象不出六十岁的老科员，身材臃肿、头发稀疏，站在宾馆大堂，为会议代表提行李发房间钥匙牌是什么滋味！现在若不认真经营，那老科员就是我的未来啊。你说我窝囊，趁年轻时扮扮窝囊就是为了将来不窝囊啊。

蔡志浩道："真真，你的那位冰美人，江浙女子，优雅精致，要求高，爱挑剔，今晚就全凭你周旋了。李凡丁好办，豁达大度，见过的女人也多了去了：温柔的贤淑的艳丽的丑怪的多情的风骚的豪爽的小气的强势的胆怯的玩世不恭的薄情忘义的不拘小节的大大咧咧的，他都能对付得恰到好处不露痕迹。"

乔真真双眉一挑："你的意思李凡丁是只老狐狸？！"

蔡志浩："不不不，不能这么看人。我们的李局是位特可爱、特有魅力的男人，是位通透的、明白的男人。世上聪明人很多，明白人不多。行，我忙去了。噢，对了。中午我去了一趟老鼠街的‘小香港’买了一样你要的东西。”说着，他将一只小小的礼品袋递了过去，转身疾步而去。

乔真真疑惑地：“什么呀？神神秘秘的。”她打开精致的袋子瞄了一眼，天哪，是一对钩花边的银白内衣，她将它拎出来细细打量，连尺码都正合适。她只是随便提起过这件小事，不料蔡志浩听入耳了，办妥了，可见这个男人好殷勤，好周详，好细心，好会宠女人！

紫荆酒店的西餐长廊，价格高，出品好，有情调，是情侣们的好去处。它风格独特，有点像卢森堡小街地下室的咖啡馆，灯光暗暗的，长廊弯弯曲曲的，砌着一条半截子的裸露红砖墙，上边挂着吊着贴着置放着破渔网、竹笠帽、油纸伞、旧风灯，还有巨幅发黄的外国明星照，背景音乐曼妙柔和。

苏霓虹打扮得清丽典雅，挽了个高高的发髻，脸面略施粉黛，一袭合体的旗袍裙，风动处，裙衩微开，美腿时隐时现，让男人见了胸紧心热。

乔真真与苏霓虹坐落，李凡丁还没到。

苏霓虹蛾眉微蹙：“官不大，架子倒蛮大的。”

乔真真晓得苏美人有点不开心，就找开心地说：“苏姐，你的身材真是罕见，你就是为旗袍而生的。”

苏霓虹嘴一嘟：“别恭维我。”她将手腕抬了抬：“你瞧瞧，六点一刻了！”

乔真真：“少安毋躁，塞车嘛。”

苏霓虹：“那不可以早点出门！”

乔真真："当官的，人在江湖，会议不散，能走人吗？"

正在这时，李凡丁快步赶到，连声道："对不起，对不起，下班时间东风路成了停车场，两位久等了。"他与苏霓虹、乔真真握手，坐定之后，让服务员拿来菜牌，对乔真真道："真真，你来点，苏老师喜欢什么口味你清楚。那道鲍汁鹅肝是这儿的招牌菜。"

乔真真笑道："好啊，我会让你'出血'的。"

苏霓虹瞟了瞟这个文艺界名声斐然的男人：麦粒色细细的皮肤，长方脸，剑眉、挺鼻，厚嘴唇，双眼有神。他身穿绛红西服，一条白色纯棉西裤，脚踩深咖啡色皮鞋，搭配得好舒服。对了，他整洁的板寸头，直直的腰板，人显得格外干练年轻，一点儿也不像五十出头的人。男人啊，经过时间的修饰就更有男人味呢。本来，苏霓虹对这次相亲不抱希望，离异之后的这两年，相亲的次数也不少，总是兴致勃勃而去，扫兴失落而归。唉，怎么见到的都是"箩底橙"！想不到这次她对李凡丁的第一印象相当不错，竟然心旌摇曳，心口又像有一只小兔似的怦怦跳，脸面也有些发热。她连忙拿起杯温开水吞了两口，掩饰一下，生怕对方发觉她心头的秘密。

李凡丁与苏霓虹的目光不时相碰，陡地又滑开。乔真真看在眼里，心想：嗯，会有戏。

李凡丁熟练地在盘子里切着神户牛排。他的那双手，匀称、润泽、干净，闪出白光。苏霓虹很欣赏，男人必须有一双讨人欢喜的手，那手可是夜夜要在女人胴体上漫游的啊。

李凡丁很自然地推销自己："我这个人生性不安稳，说得好听点是敢于向生命挑战，讲得通俗点叫作这山还望那山高。我大学中文系毕业留下来当助教，具体的工作就是听课，改学生的作业，枯燥、死板、没劲，后来去了市群众艺术馆写快板，编小戏，够热闹，见了省里下来的大牌作家就得低头哈腰。那时，二十世纪八十年代中期，正赶上下海经商的大潮，也是阴差阳错，局里任命我当影像公司的副老总，大小歌星的盒带出了几百万盒，钱没少赚，可最后还是全军覆没，兵败滑铁卢。好惨，只得灰头土脸回到局机关，稳稳当当，做个吃皇粮的。”

苏霓虹静静听，在他的碟里添上两勺龙虾沙律。她在这种场合的原则是寡言细听。

乔真真笑道：“李局，你在局机关里吃皇粮吃得有滋有味呢，从文艺处副处长升到副局宝座，官运亨通！”

李凡丁谦逊地：“其实，人所处的具体环境很有讲究，阴沟里的老鼠喝臭水，粮仓里的老鼠吃大米。说真的，我的本事很一般。”

苏霓虹听了嘴角微微牵动，浮着几丝笑意，这个人真会说话。

乔真真道：“照李局的说法，鸭子，给它一个舞台，照样是个呱呱叫的角色！”

李凡丁听得畅怀大笑。

乔真真继续道：“看来李局你总能踩准时代节拍，哪里新鲜、哪里时尚、哪里有奔头，你就出现在哪里。”她侧过脸问：“苏姐，你说是吗？哎哟，我这个人不知趣，喧宾夺主了。”

苏霓虹柔声地：“你问我啊，我很闭塞的，我真不会说。”其实，她心里一直在说，这个眼前的男人，心思、做派都很活络呢。当老师，搞创作，下商海，做官吏，跳来跳去，这也不要紧。树挪死，人挪活嘛；能人都爱跳槽，怕就怕这个帅帅的、风度翩翩的才气锐气运气三连贯的男人，在感情上会不会也很活络很起伏很滥情呢？会不会到处招蜂惹蝶呢？吃不准，她心里虚虚的。哟，是谁说的呢？老实的我不爱，我爱的一定不老实。哟，想哪儿去了？我今天怎么了？

两杯纯生啤落肚，酒壮胆，李凡丁的眼光落在苏霓虹衬着旗袍领子的粉嫩白脖子上，心情大好：“我这个人真没得救了。有权也不会用，不务正业，这八年，对油画痴痴迷迷，像地球变暖一样，欲罢不能。最近出了一本油画的小画册，改天送上，请苏老师指正。”

苏霓虹一对纤手在鼻尖前合拢：“先谢谢了。”

李凡丁接着说：“前些日子，我画了一幅油画，构图有点新意。”

乔真真：“说来听听，怎么个新法？”

李凡丁：“野地里有个坑，五个人，有老有少有男有女，屁股翘得高高，脑袋拼命往坑里伸。画面看不见他们的脸部表情，全在屁股上出彩：有花裙子屁股、有牛仔裤屁股、有大裤衩屁股、有开裆裤屁股。你们猜猜我为它取了个什么名字？它叫‘探宝’！”

乔真真雀跃了：“太棒了，李局，你太富有想象力了。”

苏霓虹文雅地：“我们美院的不少学生，在美院泡了那么久，技巧都不成问题的，偏偏做不出让人眼前一亮的好画，就因为缺少思想与创新。其实，艺术的灵魂就在创新呢。”

李凡丁听了很受补，让眼前的苏大美人夸奖是何等快慰人生的乐事。

头开得好，会有完完整整的凤头、猪肚、豹尾吗？

夜。珠江边的新塔灯光璀璨，色彩梦幻。小轿车里，乔真真手抓方向盘向坐在一边的苏霓虹：“怎么样？”

苏霓虹反问：“你说怎么样？”

乔真真：“有没有搞错，又不是我选白马王子。”

苏霓虹沉默一会儿，慢悠悠地吐了三个字：“还行吧。”

乔真真：“旗帜鲜明点！”

苏霓虹：“怎么鲜明法？换季大拍卖，把你的苏姐即刻贱卖？！”

乔真真算是摸透了她的脾性，即使上心的好事，她也会遮遮掩掩挑挑剔剔，不作些直截了当的表态。干脆，捅破那层纸：“苏姐，你有进步了，你会温情脉脉地在人家的碟子里加一勺龙虾沙律；你也会唱赞歌，贬低美院的学生，抬高李凡丁的油画：独具思想魅力，高扬创新大旗。”

苏霓虹较真了：“喂喂喂，真真，你太夸张了，你可别到处乱说，我不饶你的！”

乔真真：“苏姐，别激动，细节证明态度。还有呢。”

苏霓虹：“还有什么？”

乔真真：“临别时你们交换了名片。”

苏霓虹：“社交场合，这很正常啊。”

乔真真：“对你来说就不正常，破天荒！还记得吗？那次，去见玉器老板，也是我作陪，那老板虽说头顶有些秃，但蛮好玩的。他说遇到情侣双双来买玉器，价码后边加个零准没错，八千元的手镯要价八万再给打个八折，六万四成交，对方欢天喜地而去，以为捡了便宜货。这就叫心理战术。男人爱在女友面前摆阔。我听得津津有味，你觉得太俗气，你这个人不食人间烟火的。后来，那玉器老板为了讨好你，大谈艺术，妄加评论冯小刚的电影《唐山大地震》，将女主角徐帆贬得一钱不值。你听得七窍生烟，想放下筷子退场，是我踩你的脚，劝住了。临末，玉器老板向你索要名片，你一口拒绝：'我不是老板，没有名片的。'走出酒店大门时，你对我说了一句好损人的话，我至今还记得。"

苏霓虹："我说什么了？"

乔真真："你说，明明对电影一窍不通，偏装得很内行，很智慧，很有文化，还学别人秃顶！"

苏霓虹惊讶地道："我说过吗？我说过吗？"

乔真真："所以嘛，小小名片，送与不送，里头大有乾坤呢。"

苏霓虹笑言："看不出，看不出，乔真真，你人小鬼大。"

乔真真："我还小啊，小妹今年芳龄二十八，再过两年三十了，豆腐渣了。"

苏霓虹："别说风凉话了，你的比你小一岁的'弟弟'蔡志浩对你够殷勤的了。"

乔真真："用你的话说，还行吧。对了，苏姐，往后的文章怎么做，你自己做主，别三心二意了，别算计得太多，别将十年后、二十年后、三十年后才可能发生的事，拿到当下来布防；要那样，活得实在太累了。"

苏霓虹听了有些感悟："好吧，我会好好梳理的。"

车至苏霓虹家的公寓前。苏霓虹前脚跨出车门，一下子又缩了回来，端坐道："真真，我在寻思，那顿西餐，足足吃了两小时，李凡丁一句不问我的家庭我的工作我的事业我的烦恼我的爱好，我的远近目标。他似乎对我没好奇，没兴趣，这让人很纳闷。"

乔真真："累不累呀，你的心思也太细密了，粗线条一点好不好，求你了！"

苏霓虹："真真，还有……"

乔真真："说，还有什么问题一股脑儿端出来！"

苏霓虹："你别跟我急，帮我分析分析嘛。你留意了吗？那么长的时间，李凡丁的手机闷声不响，肯定是他有意关机了，怕泄露天机，对吧？"

乔真真："苏姐，我服了你了。你回到家，冲杯蓝山咖啡，将今晚吃西餐的事，前前后后、认认真真、细细密密想个够，开个清单，电话里告诉我，让小妹替你解难排忧。"

苏霓虹"呿"了一声，修长的玉腿伸出小车，粉掌轻挥："拜拜！"

平时，夜晚十时前后，苏霓虹会跟闺中密友煲一阵电话粥，说说姐妹们的八卦新闻，喝一杯热牛奶也就安寝了。可打从紫荆酒店相亲回来之后，半个多月了，躺在床上翻来覆去总是睡不安宁，有时得服一片"安定"才能进入梦乡。今晚不知怎么了，睡意全无，好清醒，是王菲的歌作怪？那"只是因为在人群中多看了你一眼，再也没能忘掉你容颜"，这缠绵悱恻有气无力的歌直往人的心里搅动。谁说的呢，睡眠不好因为记性太好，脑子里挤的东西太多。是啊，挤来挤去的全是李凡丁。是他那张线条清晰、写满睿智的脸？是他那风度翩翩中透出的温文尔雅的做派？

是他那直率幽默、言简意赅、内涵丰富的言语？对啊，全对啊，那你还七上八下犹豫什么呢？李凡丁已给了许多让你动心的理由了嘛。自己想要的，就是对的，不必再作茧自缚喽。她侧身瞧了一眼闪着绿莹莹暗光的闹钟，啊，夜半一点了，是个夜猫子也该躺下了。此时此刻，哪位玉人会睡袍轻扬进入李凡丁的梦境呢？她颈脖微热，心头怦怦然，情自难禁啊。她一骨碌半支身子，拿起座机的话筒拨了号码，等待的铃声骤响，苏霓虹屏声息气、神情慌乱、好像做了见不得人的错事似的，轻轻地放下话筒。片刻之后，她嘴唇轻咬，嗯，听听他的声音心里也会踏实许多，有什么法子，疯想哩。她又拨通了电话，传来富有磁性的浑厚的男中音："喂，喂，哪位？怎么不说话？"她手抓话筒，呼吸急促，喘着大气，不答话。"喂，喂，是苏老师吧，你没事吧……"嗬，李凡丁，你猜中了，你好聪明，你心中有我，这就够了，这就足够了，比什么甜言蜜语都强！她放下话筒，无声地啜泣，久违了，这幸福的泪水！

一般来说，老男人久经沙场，谈情说爱该是谈定自若、波澜不惊的，不过，自从"夜半电话"之后，李凡丁与苏霓虹的感情似火箭升空般的上升了。他坐立不安，心潮起伏，走火入魔了，眼前总是晃动着苏霓虹窈窕的身影，她是从画里走下来的呀。突然，苏霓虹来电说今晚登门拜访。李凡丁大喜过望。大凡女同胞能主动来叩男同胞的门，好事也就八九不离十了。他看看钟，踱到阳台上，朝下张望，小区静幽幽，蒙蒙夜雾里，斑驳树影中，乳白的路灯，远远近近，一盏一盏的亮着，透着暧昧迷离的光。已是晚间八点，还不见玉人驾到，他不免有点心慌意乱，难道她变卦了不成？门铃骤响，门外，媚眼含春的正是心上人。

苏霓虹进客厅时，腿微微有点瘸。李凡丁关心地："腿怎么了？"

苏霓虹："没事，上午手里拎了一卷画下楼，不小心崴了脚。"

李凡丁歉疚地："真不好意思让你过来，快坐下，快坐下。"

苏霓虹是有备而来的，耳听为虚，眼观为实嘛。她环顾四周，眉梢轻扬，所有摆设都很精致，都很有品位，传达着文化气息。蟹青的地毯，乌亮的钢琴，屋角红木几上，端坐一只硕大的和田石哈密瓜。还有那张正对落地窗的白色高背藤椅，上边弯有好看的纹路，想必是平日里，主人在此享受春风秋月。瞧，这镜框里的那幅油画，金色的向日葵在秋日的阳光下怒放。她在画前停立良久，这是李凡丁自己颇满意的一幅力作。她走出书房，让门槛绊了一下，"哎呀"一声。李凡丁急忙搀扶："你坐下，你快坐下，又弄痛脚了，我替你治治。"

苏霓虹舒展地坐在沙发上："怎么治？你是跌打郎中？"

李凡丁抓来一只小板凳，坐在她面前，轻轻将她的左脚托起："听我的，放松！"接着，为她脱鞋除袜。哟，那秀脚好让人心疼：脚底粉红，脚面嫩白，脚形细巧。他在上面抹了点万花油，双手发力，煞有介事地揉了起来。苏霓虹被这突如其来的动作弄得不知所措，双颊泛红，娇嗔地说："你冷不防来这一手，让人好窘的，真不好意思，大局长成了洗脚妹了。"李凡丁也不搭腔，抬头瞟她一眼："我用力会不会太重？"苏霓虹感动地摇摇头："不会，好舒服。"她身子里升起了异样的酥酥麻麻的感觉。李凡丁道："我的手搓你的脚，我们是手足之情嘛。"此话刚落地，苏霓虹整个人像遭到电击一般战栗了，气喘吁吁地说：“李凡丁，你好坏，我受不了的，我真的受不了的。”她情不自禁，“嗖”地弹了起来，两只手臂像蛇一般缠住他的头颅，发烫的脸面贴了上去，簌簌的泪水沾湿了他的板寸头，反复说：“我好吗？我真的很好吗？”李凡丁也因激动，语速变得僵僵的、短短的：“你好，你真的很好！你是好女人！我合适你，我最合适你！”苏霓虹听了实在难以自控了，她疯也似的捧起李凡丁的脸，雨点似的，从额头吻到眉心、鼻子、嘴巴、颈脖，她袅娜的身子，玉雕的脸蛋，颤抖的乳房，此刻都像雪人似的融化在这个男人的怀里了。李凡丁，文人气质的王老五，多久没接触女人香滑的胴体了，多久未闻女人香了，焦渴难耐啊，怎抵得住如此狂风骤雨。他的喉结蠕动，身上的每一个细胞都在膨胀，他再也按捺不住了，他紧张兮兮地替苏霓虹宽衣解带。她好不顺从，只是幸福地、迷糊地呻吟着。天哪，这白玉般的身子，美丽得简直让人晕过去。且不说白皙润泽的肌肤，且不说细腰鹤腿的曲线，且不说高翘收紧的臀部，光是那粉颈溜肩、酥软玉臂就够他销魂一世了。他脑袋里突然浮现岭南一绝、大画家凌庸的“美人图”，而此刻，他眼前的分明是一幅活生生的美人图！

他俩赤条条地拥作一团，在地毯上，如痴如醉，飘飘欲仙，死去活来。男女之间，一旦云雨了，有了生命的感觉了，彼此赤身裸体也就不存在羞怯感了。苏霓虹一丝不挂躺在那里眼神醉迷：“李凡丁，我是不是一个放荡不羁的女人呀？”

李凡丁鉴赏的目光瞧着她：“废话！我们俩都是自由人，彼此都在真诚地投入，有一个共同的目标共结连理，有什么可非议的？那是人性的释放啊，只不过没打钟就进了饭堂。”

“你是一个教唆犯！”

“能教唆你这样一个盔甲坚实、刀枪不入的大美人，很光荣，很自豪！”

“喂，李凡丁，也就这一回呢，未来的事谁能打包票！男人靠得住，猪都能上树。有朝一日你变心了，你会骂我荡妇吗？你会把今晚幸福的闪失珍藏心天一角吗？我这么说，你别生气，别介意。”她一只雪白的秀脚，伸过去，戳了戳他健硕的胸脯，“都说女人一过三十就是残花败柳了，我会吗？”

“我的苏老师，你别梦人痴语了。在我眼里，你永远是一朵初夏的玉兰花。你放心，你是浩浩大海，任何江河细流都不可能流进我的心田！”

苏霓虹：“我的大局长，你在吟诗啊，酸不酸！酸就酸好了，我爱听，女人耳朵软，爱听赞美诗，百听不厌！”

李凡丁听着热恋中女友的自说自话。他递了一杯热茶给她，很正经地说：“苏老师，你想过吗？我整整比你年长十五岁。”

“想过，不是问题，年龄不是问题，还有丈夫可以当妻子爷爷的呢，你怕自己太老？我都不嫌，你却不自信了？男人老一点更有沧桑感，那也是一种美；女人老，才是真老，才惨不忍睹呢。”李凡丁听了频频点头：“谢谢，谢谢。这么比喻吧，我们一起种一棵树，你浇一桶水，我浇一桶水，树就一天一天长高了，枝繁叶茂了。”

苏霓虹欣喜地说：“行，你可别忘了浇水喽！”

那一夜，他俩相拥而眠，好香，好甜。

窗外，竹林里，夏雨如歌。

都道是热恋中的女人智商最低。会吗？好像是。那次幽会，自己表现得黏人，放浪，迫不及待，风情万种，汪洋恣肆。唉，欲望面前，理智何等苍白。苏霓虹独自坐在阳台上，任落叶滑过肩头，她思绪飘忽。原先搞突然袭击，夜间造访李凡丁是为了实地调查一番，看看这位在外光鲜的独身男士会不会表里不一，家里狗窝一个，这当然很次要。是去嗅嗅枕巾上会不会暗香浮动？是去发现长沙发上有没有可疑发丝？是去看看几台上是否留下女孩的蝶状发夹？这也不是最主要的。她是想实地造访之后，综合评估这位男友目前的消费能力、生活状态、日常细节以及与女人缠绵悱恻时的实战能力。似乎心中有底了，似乎又吃不准，那晚，她晕了头了。刚才，乔真真电告，她的那幅《妈妈叫你回家》的版画，参展省青年画家画展，市里初选入围了，还要过省的高评委这一关。乔真真神秘兮兮地补了一句："你的那位很可能还是高评委，你可以吃定心丸了，如果给否了，你该向他兴师问罪。"

苏霓虹听了心仍是悬着，七上八下，忐忑不安。每次评奖说是公开公平公正，每次总是意见一大箩。有什么办法呢？规则定得再细，再天衣无缝，最终还要人来执行的，人是有感情的，有偏见的，有审美取向的。苏霓虹十分看重这次参展，因为美院评副教授就是看你有哪些画参展过国家级、省级的美展，获得过什么大奖。在他们红墙绿瓦的美术学院大院里，随便拽个阿狗阿猫也是个副教授，只有她，八年了，还是讲师，坚如磐石，纹丝不动。这是她的一块心病，去外边开会、亲朋好友聚会，问起这档事她只能支支吾吾，心里有说不出口的委屈。还有学院里的头头脑脑的太太们，有几斤几两，大家心知肚明，可个个都弄了副处长、副教授的头衔，有的还莫名其妙地成了博导呢。还是应了那句至理名言：干得好不如嫁得好。对于一个男人来说，权力与金钱是这个时代的生存法宝。李凡丁起码是有点权不缺钱，这也是让她芳心萌动的原因之一。这一回就看他的态度、他的能耐了。李凡丁，别苏老师苏老师喊得那么甜腻，考验你的时刻到了。应该说李凡丁对女友那幅版画参展的事是上心的。而且《妈妈叫你回家》这幅版画的草图李凡丁看过之后还提了意见，譬如孩子脖子上那串钥匙要夸张一些，扣在头上的那顶帽子要斜斜戴，孩子奔跑时手里要挽一个球，这样就更有童趣了。苏霓虹很听得进去，还赏了他两个吻。结果，画成之后效果确实很不错。李凡丁还兴致勃勃地拿给几位画坛老友过目，一致认为有水准。他也含蓄地跟几位关系不错的初评委打过招呼，请他们在一碗水端平的前提下多点关注。至于省里高评委那一关能不能过，他就没有把握了。往届他做过高评委，这届的名单还没有宣布；即使有份，也得看看入选作品的水平。如果一比之下苏霓虹的很勉强，那他是不敢开金口的。艺术家要有艺术家的良心，游戏规则破了，就不好玩了。然而，他明白，这件事对苏霓虹来说至关重要，也是他俩关系的一块试金石，起码苏霓虹是这样认为的。他应该多多关心，抽点时间跑动跑动摸摸底，女友询问时也有话可说。可惜最近特忙，几件事都凑在一起了，一连五天，他都在市管的县调研关于基层文化站的建设事项，那份调研报告市委宣传部催得很紧。还有，局里几个头头要向全体员工作半年工作的述职报告，完了之后还要进行民主测评。这很关键，下半年局里换届，市组织部干部处的人已下来摸情况、听反映，紧锣密鼓哩。李凡丁“白加黑”（白天加黑夜），加班加点，双眼煞红，嘴唇起泡，将四千字的述职报告在会上宣读了，下边笑声不断，效果不错。

该死，说到最后一段时，走火了。他道："从年龄上讲，像我这样的年纪还可以干一届，不过，说实话，我想趁现在不算太老，留点时间，让我多画几张油画。大家也知道，近年来我在油画方面有点长进，所以下半年换届我很想卸担子了。长江后浪推前浪，我们局里，青年才俊不少，希望领导能考虑我的要求。"

李凡丁这席话，引起局里上下轩然大波。有人说不可思议，也有人说他够胆够勇够另类。

白云新城，一家很有情调的咖啡馆里，蔡志浩向他的女友乔真真说着局里头头们述职报告的趣事。乔真真爱听不听地斜睨着一位外国老人，竟然独自坐在那里看书。蔡志浩说："也不知李局是怎么想的，谈恋爱谈晕了头？才53岁嘛，正当年，别人削尖脑袋往里钻，他倒好，敏感时期，大庭广众，打退堂鼓，吃错药喽。"

乔真真听了抿抿嘴："我不这么看。不就是一个副局长嘛，好大？好威风？好了不起？好永垂不朽？李凡丁的表态没有错。他这个人很有个性，很有才气，很特立独行，他当官不像官，更像艺术家。"

蔡志浩很机警，平时与她交谈，都是挑她喜欢听的说，从不顶心顶肺，所以岔开话题："美院的人说苏霓虹是个冰美人，对男人很傲慢，很厉害。有一次，教研室里，系的副主任，从湖南新调来的，竟敢色眯眯地捏她的手说：'苏老师你的手长得太美了，娘娘手。'苏霓虹二话不说，板起面孔，当众扇了他一记耳光，对方急忙弓背缩头，逃之夭夭。"

乔真真："我怎么没听说过？"

蔡志浩："所以我说给你听嘛。我还没说完，这是铺垫。其实，你这闺中密友，过去没遇到投缘的，现在遇见了，她对李局相见恨晚啊，那个热烈、细心、体贴、周到一股脑儿统统全部爆发啦。”

乔真真：“你又知道什么？”

蔡志浩：“李局亲口说的，温暖得不得了。”

确实温暖。苏霓虹平时很少下厨，常喝酸奶，吃面包，叫外卖，难得下个银丝挂面。今天却胸前罩了个蓝底白碎花布围裙，小心翼翼地将一只洗净的小母鸡剔去脂肪、皱皮，放在一只砂锅里炖，加了几片西洋参，几颗鲜红的杞子；又做了一罐冰糖青梅菊花茶，还买回一瓶萧山萝卜干。傍晚，她步履匆匆，小心地拎着沉甸甸的食物，来到李凡丁的寓所，不料吃了闭门羹。她事先没给他电话，想给他一个惊喜。她只好在小区花坛旁的长椅上干等，心里嘀咕着：累得感冒发烧，也不在家好好休息，还在外边折腾，也不知爱惜自己。苏霓虹很有耐心呢，一等就是一个多钟头，连自己都感动了，这不是她苏霓虹平时的做派。爱情的力量真是神奇！

咖啡馆里，乔真真反复叮嘱蔡志浩，让他多点提醒李凡丁，去做做高评委们的工作，叫他别太清高了，这年头清高就是无能，就会吃大亏。蔡志浩频频点头：“我会的，我会的。”

天有不测之风云，苏霓虹的那幅版画让省高评委们给否了。听到这消息，苏霓虹头都要炸了：怎么会呢？怎么会呢？这怎么可能呢？这十拿九稳的事，这到嘴边的烧鹅怎么飞的呢！

苏霓虹蛾眉紧蹙，花容失色，在客厅里走来走去，模样很激动。她的好友乔真真整整一个晚上都陪着她，好说歹说地劝着她。

苏霓虹："我是太自信了。我也太信他了。现在倒好，飞短流长，要多恶毒有多恶毒：傍了个局长级的男朋友，很有手段呢，可惜乌鸦还是变不了凤凰！"

乔真真："别为这点屁事化解不开好不好。心小，所有小事都成了大事；心大，所有大事都成了小事。走，上街散散心，到新开的佳佳百货血拼去。"

苏霓虹："真真，别以哲学家的口吻教训我！我都烦死了，哪有心思扫货？"

于是，两人都不言语了，双双枯坐在那里。

几天之后，苏霓虹将参展败落的事都打听清楚了。李凡丁晓得近日来苏老师心情很差，索性连手机都关掉了。于是，他开了车带她到市郊云山顶"草棚茶馆"去饮茶，吸点清新空气，吐吐心中郁闷。苏霓虹虽风姿纤纤，但清丽的面庞仍透着怨气。她说："李凡丁，你明知这件事很纠结，为什么不早说？让我也有个思想准备。"

李凡丁解释道："人算不如天算。这次是评省青年画家参展作品。上面要求高评委不要年年都是几张老面孔，形成审美定式，产生偏见，所以，尽量挑选近年来成绩斐然的五十岁以下的新锐画家来当高评委，这样我就没资格了。这也对，我很赞成。"

苏霓虹立刻顶了过去："还赞成呢，人家嫌你太老！"

李凡丁："是太老，是太老，这是自然规则。"

苏霓虹怨气未消："评委们在会议上说，我这幅画缺少新意，似曾相识，题材太老。记得研究草图时你是力挺的，你啧啧称好的，你还出了不少点子，那说明什么？”

李凡丁不解地：“说明什么？”

苏霓虹语气不容辩解地：“说明你思维太老！”

嗬，李凡丁第一次领教这位女友的胡搅蛮缠了，而且在“老”字上做文章。

苏霓虹接着道：“高评委中唯一一个55岁的油画家石彦，是你中学的同学，几十年的老朋友，他在会上为我主持公道说几句好听的了吗？”

李凡丁：“对不起啰，这位老师突然小中风，住院，没来参加。”

苏霓虹嘴里蹦出一句：“也是因为太老！连你的新朋旧友都离不开一个‘老’字，都要退出历史舞台。”

李凡丁不无感叹地说：“人总会老的，慢慢地会少了话语权。”突然，他叉起腰，站立，双目炯炯，放眼高天白云，大声地说：“对于艺术家来说，要话语权做什么？！名山大川到处游，到处看，到处画，到处结交新朋友，交流画艺，举杯喝酒，灵感迸发，笔底生花，岂不是快活人生！”

苏霓虹讪笑道：“李凡丁，你很得意，你壮志凌云，你人老心不老，你还‘桃李春风一杯酒’呢。”

李凡丁：“是啊，我就从来没想过会‘江湖夜雨十年灯’。我是乐天派。我的苏老师，别为一时的失败垂头丧气好不好，咬咬牙，沉住气，是金子总会发光的！”

苏霓虹瞪了他一眼：“我不是金子，我是石头！”

云山山顶“草棚茶馆”的茶没有喝好。苏霓虹喝了一肚子气回来。李凡丁也颇无可奈何。美人难伺候啰。他的一位老友调侃过他："男人天天对着美人必然智商下降，因为生怕篱笆外的野狗钻进来，成天提心吊胆。"笑话，至于吗？好事多磨呢，走一步瞧一步吧。

周末，乔真真跟蔡志浩赌气，不想见面，孤身只影去了"购书总汇"的"书吧"泡，坐在那里，翻着时装杂志，可就是静不下心来，总有贪婪的目光向她扫射。她知道，自己的胸既大又挺，一个不要脸的男生曾在她面前好放肆："你海拔太高，一见就让人高原反应。"唉，男人怎么都这么烦人——其实，这些天让她烦心的是她的老爸。

事情是这样的，她的家财万贯、雄心勃勃的老爸，最近下了死命令，非要她去自己新创立的吉祥保健品公司广州办事处做头目。她说什么也不答应，说除非拿条粗麻绳把她绑走。这使她老爸好窝火。在老爸心目中，这个宝贝女儿不仅学历高，师范大学的哲学硕士，长得也出众，端丽大方，青春阳光，而且口才一流，普通话、粤语、英语都说得十分流畅，让她跟洋人谈判打交道肯定是最信得过、最优秀的人选，做老爸的脸上也有光彩。可乔真真偏要自己创业，干自己有兴趣的，不受任何人干涉，不看任何人脸色，成也好败也好，自己喜欢就好。乔老板在外边呼风唤雨，对这女儿却很无奈，他后悔当初不该让乔真真单枪匹马前往北京读大学，从本科到研究生整整七年，哪能不受成天高喊个性独立、体现个人价值的十几万北漂的影响？一个小女生跟在男生屁股后，疯疯癫癫去校门口附近的横街大排档喝"二锅头"，不喝成怪人才怪！毕业后的头两年，女儿在中学当老师，还算安分，可忽地辞职了，"金饭碗"不要了，异想天开出来自己闯了，闯出名堂了？婚纱摄影店开过，迷你饰物店办过，宠物旅馆张罗过，最让乔老板摇头的是她在金融街的摩天大楼里，租了一间昂贵的办公室，办了一家出国留学的中介公司。天晓得，前来咨询的人倒不断，固话、手机也没停过，广告小册子也像天女散花似的散落无数，可就是没一个人来签约。一年多下来，赔了二十多万，只得关门走人。现在，乔老板只好求助于蔡志浩。对这个女儿的男朋友他开始是看不上眼的，小小公务员，太一般了。后来，他发现这小子挺踏实机灵的，也会见风使舵，而且在真真面前百依百顺。这样的男人，也没什么背景，乔真真容易掌控，比找个有钱有势的小帅哥安全多了。乔老板亲自驾车至市文化局门口，接蔡志浩去凯司令五星酒店晚餐。蔡副科长有些受宠若惊哩。乔老板开门见山，数落了乔真真一番。提出让他劝劝真真，回心转意，别瞎胡闹了，助老爸一臂之力，特别强调一句，“你说的比我说的顶用”。蔡志浩心想这位乔老板脑子灵光，懂得器重本人为他所用了，想当初，他在真真面前是怎么奚落他的：“真真，你蒙了，找老公你找老爸相帮啦，有海归的，有开发区公司做老总的，有名牌大学顶着博士头衔的，有外国公司亚洲区当代表的，也有传媒大公司做艺术总监的，你用布蒙上眼睛随便抓一个也比蔡志浩强十倍！”也行，在他眼里我升级了。有一点，他有同感，真真如今心思这么活，花样这么多，何时才了。前些天，真真提出要去做汽车模特，过把瘾。唉，他紧跟慢跟也跟不上她的脚步，做她的男朋友好累。于是，蔡志浩道：“乔总，我会劝劝真真的，我一定支持您；真真上网多，互相影响，思想行动会天马行空一些，也可以理解。一个人若连梦都不敢做，不会有大出息的。别像我，没本事，天天循规蹈矩、刻板机械地忙碌着。”乔老板若有所思地抽着烟：这小子，是块料，说话滴水不漏，既答应了他的要求又袒护了他的女友，面面光，还不无道理地损了自己两句，圆通得很啊。真真有眼光，找了他。顿时，他对这个年轻人产生了一点好感。

凯司令酒店的晚餐吃出事了，乔真真风风火火上门了，要蔡志浩把事情说清楚。

乔真真冷冷地阴阴地说：“蔡志浩，你长进了，你会搞统一战线了，你会里应外合了。”

蔡志浩装糊涂：“什么意思，我做错什么事了？踩了你的尾巴了？”

乔真真：“别装，你心知肚明！我问你，你为什么要支持我老爸？站在我老爸那一边，把我推向‘火坑’，你明知我一百个不愿意！”

蔡志浩：“哈，原来为这点小事。你想想，我能当面顶撞你老爸吗？人家是大董事长、大老总，有身份的人。在你老爸面前，我也说了，我理解乔真真的所作所为，年轻人应该敢于做梦。我说错了吗？”

乔真真：“你理解我？你理解我？你反对我是真，你骨子里就讨厌我所做的一切，你有涵养，你有苦难言，你当我弱智，我看不出来？你翘翘屁股我就知道你要放什么屁！”

蔡志浩：“乔真真，我反对你？除非我吃了老虎胆了。今年情人节，你高擎玫瑰花的火炬，戴着彩色面具在紫荆花广场跳舞，我坐在街边，通宵达旦当守护神，还记得吧？我哪件事不支持你了？你垫高枕头好好想想。”

乔真真绽开几丝笑容："哼，你别装得像乖乖的小绵羊，你挺狡猾的！你说，你看着我的眼睛说，你是不是跟我一条心？你能接受我的性格、我的脾气、我的前卫、我的疯疯癫癫、我的不符合世俗常规出格的做派？如果你看我不顺眼，不来劲、硌得慌、很别扭，那就立刻可以割袍断交，分手好了。你当你的大科长去，免得在我身边受气受累，影响你光辉灿烂的仕途！"

蔡志浩："没那么严重吧，别耍大小姐脾气了。你是学哲学的，哲学统管社会科学与自然科学，所以懂哲学的人最豁达，最大气，最能包容一切，最能看到事情的本质。对吧？"

乔真真："少贫嘴！一、别理我爸，乔家的事轮不到你说三道四；二、听我的，支持我，跟我走；三、半个月后，国际名车展销会在江心洲开幕，我会去做车模，你是我助手，替我跑前跑后。本小姐考验你的时刻到了，能做到吗？"

"行行行。"蔡志浩嘴里这么说，心里却七上八下了。他头都大了，他一百个不愿意自己的女友在众目睽睽之下，搔首弄姿于锃亮的车旁，让无数惊羡的、欣赏的、放纵的、诡秘的、想入非非的目光，在自己女友性感、精致、滑腻的肢体上游走穿透！这算哪回事啊，以他的观念实在无法接受，是自己的心态太老跟不上"80后"的步伐吗？不对啊，我比真真还小一岁呢。他苦于没有良策可施。

自从"画展"风波以来，将近三个月了，苏霓虹与李凡丁的关系不冷不热，多少有点隔膜，当然，吻吻抱抱还是有的，但不会要死要活。这中间，发生了"翡翠卧牛"事件，使他俩的恋情越发走进死胡同了。

外边传得沸沸扬扬说李凡丁藏了一尊稀世珍宝：清乾隆年间的老坑“翡翠卧牛”。此宝后来成了慈禧太后在宫中的把玩之物，价值三千万人民币。其实，夸张得离谱了，经权威收藏家鉴定，它只是民国时期的仿制品，玉倒是缅甸老玉，雕功也算精良，按目前市场的拍卖价三百万是出得了手的。这尊“翡翠卧牛”既不是亡妻娘家的传家宝，也不是李凡丁利用职权弄回来的，是“文革”后期，他从乡野圩市的地摊上花五百块钱买的。李凡丁这个人爱折腾，时不时脑子里就钻出新想法、新路子。他可以一掷两万去江西吉安抱个所谓宋代的陶罐回来；他会花数千元坐飞机去浙江宁海参观明清家具展，买个破损不堪的红木书橱回来当宝；他更酷爱扬州八怪愤世嫉俗的画。他心血来潮，毅然决然用那尊“翡翠卧牛”，由朋友介绍，换来了一幅扬州八怪之一高翔的《弹指阁图》，外加一张清乾隆年间的红木椅子。

苏霓虹在李凡丁家见过“翡翠卧牛”，煞是喜欢。它绿莹莹，翠生生，被置于装饰柜里，灯光下熠熠生辉，可谓点睛之作。苏霓虹明白，自己又不是他的妻子，珍宝如何处置她无权干涉；不过，李凡丁明知她钟爱此物，也该跟她招呼一声或者征求一点意见，现在倒好，当她不存在，闷声不响就交换出去了，自己毕竟是跟他有过肌肤之亲的女友啊。

那一日，李凡丁让钟点工炖了一锅水鱼老鸡火腿汤，又备了一瓶绍兴十五年加饭花雕酒，这些都是合苏霓虹口味的，请她到家欣赏交换回来的《弹指阁图》。李凡丁兴致颇高：“苏老师，你是美院讲师，你说，这幅画很有意思吧？你瞧这老树，这古藤，都像在呐喊，都有生命的。”

苏霓虹心中怏怏不乐，淡淡地道：“你才是老行尊，你见多识广，你眼光独到，应该不会看走眼的。”

李凡丁：“你们学院的黎教授说从印章、纸质分析，这是一件赝品。那是他一家之言，我不信。”

苏霓虹听了心里“咯噔”一下，黎教授可是国内颇有声望的一流字画鉴定专家，连北京故宫的专家都会登门造访，便说：“即使是赝品，不幸被言中，也只能认了，自作自受嘛，面子上还得打肿脸充胖子的。只要你开心就好。你认为值，就值，也不必耿耿于怀的。”

苏霓虹话中有话，一时里李凡丁没体会到。

李凡丁：“不会的，我不会耿耿于怀的。我信心十足，这幅画，绝对是珍品。”

男人固执，是老的征兆，她陡地发觉李凡丁的两鬓添了许多短短密密的白发。

接着，李凡丁指着他心爱的红木椅，特别声明：“你别瞧它油漆剥落，灰头土脸，稍作修饰会非常漂亮的，它是清乾隆年间的东西，也不知哪位王爷坐过的呢。你瞧你瞧，这镂花，匠功细极了，每朵花都栩栩如生。”

苏霓虹当然不这样认为。这把椅子代替了原来的高背白色籐椅，置在客厅中央，不伦不类，整个统一的格调都给破坏了，整个客厅没有了诗意的情调了，所以，李凡丁再兴奋她也懒得搭腔。

李凡丁热情地说：“你坐坐试试。”

苏霓虹眼神复杂地瞧他一眼，不坐也不答。

话不投机，接下去也就是冷场了。热恋时，他俩可是有讲不完的悄悄话呀。此刻，鲜味极浓的水鱼老鸡火腿汤，吞在他俩的嘴里变成淡寡寡的了。

苏霓虹回到家第一时间就给乔真真一个电话："李凡丁老糊涂了！"

乔真真："怎么回事？你们两个又不对劲了？怎么像年轻人似的，爱闹腾，'画展'的事过去不久又出新情况了？苏姐，你说李凡丁老糊涂，他没瞒你岁数啊，我上星期还见过他，像个排球教练，蛮生猛的。"

苏霓虹："真真，电话里也说不清，不仅仅是岁数的问题，是他的心态老了。人一老就特固执，特自以为是，特难相处，你懂吗？"

乔真真："我不懂。李凡丁挺猴气的，挺爽的，心态也年轻啊。"

苏霓虹："真真，我们俩在对李凡丁的看法上好像拧上了。"

乔真真："是吗？"

苏霓虹："我怎么觉得你挺欣赏李凡丁的。"

乔真真半开玩笑地："是啊，我蛮欣赏他的，蛮有感觉的。你提高警惕啰，也许本小姐会插一脚。"

苏霓虹笑言："行啊，在你眼里，53岁的老男人是个宝。你去投怀送抱好了，不关我的事。你可得有个思想准备，别人的口水沫会把你淹死！"

乔真真："淹死就淹死。我活着不是为了看别人的脸色！"

苏霓虹认真地说："真真，我不是跟你耍嘴皮子，你千万别任着性子。"

乔真真笑道："喂喂喂，别当真好不好，随便瞎说说嘛，我身边有个锲而不舍的蔡志浩监视着呢，我是东一榔头西一棒槌的人吗？”

苏霓虹：“这还差不多，说真的，我对李凡丁失去信心了。”

乔真真：“你可千万别这么说，听小妹奉劝一句，53岁的男人正当年，年富力强，说不定是只连续涨停板的牛股，早早抛了你会追悔莫及的。”

苏霓虹：“好了好了，不说他了。你跟蔡志浩怎么样？”

乔真真：“在闹别扭。我要去做‘车模’，他嘴上不敢反对，心里就是不乐意，想着法子拖我后腿。反正女人上电视做广告，当模特，在他眼里都是不正经的，都是卖色相吃青春饭的，丢他脸的。吃青春饭碍着谁了？下作？不要脸？你说他的观念有多老土，多陈旧。我看蔡志浩才是心态太老呢。”

苏霓虹：“这就巧了，你遇到的问题跟我一样的。”

乔真真：“不一样，本质上有区别！”

苏霓虹不悦地说：“好了好了，不跟你辩了，拜拜。”

睡个好觉，刮净胡子，略作打扮，镜子里的李凡丁还是仪表堂堂的，不老啊，他自我感觉蛮好的。苏霓虹对他是越来越冷淡了，嫌老就嫌去吧，他也有思想准备。成熟的稻谷才弯腰，他在电话里约过苏霓虹几次，每次的回答都是：“挺忙的。再说吧。没情绪。”碰过几次钉子之后，李凡丁从痛苦的漩涡里钻出来了，心情反倒平静了。人说老男人恋爱容易走火入魔，是的，但人总得面对现实。有句老话，强扭的瓜不甜嘛。此刻他调好油墨油笔，在布面上东刮一点西刮一点，横看看竖看看，全神贯注耕他的“自留地”。

蔡志浩敲门而入。李凡丁见他很亢奋，急忙泡茶：“我知道，你爱喝潮汕的凤凰单丛，快坐下。”

蔡志浩轻叹一声：“李局，我们是同病相怜。”

李凡丁：“哦，你那边也出事了？”

蔡志浩将近来与乔真真的矛盾说了一通，求教地道：“李局，你说怎么办？”

李凡丁：“好办。你应该高兴，乔真真一直在追求，没停过，碰得头破血流还是不服输。大音乐家冼星海有首歌叫《顶硬上》，乔真真就是‘顶硬上’！你说她‘半路出家’，怪模怪样地在家练‘车模’的姿势。这就对了，她敬业嘛。这姿势、这脸部表情容易弄吗？你试试看。小鸟依人的表情，柔情娇羞的表情，趾高气扬的表情，愁眉百结的表情，冷傲不屑的表情，多丰富，多复杂，你别小看了。台上一现，台下三年，这车模也是艺术！你要支持她才对。”

蔡志浩：“李局，让你这么一说好像我理亏了。”

李凡丁：“还有，乔真真不去她老爸公司的办事处做大掌柜，吃安乐饭，要凭自己本事实现人生价值，很让人叹服嘛。乔真真批评你心态太老，可不是无的放矢，你要自省啊。”

蔡志浩点着头：“是吗是吗？”

离开李凡丁家，蔡志浩准备赶去珀斯时装城，乔真真在那里选购做车模的靓衫。转眼一想，算了，这方面自己一窍不通，当这个参谋肯定吃力不讨好，要受气的，也就作罢了。

乔真真在珀斯时装城，东挑西选，就是买不到一件称心如意的，很没劲的。突然，她心血来潮：何不请教李凡丁？他是文化局的头，经常审查演出节目，连演员服饰也要指指点点、说三道四的，兴许他会给个好建议。还有，他跟他的苏老师这样冷战下去也不是个办法，也该去劝说劝说了，送佛送西天嘛。她跟李凡丁通了电话，他正在“飞地”的画室作画。

所谓“飞地”，是文化局在近郊的一个废旧仓库，放道具布景的，如今隔成十几间画室供画家们作画用。乔真真来到“飞地”的门楼，嚯，好风水，一棵冠盖云霄、枝干遒劲的老榕树守在一边。进了楼道，推门而入，映入眼帘的是画室中央蹲着的一个笨拙的大树头，上边置放着一盆碧绿生翠的小盆景，一只烟头冒尖的烟灰盅，还有打开瓶盖的矿泉水。李凡丁身着油迹斑斑的工作服站在画布前，右手捏油笔，左手托着下巴，沉思冥想。乔真真见了道：“哈，多少当官的，饭局连连，夜夜笙歌，您这位局座倒好，周末在画室里当苦行僧，佩服。”

“稀客稀客。”李凡丁转过身，递过一只小板凳，“请坐。有事吗？小蔡呢？”

“我一个人来不行吗？这事只能跟您单独说，天机不可泄漏。”

“行。说吧。”

“李局，恕我直言，您是不是另有新欢了，把苏老师晾在一边？”

“哈，原来你这位小红娘兴师问罪来了。”李凡丁点燃一支烟踱了几步，“真真，不瞒你说，我对苏老师确实是一见钟情，一往情深，她要打退堂鼓我有什么办法？人心是肉做的，早些天，我也茶饭不思、愁云惨雾哩，不过，想明白了，心理微调了，也就平静了，该干什么就干什么了。”

“哟，那错怪您了。我得问您，这事，到了这个地步您认真反省了吗？您是不是端着文化局副局长的臭架子不肯‘低头请罪’，对人家冷若冰霜？您要懂得，女人是一架钢琴，看您的十个指头会不会弹，弹得好，就是快乐幸福的青春旋舞曲，弹得不好就成了《梁山伯与祝英台》里的《楼台会》。”

李凡丁一脸笑容：“你比喻得很贴切，说下去，我洗耳恭听。”

“女人要哄的，一遍不行两遍，两遍不行三遍，再铁石心肠的女人也抵挡不住男人的甜言蜜语。您做到了吗？您以为那么容易俘获像苏老师这般绝色美人的芳心啊？！”

“其实，我浑身解数十八般武艺都使出来了，她就是主意已定刀枪不入啊。真真，我也不是土头土脑不懂儿女情长的人，该做的都做了，但有的致命伤是无法改变的。”

“什么？”

“年龄！苏老师嫌我老，心态老，老糊涂，连社会关系都老，没能量，没话语权了，过气了。”

“会吗？会吗？”

“我有自知之明，我也想得通，岁月是无法抗拒的。苏老师正在第二青春期，她风姿绰约，光彩照人，人见人爱，向她示爱的短信接二连三，铺天盖地，她选择的空间大得很，她完全可以找一个年龄相当、风度翩翩、学识渊博、风趣幽默、实力雄厚，对她百依百顺的好男人。真真，凡事不能光想自己，要想想别人，这叫换位思考。”

这番话，乔真真听了觉得很有见地、很有道理，也蛮感动，她道："李局，您挺豁达，看问题很客观的。"

李凡丁苦笑，摊摊手，很无奈的样子。

双双沉默了一会儿。

乔真真换了话题："李局，有个事，想听听您的建议。"

"说。"

"朋友介绍我去国际车展当车模。我想去过过瘾。"

"很好啊。"李凡丁马上表态支持，"当然，有人会认为乔真真这样档次的姑娘去做车模不合适，去搔首弄姿不妥。我不这么看，任何一种行当的出现，它的兴衰，都是社会的需要决定的。做车模也是一种职业，可以试试，里边学问大着呢，不可小觑。"

"您这话说到我的心里去了。李局，我去珀斯时装城了，挑不到一件做车模穿的靓衫，您给个建议好吗？"

李凡丁摇头晃脑思忖着。

"您说话呀。"

"我在想，你的车模的服饰应该是独树一帜、与众不同、大俗大雅才好。"

"具体一点好吗？要有可操作性。"

"真真，根据你的年龄、体型、气质，你可以身着纯白T恤、纯白短裤、纯白运动鞋，突出青春逼人与阳光魅力。不过，你现在的一头飘逸长发要'咔嚓'一声剪成运动型的短发！"

乔真真惊讶地："哇，会不会残酷点！女人的长发是女人的命！"

李凡丁莞尔一笑："听说过著名越剧表演艺术家茅威涛吧，大美人一个，她为了演"孔乙己"这个角色，二话不说，一夜之间成了青皮光头！姑娘，干什么事，要么不做，要做就得认真，就要付出！”

乔真真双目转动，听傻了，打量起眼前这位一身油腻腻工作服的男人。他的话为什么总是自己最需要的、最熨帖的，就像夏天的凉棚、冬天的火炉。呃，心怎么乱作一团，分明是来为苏霓虹当说客的，分明是来听建议的，这倒好，自己反跌进微妙的情感的漩涡了。对他，是同情，是爱怜，是叹服，是崇拜？说不清。干吗要清呢？让它像今夜朦胧的月色好了。

南方的初冬，不冷不热，天瓦蓝瓦蓝的，紫荆花开得一天一地，国际名车展销会在江心州开幕了。那一排排簇新、闪亮又时尚的新款轿车，旁边倚立着一个个千娇百媚、袒胸露背、秀腿惹眼的车模，真令人目不暇接、心灵震撼。那美是空前的，现代的，梦幻的，颠覆性的。这车展之所以人头涌动，笑声脆亮，与其说是车展，不妨说是美女展。你瞧瞧，那位神情高傲、长发披肩的女郎，着紫蓝吊带裙，披一条薄羊绒白披肩，袅袅婷婷、目不斜视，旁若无人地过来了。她似乎不是来看车买车的，是抓住机会来展示女神般美丽的。她的裙边遮不过膝盖，光腿光脚不冷吗？不会的，众多男士的目光会给她热能。哟，好一位短发短衫露脐短裤的阳光少女，左臂搭着男友的肩膀，右手心拍拍他的脸颊，好像在说："我就是喜欢法拉利跑车嘛。"咦，这位发髻高挽的美少妇，明眸皓齿，一脸欢喜，急匆匆地拉着夫君快步朝经济实用型车区走去，兴许只有那里的车才是他俩想要的，车价可以接受的，有新房了，再有一辆新车，心满意足呢。

乔真真做一辆深咖啡吉普车的车模，她的打扮独树一帜：白

T恤白短裤白运动鞋，什么饰物都不佩戴，高高挺挺的胸脯是她身上最大的亮点，整个人显得健美、青春、阳光，照样抢镜。她一点也不怯场，手自然地搭着车身，目光平视，仿佛眼前熙熙攘攘的观众与她无关。她让自己的内心处在舒展平静的状态，她的眼里只有九寨沟的湖泊、森林、草地。蔡志浩也来了，还算听话，一直闪在乔真真视野之内的人群中。他明白，这次若不紧跟，按乔家大小姐的脾气、性格，真的会跟他拜拜的，别瞧她28岁、疯疯癫癫的，学历、长相、风度、活泼、可爱，一应俱全，明摆在那里，献殷勤的、送玫瑰的、递巧克力的、赠全套香奈儿化妆品的、硬塞友谊商店购物卡的、小轿车在她小区门口守候的，有的是风光耀眼的男士啊。她也是凡身，也有七情六欲，能抵挡这些人间诱惑？对了，男人追女人，一个“忍”字，一个厚脸皮的“厚”字，缺一不可。当务之急，就得忍，小不忍乱大谋，做小公务员要忍，谈情说爱更要夹起尾巴忍！这时，市文化局的几位靓女、后生哥结伴而至了。一个小子眼尖发现了蔡志浩，喊道：“喂，小蔡，你一个人悄悄跑来选车了，偷着乐啊！”蔡志浩下意识地朝侧边车台上的乔真真瞟了一眼：“别胡扯，房子的按揭还没完，还在做银行的房奴呢，哪有钱买车？来这里过过眼瘾。”一个靓女问：“蔡科，你女朋友应该也来了吧，躲哪儿了？介绍给大家认识认识，别金屋藏娇。”这情景都跳入乔真真的眼帘了。蔡专浩有些狼狈，正要脱身，乔真真从车台上“嗖”地跳了下来，一个箭步来到蔡志浩身边，不由分说，挽着他冲到吉普车前，摆出一个亲热快乐的姿态。晚报摄影记者眼快手快按下相机快门。蔡志浩当然是一张惊慌失措的苦瓜脸。忽然发生的这一幕，使文化局的诸位惊讶得目瞪口呆，回过神来，才恍然大悟，原来这位靓丽的模特是蔡副科长的女友啊，好另类，好时尚啊。接着，乔真真继续在车台上倚车而站，只是扔了一句话过去："瞧你刚才躲躲闪闪、紧紧张张的。我就是要让你当众出丑，醒醒你的老掉牙的旧观念。"蔡志浩无言以对，只得垂头丧气离去，嘴里咕咕哝哝："太过分了，太过分了，有这必要吗？有这必要吗？"

天下事，就有这么巧，乔真真的老爸乔老板，虽说原本是洗脚上田挖河沙出身的人，现在可是财大气粗、气宇轩昂的富翁了。有人讥讽他西装再挺，也是穿龙袍不像太子，番薯屎没屙清。故此，这些年来，在衣食住行方面，他特别追求时尚，跟上潮流，使自己有点绅士样子，追求靓车当然也就不在话下了。他与几个跟班，前呼后拥，来到了车展。天哪，这站在吉普车旁装模作样的不正是自己的麻烦女儿乔真真吗？他像遭电击一样，目露凶光、浑身哆嗦了。他才不管这里是现代科技文明荟萃之地，是靓车美女争奇斗艳之地，是孕育浪漫、风流、优雅、成功之地，他高声吼斥："乔真真，你不要脸，你丢人现眼啊！你即刻给我滚回家，即刻滚！"在他的心目中，这模特，与洗脚妹、发廊妹、按摩女郎都是一样的，他也会混迹于她们中间调笑戏谑，但自己的青春玉女、名牌大学的毕业生、保健品公司老板的独生女，竟然也堂而皇之地做起这一行了，那是绝对不允许的！车台上的乔真真却镇定自若，我行我素，笑容依然，好像这污言秽语不是冲她来的，这把乔老板气得脸红脖子粗了，他怒不可遏："你还不滚，你还现眼啊！"他几乎要冲了上去。保安们见状赶快把他架了回来，几个跟班，在老板身后，摇头晃脑，一副不胜唏嘘的样子。乔真真心里颇好笑，人哪，怎么这么容易得失忆症呢？三十年前，老爸是穿着化肥尼龙袋制成的短裤下河挖沙的呀，如今女儿客串做个车模却成了大逆不道、奇耻大辱的事了。这潜伏在人心底的究竟是个什么样的恶魔呢？

车展快打烊时，李凡丁也来凑热闹了。他未雨绸缪，不久，副局长宝座卸任之后没车了，所以准备辆车，以车代步。哦，乔真真也下班了。四个小时站下来，她人像散了架一样，拖着沉甸甸的步子，一副心事重重的样子。突然，她发现前边左顾右盼的李凡丁。她喊道："李局！"李凡丁猛回头："啊，真真，我正在想你会为哪个品牌车做天使呢。"乔真真兴奋地说："哦，好在你姗姗来迟，没看到丑小鸭的模样。走，李局，今晚我请你去西餐厅吃烤羊排。"李凡丁道："你赚了这点辛苦钱让你请？还是我来。"乔真真："不不不，我请，我有好多话要跟你说。"李凡丁笑言："好多话应对你的男朋友小蔡说。我们就全心全意啃羊排。"乔真真快人快语："小蔡两个小时前我就把他给气走了。"李凡丁戏言："你们小年轻谈恋爱，越气爱得越甜蜜嘛。"乔真真正经地说："唉，我们俩，鸡眼对鸡眼，谁也看不惯谁。"李凡丁说："好，一会儿边吃边说。"

李凡丁与乔真真走进静幽幽的"时光倒流"西餐馆，就像从漫漫红尘中来到一个静谧、诗意盎然的世界。这里有泛着绿光的肥硕的野芋叶，有萤萤烛光，空气里氤氲着一股浓郁的咖啡香。钢琴曲《月光》把人带进遥远的岁月。

乔真真开始诉苦，把今天下午蔡志浩的惶恐、老爸的训斥和盘托出。

乔真真说："李局，你说气人不气人？我爸原形毕露，连粗言滥语都喷了，他当众骂我不要脸。我哪里不要脸了？！“李凡丁听了不无感慨地说：“成大事者都是‘不要脸’的。百姓网的身价几十亿的老总，圣园的腰缠万贯的房地产巨贾，本市第一张名片——长风游乐场的老板，哪个不是出身卑微的草根，哪个没有求奶奶告爷爷的经历，哪个不曾被逼到绝路上想过纵身珠江。在他们创业起步之初，谁会关注他们，谁会在他们面前停留一秒钟！他们哪个是‘要脸’的？！”乔真真：“这些道理我也明白。其实，我也一直在寻找事业的突破口，这些年我成了‘中国移动’了，移来移去，东撞西碰，好惨。”李凡丁：“姑娘，别气馁，经历是一种财富，你是学哲学的，世上什么事物都在变化，只有变化是不变的。年轻人，可以赤手空拳，但不能没有想头。真真，你能在这里啃着羊排吐苦水，比许许多多人的处境好多喽。”“倒也是，倒也是。”乔真真心里舒爽了许多，“李局，我最爱听你的开导，你以后多开导我，我跟你有好多悄悄话要说，我们可以去喝下午茶！”“你跟一个老男人喝下午茶就没意思啰，姑娘，别说傻话！”“你不老，你一点也不老！跟你掏心掏肺地说话，最有意思。”乔真真噘起嘴，双眼定定地、深情地望着李凡丁。

那边厢，一个轻言慢语的，一个安心倾听的，正是苏霓虹与一位绅士派头十足的中年男士。

男的名叫葛军军，是苏霓虹大学一年级时的初恋情人。一别二十年，音讯全无，人仿佛从地球上蒸发了。这次忽然从美国回来，一个电话拨通了苏霓虹妈妈家，于是有了酸涩欣喜的重逢。苏霓虹正处于情感的枯水期，兴奋不已，心头怦怦跳，像有一只小鹿撞来撞去。刚才，他俩还在镜湖的小径上，肩挨肩，手牵手，徐徐而行呢。那里，夜风习习，九里香醉人。葛军军手指轻抚苏霓虹的长发："还在享受孤独？"

"是的，你呢？"

"天长地久是一种谎言！"

"有孩子吗？"

"她带走了。"

"为什么分开？"

"喜欢你不需要什么理由，不喜欢你什么都是理由。"

"当年，你是一个愣头青，现在变得含蓄了。"

"岁月教的。霓虹，那时，你是系花，食堂木架上，你的饭盒里总会出现追求你的情书，如今，你依然楚楚动人，身边该有人吧？"

"你说呢？"苏霓虹不作正面回应。让男人捉摸不透的女人，保留几分神秘的女人，更使男人有美丽的想象空间。

月光幽蓝，他们双双在水泥长凳上坐下。葛军军左手绕着她的纤纤细腰，注视着这张曾经无数次热吻过的水润俊美的脸庞。霎时间，葛军军俯下身，心跳加快，吻着苏霓虹光洁浑圆的脖子。她呼吸急促，一动不动，任凭汩汩的泪水从眼眶里溢出来。葛军军邀她今晚去他住的宾馆品赏干邑艺术。苏霓虹素手轻摇："免了吧。"她知道，在一个有品位、有旧情的男人面前，她是按捺不住的，她是逃不脱的，她是会任他狂轰滥炸、突破底线的。而且，数天之后，他会远渡重洋，那么，这一夜的幽会就成了尘封的往事，她这个年龄已承受不起这种感情的重负了。苏霓虹提出去"时光倒流"坐坐，那里，夜半两点才打烊。

乔真真从洗手间出来，脑门"轰"的一下，那边，身子端坐，在杯里搅着小银勺的不正是苏霓虹？左侧，有一位男士相伴。苏霓虹也发现乔真真了。双方的表情怪怪的。

乔真真回到座位对李凡丁说：“李局，你往左边瞧瞧，那是谁？”

李凡丁转头瞧了一眼：“哦，是苏老师。她应该有一个心仪的人了，否则，我会内疚。”

乔真真反驳：“你内疚什么？缘来缘去十分正常。况且，是她芳心骤变，嫌你太老！”

李凡丁：“不说这些啰。哦，我去跟苏老师打个招呼。”说着，李凡丁来到苏霓虹的台前：“苏老师，你好啊。”苏霓虹欠欠身，脸上升起一片红云，她向旁边的男人介绍道：“这位是油画家李凡丁先生。”然后，她道：“这位是葛军军，我大学时的同学。”两个男人寒暄了几句，葛军军点了点头去一旁接电话了。

苏霓虹讪笑：“李局，你很会选地方呢，真是‘时光倒流’，你越发年轻了。”

李凡丁：“承你贵言啊。你状态也很好呢。”

苏霓虹：“我倒要奉劝你几句，你也许觉得刺耳。乔真真是一匹野马，现在很驯服，待到骑上去会把你摔得粉身碎骨的。”

李凡丁听了很不是滋味：“苏老师，你从来都是温文尔雅的，你想偏了。”他离开那张桌子。

苏霓虹对刚才尖刻的言语有点自责。她心想，他找什么人我管得着吗？也是他的造化，运交桃花嘛。而且，你们已“两清”了，各走各的道。女人啊，天生是吃醋的动物。

年底，李凡丁真的辞去了文化局副局长的职位，而且提前办了退休手续。据说市委书记破例为他开了绿灯：副局长不难找，油画家，特别是颇有功底的油画家，在我们市就不多了。肉烂了还在锅里的，建设文化大市，李凡丁可以作出新贡献。就这样，李凡丁如愿以偿，成了市画院的外聘画家。有人说李凡丁聪明一世，糊涂一时，画画、做官两不误嘛，画价也许会更高；也有人说“老少恋”是个陷阱，害人不浅，那位冰美人把他害苦了，乱了套，李凡丁才会给自己出了这么一个损招。局办公室的方大姐，平时跟李局关系不错，特地郑重其事地跑来对他说：“李局，你官也辞了，退休手续也办了，吃后悔药也来不及了。你要想开点，想得开是天堂，想不开是地狱！”这当然是良善的自作多情，按错了琴键。苏霓虹听到这个消息，长叹一声，李凡丁最后的光环陨落了！在他们美院，都是系主任、院长的画最好出手、最易参展、最受媒体追捧、最快过长江黄河去人民大会堂风光。李凡丁，你是一个好人、厚道人、性情中人，也是一个不识时务的人！你老了，心态也老了，你糊涂了，你老糊涂了。她庆幸自己明智决断。

乔真真得知李凡丁辞职了，退休了，好高兴，特来神儿，抓起电话，像打机关枪似的：“李局，你真行，你真棒，你好样的，把乌纱帽扔进太平洋了。哦，从现在开始我要称呼你李老师了。李老师，你得收我做徒弟，让我也能画几笔。我同学的老爸，退下来之后学画牡丹，不到一年工夫就画得似模似样了，还参加市老干中心的画展呢。喂，你在哪儿……噢，你在市画院，正参加欢迎外聘画家的茶话会。我可以过来讨一杯茶喝吗……怎么不合适，我就要来。”放下话筒，乔真真风风火火地跑到“麦香”面包店，当场定制了一个大蛋糕，上边用奶油淋了四个字：志在千里。她拎着蛋糕兴冲冲地朝缩在街角、油漆脱落、可怜兮兮的旧面包车走去，后边响起了熟悉的喊声：“真真。”乔真真陡地别转身：“太阳从西边出了，你理我了，你好绝情。”苏霓虹道：“你也一样。”自从有过“时光倒流”尴尬时刻之后，这对闺中密友的关系确实别扭了许多，不过在各自的心底，美好的记忆并没有消失，时时会冒头，就是谁也不愿先开第一声，哪怕是发个干巴巴的短信。苏霓虹见她手里拎着一个大蛋糕，问：“蔡志浩生日？”“他会稀罕我送的蛋糕？躲我都来不及呢。”“不会吧。是你芳心另有所寄，忘记你那位小弟弟了。”“告诉你，这蛋糕是送给你曾经的冤家的！”“送给李凡丁？他的生日是3月18日，已经过了。”“不错嘛，你还牢记这个日子，爱情吹了，友情还在哩。知道不，李凡丁不听话，轻举妄动，光荣退休了。他新的征程开始了，我去祝贺他。瞧，这蛋糕上还淋了字。”苏霓虹斜了一眼：“志在千里。老骥伏枥，志在千里。你很有心。真真，看来你对他真的入心入肺、情意绵绵哩。”乔真真毫不忌讳：“是啊，在我心里，李凡丁是我老爸、老师、老友、老哥。”“不会是老公吧。”“这就难说了，也不知人家喜欢不喜欢，娶不娶。总不能有人不喜欢他，让普天下的女人都不喜欢他啊！”这话让苏霓虹听了很生气，她秀发一甩，气呼呼地走了。乔真真望着她好看的背影，在心里数落道：“不可理喻，匪夷所思，是你铁了心不睬人家的，使什么性子呀？你可以在‘时光倒流’跟男人窃窃私语，就不作兴别人在情感上扬波泛浪啊，莫名其妙。更年期远着呢，急什么？”

乔真真来到了市画院会议室门口，深呼吸，喘口气，然后轻轻推门而进。她像圣母一般庄严，双手虔诚地将蛋糕捧在胸前，一步一步走向前去。她将圆盒子的蛋糕放在会议桌中央，再走到李凡丁面前鞠躬，然后，双臂挥动，向诸位致意。所有人都被这天仙般女孩的举动傻了眼，所有人只是眼睛骨碌碌转动噤了声，所有人都行注目礼，瞧着这位飘然而至的不速之客离去。

李凡丁站起来："诸位，打扰大家了。她是我的徒弟，学画的徒弟。"

"徒弟也好，红颜知己也罢，你凡丁兄命大福大，身边总有美神光顾。"

"蛋糕都长脚了，追到画院会议室了，革命成功一大半了，凡丁兄仍须努力。"

在座的画家们调侃、嬉笑。

李凡丁心里却翻江倒海了。毋庸讳言，与乔真真的交往快乐而又甜蜜，她泉水般清亮的笑声会让他从梦中笑醒，她在自己心中是一盏温暖的灯，值得珍存。发展到这一步也就妥了，合适了。跟一个比自己小25岁的大女孩的友情也只能是细水长流、互相关心、彼此鼓励啊。千万不可让乔真真的柔情蜜意像春风里的野草疯长，酿成燎原烈火，扑救也难。自己是过来人，年过半百，人家正是生命的花季呢。虽说周边的画家里"老少配"的也不乏其人，但各有各的处境，没有可比性。你能吃得消吗？一旦成了文艺界的谈资中心，说闲话的，吐口沫的，赞赏的，鄙视的，添油加醋的，等着秋后看戏的，更有那些回到家，面对黄脸婆叨叨的仁兄，会因为你李凡丁坐拥娇娘，心理不平衡的，无名之火涌上心头，化作污言秽语往你身上喷来。李凡丁啊李凡丁，你老猫烧须喽。

苏霓虹心意沉沉，蜷缩在卧室的太妃椅上，很是烦躁。她有满肚子的话要说，要宣泄，好像又无从说起。她冷傲不屑的眼神停留在那幅水仙花油画上，那是当初李凡丁送的，他亲手挂上的，她曾经觉得那画上有他手指间烟草的芳香。她将它取了下来，眼不见心不烦。她移步穿衣镜前注视良久，这张洗尽铅华精致的脸，下巴处白皙的肌肤微见松弛了，她好怕，流水落红，容颜渐变，心中不免怅惘。对，出去散散心，她去了蔡志浩家。正好，蔡志浩也正烦心着呢。他们交谈的主题正是乔真真。

蔡志浩道："苏姐，不瞒你说，我对乔真真确实心灰意冷了。我是一个小人物，折腾不起，乔真真这样的大小姐是让你欣赏的、赞叹的、惊讶的、佩服的，不具可操作性。她最近又玩了一个新花样，叫人啼笑皆非。"

苏霓虹："什么？很出格吗？"

蔡志浩："叫作'女人衣柜到你家'，就是做服装买卖。"

苏霓虹："很一般啦。女孩子，风风火火进出服装市场，大包小包，倒腾来倒腾去，司空见惯的。"

蔡志浩："你听我说，每天傍晚，她的'女人衣柜到你家'的面包车就出动了，停在大学城附近，让叽叽喳喳、三五成群的女大学生来选购，有时还得跟保安捉迷藏。她说很刺激、很过瘾。女生们很拥护她，因为她的服装新颖、时尚、便宜。大白天，她就睡懒觉、上网、逛街、喝下午茶，她的生活就是这般混乱而又颠三倒四。更莫名其妙的是她竟然还是师范大学学生会校外志愿者的成员，帮助大三大四的同学策划未来人生。天啊，她自己的人生一团糟还为别人指点江山，真让人笑掉大牙。”

苏霓虹听得津津有味。

蔡志浩道：“你知道吗？乔真真与她老爸闹翻了。”

苏霓虹：“是吗？怎么会呢？”

事情的原委是这样：乔老板手戳乔真真脑门，你垫高枕头好好想想，你的房子车子是谁掏腰包的？你一会儿做‘驴友’，一会儿去车市卖骚，你越做越贱！你老子开银行？有印钞机？每一分钱都是血汗钱啊！没有我在背后为你撑着，你乔真真当乞衣（乞丐）去！我知道，你讨厌你老爸，你瞧不起你老爸，你老爸狡猾，你老爸奸商，行，你可以滚，我不会流一滴眼泪！我认了，我认命了，我们乔家绝子绝孙，我没做外公的命。说完这个大男人抱头呜呜哭了，哭声好响。乔真真也倔，第二天，将房产证、靓车都退还给乔老板，她一个人搬去三眼井的出租屋。

苏霓虹听完这段话也很感慨：“有些事乔老板还不知情，知道了，非把乔真真撕个稀巴烂不可哩。”

蔡志浩惊愕地：“什么事？”

苏霓虹吞吞吐吐：“真真跟李凡丁好暧昧的。不说了不说了。”

蔡志浩坚定地：“不可能，绝不可能，我了解李局的为人品性。一定是真真头脑发热，她这个人我算了解的，任性，自我，不考虑后果。我敢断定没一个男人可以跟她相处三个月，只有我跟她停停打打维持了一年多。”

苏霓虹：“照你说，你跟你的小姐姐没戏了？”

蔡志浩：“没有，拉上大幕了。细细想想，我这个人经济适用男一个，没多大出息，就求个一宿三餐平安是福。在单位上司面前，低头哈腰，唯唯诺诺，熬个十年八年，熬成副处级也就到头了。说我低俗，守摊，胸无大志，鼠目寸光，窝窝囊囊，做派老套，都对，哪能像乔真真那样，思想新潮，做派现代，青春烈焰，求新求变，说风就风说雨就雨？我自愧形秽哩。正如真真说我的：‘你太老’。”

苏霓虹听了，心想蔡志浩比乔真真还小一岁呢，就这么个心态了。唉，凡人凡人，就是烦事多多，各人有各人难念的经。竹筒倒豆子，相互倒一倒，心头清爽许多。苏霓虹问：“小蔡，下一步怎么办？”蔡志浩苦笑：“还能怎么样，找个普普通通、相貌平平、要求不高的姑娘结婚生仔过个小日子就是了。我爸快八十了，想孙子都想疯了。”这世间，多数人追求的，过的，就是这样庸常的日子啊。想到这里，苏霓虹不觉心头一紧，眼罩愁云了，好在远涉重洋的葛军军还算有点良心，隔三岔五，午夜时分，拨个长途电话过来，给她希望并未远离的幻觉，抚慰着她寂寞难耐的心。

李凡丁退下来之后，脸面油光水滑，走路健步如飞。朋友见了跟他开玩笑：“怎么，打了鸡血针，服了羊胎素啊。”他笑言：“心情好，从头到脚都好，比吃什么补药都灵啊。”这说的是大实话。他头顶的紫红鸭舌帽是乔真真挑的，脚踏的黑色圆口布鞋是乔真真送的。平日里，画室作画，构图、调色、着墨，增一块、减一点，都会有神来之笔。手机唱歌了，不用看，真真来电，哪怕大中午，他也会赶去服装批发市场，大汗淋淋，帮着她绑扎打包装车，再回到她的三眼井出租屋，扛起包包，深一脚浅一脚，进了窄窄的黑黝黝的楼道，然后，抬起脖颈“咕噜噜”地将大半瓶矿泉水灌落肚皮。他好像有使不完的劲。时间紧，他俩会一人拿个饭盒对付，时间松，大排档里排排坐，一锅酸菜鱼，一碟腐乳炒通菜，吃得比什么都香。有时，李凡丁心情特佳，也会要一瓶二两装的九江米酒。才啜了两口，乔真真会抢过杯子："不嘛，我就不准你喝嘛。"李凡丁求道："再给喝一口，再给喝一口。"乔真真嫣然一笑，抢过杯子，一口吞光。

他们俩都进入角色了，很有点意思啰。

电闪雷鸣，横风斜雨，四周一片黑漆。

大学城临时停电。乔真真的"女人的衣柜"做不成生意了。她身披雨衣，裤脚滴水，又冷又湿，不断哆嗦。她在面包车旁转来转去，心急如焚，这辆老爷车怎么也发动不起来了。正在这时，半山坡的树丛里，几个蒙面大汉，蹿跳下来，二话不说，一阵石头铁棍将本来就可怜兮兮的面包车砸个稀巴烂，又将车身里挂着的叠着的大包小包的T恤、短裙、纯棉裤、牛仔裤、内衣内裤，统统全部拖了出来，扔在野地里，和着雨水泥浆拼命踩踏，然后，一溜烟，钻进风雨交加的夜幕里。乔真真吓得缩在车里，双手掩着双眼，神经紧绷，大气不敢出。心想完蛋了完蛋了，这伙歹徒一定不会放过她的，只要身子不受侵犯，这拎包里的这卡那卡，还有颈脖上的足金翡翠坠玉项链全都拿去。好一会儿，车外没动静了，她才猛地想起给李凡丁电话求救。她刚才脑子给吓空了。

李凡丁像只落汤鸡，呼哧呼哧赶来了。他嘴里拼命喊着："真真，真真，你没事吧！""我没事，我没事，我在这儿呢。"乔真真声嘶力竭地回应着。多么激动，多么难忘，多么惊心动魄的经典时刻！闪电劈开黑夜的瞬间，电光中，这一对忘年的恋人，在人影全无的旷野中，紧紧相拥了。什么也没说，什么也不必说，任泪水雨水汗水痛痛快快地流，这就足够了，足够一生取暖！他俩心中都有一条爱的河流，今夜，就在今夜幸福地交汇！

平白无故，无冤无仇，为什么这伙人出手这么狠，砸车踩衫，干这没天良的缺德事！他们是谁？受谁的指使，究竟有什么目的？又为什么对手无寸铁、孤身一人的年轻女子手下留情，没碰她一根汗毛？李凡丁百思不得其解。乔真真何等冰雪聪明的人，她道：“不用报警，我知道谁导演这出戏！”李凡丁问：“谁？”乔真真说：“还有谁，我老爸！”李凡丁两只手掌摇了起来：“不可能，这不可能。”乔真真解释道：“他是想绝了我的路回到他的身边。这种事只有我那个粗人出身的老爸才想得出啊。”

知父莫若儿，乔真真说对了。这当然是后话。

其实打从乔真真搬至三眼井出租屋之后，她的大姑妈、二叔都来劝说过：父女没有隔夜仇啊。临走都留下牛皮纸大信封，里边有厚厚一沓钱。啊哈，那信封露了马脚，“吉祥保健品公司”的字样赫赫然。每当夜静更深，乔真真会惦念老爸，热泪湿透了枕巾。母亲早早去世，为了她，老爸没有续弦。他那时还是建筑工地上的杂工，省吃俭用供她进县城的重点中学。周末，老爸会从深圳的工地风尘仆仆赶回来，守在校门口，将几盒朱古力牛奶、两包花生糖、一袋话梅，还有糖姜塞进她的书包里，总是千叮咛万嘱咐要她听老师话，天天向上。每当老爸离去，她目光定格在他的背影：微驼的背，脚踏一对沾着黄泥巴的塑料凉鞋，大冬天不穿袜！有一次，老爸兴冲冲跑来，在操场一角，把一个当时很时尚的进口微型收录机给了她，说："深圳沙头角买的。你爱听邓丽君的歌仔，你听你听，你自己听别借人，这东西好值钱的。"在闹翻之后的日子里，她也曾几次来到公用电话亭，拨通老爸的电话，那边传来粗犷结实的嗓音："哪位？你是哪位？喂，喂。"她轻轻放下听筒。大嗓门震耳朵，爸精神着哩，心也就熨帖了。

"女人衣柜到你家"，流动卖衫，新鲜一过，大学生来光顾的寥寥无几，况且，让保安赶鸭似的也不是个事。乔真真受网友启发，找了几个志同道合、想法多多的硕士生，在网上注册了一家"转转脑时间出售公司"，花样新奇百出，项目多多：有策划职业规划的、写自我推荐书的、失恋失婚咨询的、筹办婴儿百日宴的、陪同医院输液时聊天的。原来还有一项代写毕业论文的，给取消了，那是犯法的。李凡丁很支持女友："创业嘛，最主要的是吃头啖汤，可以一试。"开业之后，情况让人大失所望，无人问津。正在发愁，一个姓周的老先生来电话，要请一位相貌端正、大专文化、能说会道的淑女陪他输液。老人家准备在市人民医院吊脑脉通，一连八天，每次两小时，价钱面议。乔真真开价每小时100元，对方说行，先试一天，如果满意酬金再加，此事也就说定了。第一天，乔真真先到医院门诊楼贵宾室门口等候，只见来了一位鹤发童颜的老者，服饰整洁，手持一根考究拐杖却备而不用，稳步而至。他笑道："你是乔姑娘吧，老者周雅音。"乔真真点头称是。坐定之后，周老先生道："姑娘，我们通过电话，就是朋友了。你学哲学的，好哇，常在老子、庄子、朱熹、王阳明、冯友兰的大脑里走进走出，一定聪明非凡。”

乔真真听了心想，这老人谈吐风趣，颇有学问，非等闲之辈，说：“哲学大师的书读了几本，学了点皮毛呢。”

周老先生道：“学了点皮毛就不得了啊，知道这殿堂的大门怎么进。”

乔真真：“我没出息，学非所用。”

周老先生：“不能这么说，脑袋经过锻炼就不一样的，干什么都会出彩。”

乔真真听了心里很舒坦。在一老一少的神侃中，输液也就不再漫长而又枯燥了。原来，这位老先生是原晚报要闻部的高级记者，名气大，人脉广，脾性开朗，是个老顽童哩。吊针毕，周老先生道：“明天开始，按每小时150元计算。”乔真真笑道：“不用不用。听您说话如沐春风，学到很多东西。”“姑娘，凭你这话，非加不可！”第八天，李凡丁跟着乔真真来了。周老先生眯起双眼打量着他：“这位先生很眼熟，贵姓？”李凡丁答：“小姓李，名凡丁。”“李凡丁，想起来了，市文化局副局长、油画家，您也来输液？”

乔真真插话：“不，他是来陪我的。”

周老先生略略迟疑，笑道：“好啊，乔姑娘陪我，李局长陪乔姑娘，有意思，很有意思。李局长，乔姑娘是您女儿？她随母姓？”

乔真真更正：“我不是他女儿，我是他好朋友。”

“好朋友，妙极了，红颜知己，要得啰！乔姑娘，李副局长陪你，你每个钟头付多少？”周老先生笑问。

乔真真：“一分不给，还要他贴中午饭。”

周老先生："这就对啰。长得漂亮是优势，活得漂亮是本事。乔姑娘都齐了，该李局长请饭埋单。啊，李局长，你活得滋润啊。啊，我老糊涂了，又乱说话了。"

乔真真："您又开朗又活泼，您一点也不老，你比年轻人还年轻。"

"乔姑娘会说话。人哪，不服老就不老，爱情也好，事业也好，都是这个理。李局长您说对吗？"

李凡丁："您说得对，我很赞成。"

周老先生："哦，我想起来了，你那幅叫'探宝'的油画我在展览会上见过，很抓人的眼球，有俄罗斯油画家的风格！"

"谢谢，谢谢。周老先生言重了。现在，我已退下来了，专心画画，有点长进。"

周老先生："你的油画相当有功底，圈外人知道的不多，要认真包装。如今，价值多元，市场导向越来越突出，画也要按这个规则来创作，来运作。你说，现在哪个品牌不包装的？货真价实的一样要花大本钱做电视广告啊。"

李凡丁："谢谢高人指点。"

乔真真："李老师，这回你开窍了吧？"

周老先生："李先生，我给您出个主意，你要办个个人油画展，造造声势，这声势造与不造大不一样。

李凡丁双手作揖："好的，好的，我会努力。"

事实上，李凡丁对他的油画作品已开始商业化运作了。他明白，在西方世界，美术作品是通过画廊、收藏、拍卖这些渠道运作的，因为竞争机制的渗入，会使画家们你追我赶，作品更臻完美。最近，他的那幅以环保为题材的油画《嫩芽》就进入了嘉嘉拍卖行，拍到五万就戛然而止了，上不去。宣传不够，火候未到呢。

李凡丁个人油画展，在近郊秀竹夹径的雅乐山房展出了。开始，只有几张小报给了“报屁股”的待遇。让人大跌眼镜的是三天之后，轰动效应出现了：几家省市大报，纷纷以娱乐版头条位置进行报道，有的还出了专版，配上了李凡丁的大头像及他的代表作《探宝》等。美术界思想前卫、敢讲真话的权威理论家木森教授，用“艺术奇葩”来评述他的画作。晚报八十高龄的周老先生则笔底生花写了一篇《油画翘楚——李凡丁》的散文，文情并茂。

之所以有如此巨大的反响，这与赫赫然挂在油画展上的那张《我与恩师欧阳孤帆》的放大的照片分不开。在分送给参观者的画册中，记载着李凡丁与欧阳孤帆的将近半个世纪的师生情谊。

“……那年，我十三岁，读初一。第一堂美术课，来了一位黑黑瘦瘦的老师欧阳孤帆。他开口讲课，客家音浓重，听得大家一头雾水，课堂里一片骚动；但不消五分钟，他板书了，字写得又快又靓，简直可以当帖来临摹。更让同学们张大小嘴的是他信手几笔，荷花吐香了，再信手几笔，英武的船家姑娘划桨斩浪了，我们的耳边仿佛响起了‘洪湖水，浪打浪’的歌声。画得好美啊。当欧阳老师擦黑板时，同学们高声喊：‘老师，别擦，别擦。’不久，我们‘学农’，去农村修大寨田，欧阳老师大祸临头了，有人检举他破坏教育革命，因他说：学生不读书，上山修大寨田，误人子弟。于是新账老账（他是摘帽右派）一起算，被打成牛鬼蛇神。一天，饭堂中午卖甘蔗，革命师生每人可买一根。我肩扛甘蔗跑到三华李林里，找欧阳老师，只见他裤脚高卷，一腿泥巴，蹲在井边小溪抽闷烟。我将甘蔗递了过去。他没接，只是默默地注视着我，他粗糙的手掌在我的小脑袋上轻轻地摸着拍着，他的双眼里分明含着亮晶晶的泪珠。

“后来我才知道，他是20世纪50年代中央美术学院的高才生。在校时，苏联专家爱站在他身边瞧他画画，发出‘哈拉梭哈拉梭’（俄语，很好的意思）的赞赏。他的那幅戴竹笠的《砍蕉女》还得了北京市青年油画一等奖，这使他在同学中声名鹊起。1957年，他被打成‘右派’分子，因他在‘大鸣大放’中提出学习苏联油画不应墨守成规，可融入中国山水画的神韵。此种说法被认为反苏。三年苦役，‘摘帽’之后，被贬到我们这间中学做美术老师，他当然还是被打入‘另册’的人，独自一个住在教学楼楼底不足三平方米的工具间里。每当夜晚，校园静幽幽的，他将画架置于走廊，橙黄的光线下，他一笔一笔地在画布上涂抹，对欧阳老师来说，这就是他的全部世界！平时，他教我油画时会说：‘孩子，所谓聪明人就是比别人肯下笨力气，笨力气出多了，心灵通道打开了，在他面前就会出现一个奇异的世界。’

“欧阳老师生性孤傲，不合群，不参加美术家协会，美术界的精彩纷呈的各种活动从无他的影踪。他说，我草民一介，何德何能，不凑这个热闹；但懂行的上门求教，他会拿出好烟好茶热情接待。记得1988年，一批著名油画家到南方采风，好几位是他当年中央美院的同学，都已经是身价显赫，画界谁人不识君的顶尖人物，登门拜访他，我作陪。在他家门口合照留影时，请欧阳老师站立中央，以表尊敬，可他死活不肯，要站到边边上。正在此时，好像有人在暗中指挥似的，霎时间，客人们全部一律后退一步，相机按下了快门，于是一张欧阳孤帆独自一人站立前排的照片出现了，这成为圈内经久的美谈，也是对欧阳老师人格与艺术成就的肯定。

“欧阳老师没结婚，孤鳏一人，身边很是清冷，一生与画为伍。临终前，他对我说：‘拜托了，我的画捐给市美术馆，那张《砍蕉女》你留下，也不枉我俩师生一场，我的遗嘱就在我们合影的相框里。’前两年，四川汶川大地震，我将这幅画拍卖了，所得三百万全数捐给汶川灾民，因为欧阳老师的父亲是四川人，抗战期间，中国远征军的老兵。我想欧阳老师在九泉之下会赞同我的做法。”

李凡丁的这篇文章，如春天的一声惊雷，网民们更是反响强烈。乔真真读后激动得满含泪水，捶打着李凡丁的胸脯：“我怎么一直没听你说起过，你怎么不早说？”“现在说也不迟啊。我也想明白了，该说的就要说，实话实说。”乔真真忽然灵机一动：“李老师，我有一个好点子呢。”“说来听听，你这人爱异想天开。”“我在想，你的个人油画展那么成功，何不趁热打铁，选了风水宝地办个画廊，专卖油画作品。这方面你人头熟，你自己的作品也可在画廊出售。”李凡丁听得频频点头，两只手掌拍着乔真真的两腮：“好啊，真真，我们想到一块了！”

画廊取名“李乔画廊”，那是用了李凡丁与乔真真的姓，以表示这对恋人的情真意切、志同道合，一生一世永不分离。地址选在金融街顶端近外国领事馆区。这里有众多的商贾巨子、高级白领、外交领事、明星名媛，熙熙攘攘、来来往往，市面旺中透雅。选购油画，李乔画廊近在眼前，是个好去处。

画廊开张，第一单生意就撞板。

这事缘起乔真真，画展成功，画廊迎客，好事一个接一个，她心头火热，便邀请了几位媒体姐妹去了酒吧庆贺一番。每个人喝了几口冰镇威士忌之后，同男士一样，豪气来了，疯笑，嬉闹，挤鼻，噘嘴，瞪眼，十分酣畅。一个娱记道："何不请莲姐过来热闹热闹。这莲姐可是一位大名鼎鼎的粤北矿山的董事长，富得流油，如今也附庸风雅，做起收藏家了。她给市收藏家协会赞助了二十万，弄了个协会理事的头衔。请她来，让真真结识此人，日后也好开拓画廊生意的门路。大家一致赞成。不消半个钟头，莲姐裙衫夺目，一身赘肉，香气袭人，兴冲冲而至。坐定之后，她粉脸绽笑："乔小姐，你年纪轻轻，出手不凡，画廊一炮打响。我去过，每张油画都有品位，赚大钱哩。乔小姐，你面相好，这对眼，水汪汪，会说话，你旺夫相啊！听说还没拜天地，快点啦，快点喜结良缘啰。"说笑之后，莲姐三句不离本行，提出要收藏李凡丁的油画，一张十万，一年十张，一百万，而且十分爽气，先付定金五十万，明天就划到账户上。这事很快就商定妥了，签了合同。开始，李凡丁还有些心大心小，后因画廊开业不久，需要资金，更需要人气，加上真真极力称好，也就答应了。不料，这位莲姐三天两日就往他的画室跑，开始还有几分矜持，后来就颐指气使、指手画脚了："喂喂喂，李先生，这颜色不对啊，黑不溜秋的，光鲜点嘛。啊，这姑娘面目倒清秀有点洋气，脖子太细太长了，手臂也太长，怪刺眼。我明白，这叫艺术夸张，但也不能过分。"李凡丁听了自尊心大受其辱，火头直在心上蹿，实在是秀才遇到兵，有理说不清了，真想废了合同把钱退回去，转眼一想，先忍一忍，不要太冲动，让真真出面调停调停再说。过了几日，莲姐在电话里扯着大嗓门，要他参加一个大老板们的饭局。李凡丁婉拒了三次，无奈，只得硬硬头皮去了。原来莲姐是为了在她朋友面前显摆显摆：你们瞧瞧，本市文化局原领导，现在的市美术家协会副主席，知名油画家，是我的哥们！这为她脸上大添光彩啊。这顿饭真是让李凡丁吃得好苦，如热锅上的蚂蚁，难受极了，更让他觉得可怕的是席间有人醉醺醺地妙语双关："莲姐，你这位哥哥比当红男明星还帅呢。""莲姐，下次我来做东，你有这等好事，我那瓶法国路易十五派上用场了！"李凡丁听了，当即站立作揖，拂袖而去。他回到画廊与真真争得面红耳赤，决定退款，废除合同，要回拿走的三幅画。最后的结果还算双方都留了点情面：画退回来了，钱退回去了。莲姐留下很耐人寻味的话："多谢李凡丁先生的绝情，让我莲姐学会了死心。五十万全数退还，这不够，在商言商，利息要照算！"

风波过后，李凡丁对乔真真说："看来不交学费是不行的。"乔真真嗔怒："知道就好，你不该冲着我吹胡子瞪眼睛，发这么大的脾气！我记下你这笔账！""好好好，我的小美人，下不为例。"乔真真在他脑门上狠狠戳了一记。

不久，一位神秘客来到了李乔画廊，开门见山，道："李先生，我近日拜读了《我与恩师欧阳孤帆》这篇美文，感人至深，十分佩服你的人格，所以，本人愿出300万买你的大作《探宝》，以表敬意。"

李凡丁有些愕然，稍作思量，道："鄙人的画怎能跟我恩师比？他老人家是大象，我是蚂蚁。300万买我的画，你会吃亏的，你咨询过吗？”

客人：“没有。”

李凡丁：“你懂画吗？”

客人：“不懂。”

李凡丁：“抱歉，不卖。”

客人：“希望李先生能理解我的诚意。”

李凡丁：“多谢。”

这位客人是乔老板派来打前站的，回去之后向主人禀报了事情经过。乔老板脸有霸气，笑言：“嚯，嫌钱会咬手？佩服！哈，当今社会凡用人民币能解决的问题都不是问题！我倒要去结识结识，这位老兄究竟是何方神仙！”原来，他最近大忙，心情大好，喜事连连呢。一来做保健品生意发了。二来让他心花怒放的是忽然冒出一个刚满两岁的亲生儿子。事情的原委是这样的：他有过一个当空姐的情人，好了半年，人家突然提出分手，理由简单，嫌乔老板穷，穷得只有人民币。其实呢，是嫌他老，气得乔老板七窍生烟，这他妈的算什么理由。不久，空姐嫁人了；又过不久，空姐离婚了；再过不久，她携子上门了，要求与乔老板破镜重圆，并称这孩子是乔老板的亲骨肉，不信可去医院验。乔老板一时昏了头，这天下竟有这等奇事、美事、蹊跷事让自己遇上了。他定神细瞧这母子俩，母靓子嫩啊！大喜！很快就领证、设筵、拜天地。三是高人指点，凡红运当头，发得不清不楚时，不宜独食，要仗义疏财。修桥铺路当然好，还有一个方法，就是结识文化界名流精英，参与他们的活动，给予各种赞助，出手要豪气，让人眼红心热，拍手称快。李凡丁的油画展，赞扬声一片，故事多多，此人行情看涨，高价买他的画值得，必然产生轰动效应，也好让娱记们有“口水”可喷。况且，他也打听过，《探宝》那幅画，目前虽不值三百万，但收藏三年五载之后有可能翻番。

哦，大水冲了龙王庙，自家人不识自家人。李凡丁是他的准女婿哩，当然，此时他暂不知情。

这一日，风和日丽，乔老板经人指点，来到李乔画廊。这招牌，黑底，隶书金字，好不气派扎眼，而且是大作家一始先生手书。进得门来，乔老板眼盯那幅取名“伙伴”的油画：哇，雪山巍峨，一藏族少女，面容姣好，每根辫子都沾着高原上的风，她身旁蹲着一只藏獒，毛色乌亮，前肢直立，双目如炬，煞是威风。他称赞道：“好画，真是好画！”站在一边的画廊小姐笑道：“先生，你那么喜欢就买下来吧。15万，再给你打个折。”“15万？会不会便宜了？你跟你们老板说，做生意，要摸透顾客心理，越贵越买，便宜没好货，翻一倍，30万，肯定有人要。”画廊姑娘偷笑，这客人口气大，有点不靠谱。乔老板移步往前看：咦，这貌美如花的女子，披一头浓密长发，一袭白色雪纺长裙，露着诱人香肩，半靠躺椅，气场逼人。他左瞧右瞧，嗯，模样有点像女儿真真呢。他问：“这画是你们老板画的？”画廊姑娘答：“是啊，您细细看，上边有他的签名。”乔老板低头看：“对对对，‘凡丁’两个字像蚯蚓在爬。对了，姑娘，我想见见你们的老板，谈一桩大生意。”

这时，正在里间整理画卷的乔真真，一骨碌从椅子上弹了起来，这熟悉的嗓门分明是老爸啊。他怎么上门了？自己跟李凡丁的恋情他知道了，会惹出什么“冬瓜豆腐”的麻烦事吗？他会脸红脖子粗大动肝火吗？行啊，躲得了初一躲不过十五，迟早的事。她心慌慌，快步走到乔老板背后，定定神，双手搭在他厚实的肩上，冷不丁地说："我就是这里的老板！"乔老板陡地转身，傻眼了："真真，你怎么会在这里？你怎么成了画廊老板了？""是啊，不行吗？老爸，招牌上写得好清楚呢，李凡丁姓李，我姓乔，合在一起就是'李乔'。老爸，你有了新娘子连闺女姓什么都不记得了？""记得记得，哪能不记得。"

乔真真请乔老板到里边的办公室坐坐。

乔真真亲昵地说："爸，当年你在工地上饱一顿饥一顿的，胃受罪落下了病根，我给你砌壶普洱茶暖胃。"

乔老板听了心头热乎乎的，这句话比什么胃药都管用。嗯，闺女懂得心疼老爸了，脾性大变了。瞧，这对凤眼，跟她妈长得一样一样，白是白，黑是黑，清亮清亮的。

乔真真："爸，听说我有个小弟弟了？"

乔老板："你知道了？知道就好，你弟弟两岁了，很可爱，白白胖胖的，会用粤语叫我'阿爹'，会用普通话叫我'爸爸'。"

乔真真："爸，听说阿姨是个大美人，蓝天白云里飞来飞去。"

乔老板："还行还行，没你漂亮。她早不做空姐了，在家相夫教子呢。"

乔真真："爸，听说阿姨比我小一岁，你好风流！"

乔老板："老天安排的，缘分到了躲也难！"

乔真真："爸，人家不嫌你太老啊，你比她大25岁呢。"

乔老板："真真，你这话老土了。你们年轻人有句话常吊在嘴边的：年龄不是问题，有爱有情就OK啦。"

乔真真："爸，你真行。你有一颗年轻人的心。"

乔老板双眼里升起了问号，转了话题："真真，这李老板，李凡丁，你怎么相识的？你对国画、油画、水彩画一窍不通，他为什么要跟你合伙开画廊？"

乔真真狡黠的眼睛一挑一闪："爸，你是挖沙的，对人参龟板一无所知，你不是照样做保健品生意，做得风生水起。"

一时里，乔老板给噎住了，无言以对。似笑非笑的目光在女儿身上扫了一圈："看来你跟李凡丁的关系不一般啰。他应该是有一把年纪的人了。"

乔真真答得很淡定、很坦荡："李凡丁今年53岁，比你大一岁。"

乔老板一愣："他有妻室吗？"

乔真真："暂时还没有。爸，我知道你现在心里想些什么，别打破砂锅问到底了。爸，我的观点跟你的观点完全一致！"

乔老板："什么观点？"

乔真真："年龄不是问题，有爱有情就OK啦！"

乔老板大笑："真真，这一下让你逮住了。你不愧是老爸的女儿，你血管里流着老子的血。女儿啊，老爸的心明镜似的，是你选老公，你中意就好。"

乔真真："爸，你变得通情达理，性格也温和了。有爱情滋润啊。"

乔老板："上等人有本事没脾气嘛。"

乔真真："爸，你是来买油画的吧，随你挑，不收钱，也算是女儿的一番心意，当作你新婚的贺礼。"

乔老板："有心有心。可我要的那幅画没挂出来。"

乔真真："哪幅？"

乔老板："《探宝》！"

乔真真听了"啊"的一声。

乔老板："不舍得？"

乔真真为难地说："这幅画我真的做不了主。"

乔老板："你跟你的李凡丁说说，他会听你的。300万成交怎么样？"

乔真真大吃一惊："爸，你大出血啊。"

乔老板动情地说："女儿啊，你听我说。你妈命苦早走。这些年来，我们父女俩吞稀粥也好，喝肉汤也好，总是同甘共苦，相依为命。当然，少不了也有磕磕碰碰，你爸是个粗人，有的事，做得过头了，是为你好，且不懂你心，你就看在我们父女分上，水过鸭背别往心里去。现在太平盛世，建设幸福广东，大家都赶上了。你跟李凡丁的事我看也差不多了，'联姻'的招牌都堂堂皇皇挂出去了嘛，你也该张罗一番了，这300万若少，你只管开口，再往上涨！对了，这钱只能划在你乔真真的私人账户上。"

乔真真听得双肩剧烈地颤抖了，她哽咽了，轻轻地喊着："爸，老爸……"

乔真真将上午乔老板光顾的事一五一十地告诉了李凡丁。李凡丁深思半刻，面呈喜色："好，好，这就皆大欢喜了。"乔真真瞄了他一眼："《探宝》让给老爸？""不，不让，不合适。真真，这幅画，按目前市价，最多100万，哪能让你爸做冤大头。画廊做生意，讲个公道，才有口碑，才有回头客。哪怕人家有金山银山，是个傻瓜莽汉，我们也不能狮子大开口。再说了，这事传出去，我会背黑锅的，说我李凡丁奸刁小人、不仁不义、财色兼收，我跳进珠江也洗不清了。你跟你爸说，给我点时间，我一定精心画一幅，恭恭敬敬送过去。你说怎么样？”“还是你想得周到，姜是老的辣。”李凡丁拉过乔真真的小手，拍了拍道：“真真，话说开了，我俩的事，确实也该摆上议事日程了，选个黄道吉日，先把结婚证领了，喜事怎么办，再商量，你说好吗？”乔真真连连点头，倒在他怀里：“早是你的人了。听你的，李老师。”“还李老师呢，改改口行不行，叫我老公！”“老公老公老公！”李凡丁抚着她的秀发，满足地说：“真是前世修来的，有你这个女神伴我一生一世！”

乔真真：“我不是女神，神仙六根清净，没意思，我是你的女人，李凡丁的女人！”她在他脸上重重吻了一记：“李老师，你也心知肚明，我个性独立，酷爱自由，喜欢无拘无束，胡思乱想，婚后，你受得了吗？”

李凡丁：“一物治一物！”

乔真真：“你治得我服服帖帖，变成你忠实的奴仆？”

李凡丁：“没必要，也不可能。真真，因为我们的心是相通的，我们有共同的愿景，我们都不服输，我们都爱向生命挑战，所以，我们有说不完的悄悄话，做不完的欢喜事，你在我身边会觉得无上快乐，无比自由，无限幸福。”

乔真真听了心头滚热，一把搂紧他的脖子：“李凡丁，好老公，前世今生我都欠了你的！没有你，我眼前一片荒漠；有了你，我眼前永远桃红柳绿！你可不能花心哟；你如果花心，藏得细密点儿，别让我知道，一旦让我发现了，我会宰了你！李凡丁，好好爱我，我中看又中用！”

今夜，月光如水，他俩情话绵绵。

也许是乔老板“猫尿”灌多了，头脑发热，在饭局上吐了真言，也许是画廊小妹与姐妹们品茶聊天时，说了发生在李乔画廊里的童话般的缠绵故事，反正，围绕着李凡丁与乔真真“老少配”的情事，以及乔老板出巨资买画碰钉的遭遇，在网上，传得沸沸扬扬，没完没了。尤其是那条十分离谱的“乔老板豪掷3000万，准女婿‘探宝’金灿灿”的微博，更是激起了众博客的兴致，他们争先恐后，以权威自居，苍天可鉴，抛出“劲料”。这一来，李乔画廊门庭若市兴旺发达了。门口，宝马、奔驰络绎不绝。媒体记者紧盯不舍、寻根究底自不必说，连拍卖行的落槌者、文化一条街的大款大爷、收藏家协会的头头脑脑、隐姓埋名的巨富大亨、嗅觉灵敏的电视剧编剧，也纷纷打来电话，送上请帖，恳请李凡丁、乔真真务必给个薄面，大驾光临，喝杯薄酒，交个朋友，以慰仰慕之心。然，李乔画廊的两位老板却一声不吭，人影难觅。

夜里，乔真真躺在李凡丁身边嗲嗲地说：“老公，好怕呀，人家把我考大学时准考证上青涩的照片都搜到了，放在网上了，我又不是范冰冰李冰冰，干吗呀，吃多了撑得慌。这样下去，上街非得戴口罩墨镜不可，烦人！”

李凡丁：“真真，你以后上街少穿你的露脐装，太性感了。没事的，香风热浪都会过去，我们该干什么还干什么。”

乔真真：“李凡丁，你真的不老，过了知天命的年纪还能成为旋风中心。”

李凡丁："风的源头在你那里，倘若你乔真真是个面色焦黄的煮饭婆，我李凡丁能飞天，人家也不会感兴趣。"

乔真真："什么话？你在鼓吹老牛吃嫩草啊。我问你，下一步你有何打算？"

李凡丁："名声在外了，更要诚实做人，勤快作画。我还有点野心，有朝一日，我的油画让美国纽约的世界顶级的画廊收购了，我就有成就感了。"

"哇，李凡丁，看不出，你野心勃勃呀！"说着，她情欲难禁，身子疯也似的钻进他的怀里。

苏霓虹在网上看到了李凡丁与乔真真的各种"版本"的故事，心中真是五味杂陈。自己身边还是这般清冷，每当节假日，日子更是难熬。也有朋友来做媒："去啦，你条件那么好，有房有车有胸有腰，只想不做，只是个梦想家；去啦，去见一个可能改变你一生的陌生人！"苏霓虹还是婉言推辞了，她真的没兴致，没信心。她的闺中密友乔真真终于登门了。欢乐兴奋的日子总是过得特别快，乔真真挺内疚，将近四个月了，只给过她三次短短的电话。她俩见面时，苏霓虹亲热地摇着乔真真的手，劈头就是一句："哼，乔真真，你重色轻友！"乔真真抱歉道："小妹这厢赔礼了。"苏霓虹问："怎么样，李凡丁对你还好吧？"乔真真当然不敢讲真话，免得伤了她的心，戳痛了她的伤疤，只是淡淡地道："还行吧，天底下的男人都是一个样。"

苏霓虹抢白："别说瞎话哄我。你乔真真化成灰，我也知道你是个什么人！不是三头六臂的男人能镇得住你这个小妖精?！"

乔真真也不搭腔，坐在那里轻轻啜泣，声音越来越大，她碎步上前紧抱苏霓虹："苏姐，对不起噢，真的太对不起了。你干吗当初不要李凡丁？你干吗嫌他太老？你把人家休了，我就冲上去了，我就挑到了一个宝！苏姐，你不该断然转身美丽撞墙啊。"

苏霓虹也感动了，轻拍着乔真真的肩头："真真，别哭，不用内疚，跟你没有关系。所有往事都已经镜花水月了。女人啊，女人总是老得太快，聪明得太晚。唉，不是你的就不必吃后悔药，命啊！真真，你开心，你快乐，你成功就好，我在心底里祝福你！还是这句话：面朝大海，幸福花开！"

乔真真："谢谢苏姐。苏姐，我今天来有两点，一是李凡丁让我邀请你，我们一道快快乐乐吃顿饭，谈谈心，他说了，我们永远是好朋友！人生苦短，知根知底的朋友一辈子也就只有几个！还有一点，我要调整你的思想方法。"

苏霓虹很感兴趣地说："替我谢谢李凡丁，本人遵命。你要调整我的灵魂，好啊，你是学哲学的，干这事是你的专长。"

乔真真："第一，在思想上你要增强你的参战意识，对吧？"

苏霓虹的心扑通一下，让她点准穴位了。她确有这个毛病：后悔昨天，担心明天，忘却今天！她道："真真，你说呀，再重的话我也咽下去。"

乔真真："你的几次爱情的失败，受伤，都是太在乎自己。苏州女子，精细；苏州女子往往又精明过人，用上海话说叫门槛太精。太精明的人，人家会怕，不好相处。女人嘛，应该大情怀小情调才讨男人怜爱。当然啰，有时女人也要狠，女人不狠，地位不稳。那是指原则问题；只要非原则问题，都可谦让，都可装糊涂，都好说。"

苏霓虹："天啊，真真，你成了爱情婚姻专家了，让人茅塞顿开。真真，士别三日，刮目相看哩。我会牢记教导，还有吗？"

乔真真："先说到这儿，往后，我还会喋喋不休的，你欢迎吗？喂，搞点吃的，我饿了。"

苏霓虹兴致很好："我给你泡玫瑰花茶，冰箱、食物柜有的是吃的，你自己去拿。"

乔真真跳着走去打开食物柜，哇，满腾腾的：苏州寸金糖、澳门牛肉干、中山杏仁饼，还有台湾凤梨酥。乔真真舔着牛肉干："苏姐，你是一只为食猫！我要把你调教成一只母老虎，天天跟公老虎抢食。""这话我爱听！"

乔真真这时才细细打量起苏霓虹，啊，好懂得打扮穿戴：柠檬黄低领恤衫，搭一件浅绿羊绒外套，配一条烟灰色丝纺西裤，趿绣花落跟拖鞋，整个人既飘逸又高贵。乔真真道："苏姐，你的服装好漂亮啊！"苏霓虹白了她一眼："别说我衣服漂亮，你要夸我人漂亮！""是的是的，千真万确，你人靓衫靓，统统都靓！"

正是春风浩荡三月天，这座有着两千多年历史，英雄辈出，沐浴着太平洋现代风的南国名城，大街小巷，木棉树高擎火炬似的红花，开放得灿烂夺目。孩子们在树下翘首等待，"啪"的一声，红花闪落，他们嘻嘻哈哈蜂拥而上去拾花，那银铃般的笑声，跟随着行人的步履漫向四方。

小轿车向云山机场飞驰。李凡丁与乔真真幸福满溢脸庞。他俩牵着手，坐在车里，准备搭国际航班去俄罗斯，要亲眼看看莫斯科、圣彼得堡皇宫里的那些久负盛名的壁画、油画。李凡丁的恩师欧阳孤帆生前曾对他说过：‘我没有这眼福了，你会有机会的，中国的油画家，倘若没看过伊萨克·伊里奇·列维坦、伊里亚·叶菲莫维奇·列宾的名作，那是井底之蛙！’这次，他要代恩师还这个心愿，也为自己充电，也是度蜜月。

苏霓虹到机场送行，身边有一位儒雅男士相伴，据说他刚过五十，是开发区一家软件公司的副总工程师，从他俩亲热默契的举止分析，成功的概率很高的。

蔡志浩如愿以偿，被提拔为局办公室副主任了。乔真真曾在琶洲家具城见过他，他在选购大床，陪同他的姑娘胖乎乎，白白的，据说是超市的收银员，他未来的丈人开了一间云吞面店，生意不错，也算殷实人家，门当户对呢。

好了，“太老”这个故事该打住了，见好就收吧。

2011年5月

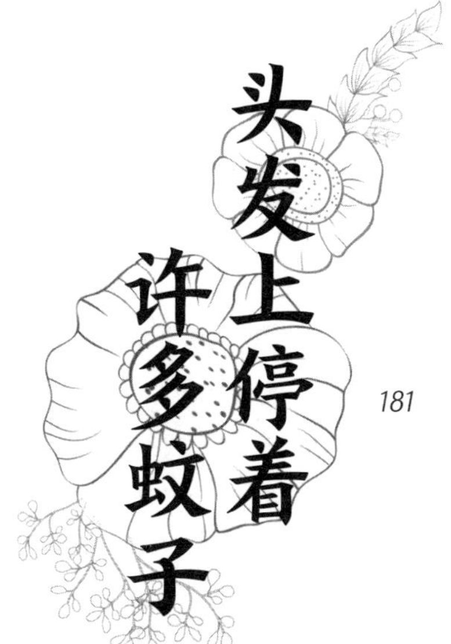

头发上停着许多蚊子

这是一座海滨小城，30多万人口。暖阳下，空气里蒸腾着海鲜味，本地人称之为“仙气”！此刻，美人儿吕小玉，心性特好，思路遄飞：瞧瞧，这有钱就是任性，笔直的滨江大道上，五光十色的大商店多有气派。刚才，她进了锦江发型屋，做了头发。据说，这家发型屋在全国有50多家连锁店。总店设在上海，有百年历史。当年，电影明星王丹凤、秦怡、孙道临、赵丹是这家店的常客，这太有号召力了。更让女士们心热的是，这家发型屋用的七彩闪粉啫喱膏、护发素等材料都是从法国巴黎快递过来的，货真价实。开业那几天，八折优待顾客，门前交通堵塞，保安维持秩序，喊得嗓子冒烟。吕小玉狠狠心花大钱，就选了法国进口的带七彩闪粉的啫喱膏。她在明晃晃的大镜前左顾右盼，心里喊着：好靓好靓，好神奇好神奇。这一头栗色卷发妩媚地披在肩上，头顶闪着点点亮光，脸儿就显得格外的娇俏活泼！嗯，女人在化妆上就是要敢于出手，这是纪律！她吕小玉本来就是牌楼街最出挑的一个！高挑、白皙，粉颈上托着一张鹅蛋脸，丹凤眼里含着一汪春水，嘴上浮着蜜汁般的笑容，步子轻盈，就像水上漂。人见人爱哩。今天，她特地穿了一袭鹅黄底色，透着浅浅蓝花的紧腰风衣，脚踩鱼嘴高跟鞋，春风里，一路显摆，回头率高高。对了，她要第一时间去她的工作单位——南国香云纱厂露面，收获赞美。让小姐妹们见了个个惊艳得像开笼雀，叽叽喳喳，笑得弯腰；让小姐妹们向她学习，做头发去，喷带七彩闪粉的啫喱膏去！在工厂展览厅里，就悬挂着她的照片：香云纱的质检员，端坐在一疋五彩香云纱前，脸上泛着静谧的笑靥。哦，让美丽冲晕了头，今天是厂休日呀！没关系，明天吧，期待也很甜蜜。来香云纱厂采风的“七步诗人”小杨，向后撸了撸飘在额前的一绺头发，当众脱口而出：“你们的吕小玉是香云纱厂的一张靓丽名片！怎么好看怎么长！”接着，他情不自禁地唱咏了一句诗：“啊，小玉进楼，千秋阳光随后！”不过，在随后的闲谈中，却漏出一句让吕小玉听了很烦心的话：吕小玉的文化底蕴与气质，还有提高的空间。什么意思？本姑娘的文化气质落在人后？那就太小瞧人了。舒婷的《致橡树》能背诵，严歌苓的《芳华》感动得眼泪簌簌，《梁山伯与祝英台》里的《化蝶》会唱会舞，还有南方的粤剧，也能哼：“凉风有信，秋月无边！”然后，在月无聊、难入眠的夜里，她会被“气质”折磨。这“气质”两字，又玄乎又具体，搞不大清。前一阵，厂里来了几位浙江嘉兴丝蚕行业的女生，她们是来学习取经的。联欢会上，这几位女生身着各式香云纱制成的裙裾，在舞台上袅袅婷婷地表演。那妙曼飘逸的身姿、清俊灵性的眼神、古典风范的神韵，看得真让人心醉。这气质是如何熏陶出来的？一方水土养一方人？天生的？爹妈基因决定的？后天悉心培养炼成的？吕小玉有些蒙。厂部办公室老顾，衔着烟，冷不丁抛出一句话："人哪，只怕比，一比就比出高低，孔雀成了土鸡！山外青山天外天啰。当今社会，竞争激烈，连美丽也是百舸争流！"此话，吕小玉听了好气愤，屁话！为此，吕小玉专门联合了几个姐妹，下班时候在厂部门前草坪，恭候这位仁兄。她们个个打扮得花蝴蝶一般，尤其在头发上下足功夫：长发、短发、松糕发、馒头发，紫微微的，绿幽幽的，黑发夹桃红的，还有干脆一头"奶奶灰"的。吕小玉眼尖："来了，来了。准备，准备！"来者正是厂部办公室老顾。姑娘们咘咘地笑，交头接耳："哦，就一个大老土！""有眼无珠，看清点，孔雀开屏啦！""山外青山天外天罩着你哩。"接着，姑娘们煞有介事，一本正经，肩挨肩，一字排开，在老顾身前身后移来移去。老顾看到了，愣神，驻足，双眼骨碌碌转动：什么动静?！什么动静?！嗯，这头发做对了，花450元，值！这不，高雅的气质即刻在头发上显出灵光。你睁大眼睛瞧瞧，那几位嘉兴美人，哪个的头发不是精心绾结的?！

吕小玉东想西想来到牌楼街街口。那豪气挺立的老榕树虬结盘曲，苍劲古朴。它的一树攒动的绿，一树无声的歌，曾日日夜夜陪伴着一届又一届的牌楼中学的学子。吕小玉每次路过都会向母校的教学楼，投去深情一瞥。近面走来了她当年的班主任肖老师。肖老师50边的人，脸面圆润，留着铜盆头，显得格外年轻。她上上下下打量着吕小玉，亲切地说："小玉啊，我住街头，你住街尾，同走一条麻石路，却很少遇见！你没变，还是那么出众！”吕小玉兴奋地说：“肖老师，我们同学聚会，总绕不开关于您的话题。”“说来听听，背后说老师什么坏话了？”“哪能，全是上上大吉的好话。说您是无可挑剔的潮州姿娘。您的一颦一笑、一举手一投足都那么规范得体，似乎在给天下的女生做示范！老师可记得，那年春节，我们到您家拜年，您穿了一对蓝底红花的绣花鞋，好看死了。您告诉我们是自己一针一针绣的。后来，我们几个女同学也悄悄地做过，那绣花鞋针脚歪歪斜斜，那牡丹花像让风霜打过似的，谁敢穿啊！”肖老师听了抿嘴笑：“天底下的女人都是爱美。小玉，你的头发刚做的吧，秀发上闪着光点哩，时髦新潮。”吕小玉听了心中大悦，终于遇到了一位高素质的，播种美，鉴赏美的人了。她竖起双耳等待下面的赞美诗。肖老师道：“小玉啊，看得出，你对自身的美丽是下了大本钱，花了心思的！万丈红尘、众多美女，都在你追我赶呢。”“是的啰，肖老师，我现在压力挺大的，我有精神负担，我怕别人说我头发干了，腰粗了，脸上长痘痘了，冒出星点雀斑了。唉，我可警惕了。嗯，我也理不了那么多，我也是30边的人了，人怕老，情怕等，人生苦短，任人说去，追求我的追求，得闲做头发！”肖老师听了这番自说自话的感喟，思索片刻：“追求美，是女人的天性。小玉，头发要做，内功也要修炼，做一名美丽的知性女生，对吧？多年前，我在市文化馆编的诗集里，读过你的诗——《香云纱之歌》：‘啊，香云纱，你带着南海女儿的问候，你带着蚕丝姑娘的体温，你带着爱的甜蜜与祝福，展示着今日大国美丽风采！’写得蛮有激情的。”“哎哟，肖老师，谢谢您还记得。那是我十年前刚进厂时，不知深浅所写的，现在早就不做诗人梦了。我妈说，男人若写诗写得疯疯癫癫，肯定没出息，穷鬼一个，一首诗才几块钱！到头来连个老婆都娶不到！”肖老师煞有介事地说：“我不这么看。读诗写诗，应该坚持。诗是个好东西，它能提升人的灵魂，使人的精神世界变得丰饶！苏东坡说‘腹有诗书气自华’嘛。”咦，肖老师这话，听起来糯糯软软的，有锋芒哩。明明邂逅，偏偏让她洗脑，自讨没趣。肖老师慈爱的目光里透着犀利，在她学生脸上转了一圈：“小玉，我这个人年年做班主任，习惯了，说话刻板，居高临下，不讨人欢喜，真没治了，你别往心里去。我现在也常对同学们说：‘布衣暖，菜根香，要知足，懂感恩。’我们都是平凡人，若常与心里的平凡人较劲，只会自讨苦吃，烦恼无边。”啊，这番话说得吕小玉头皮发麻！是在批评她爱虚荣，爱攀比，表面光鲜，欲望膨胀。刹那间，那七彩芳香的啫喱膏，仿佛成了酸腐的糨糊，将一头秀发板结成锈铁一团！不过，再堵心，在大面上，吕小玉会用言辞应对的：“谢谢肖老师教诲。改天，我约上同学登门求教啦。”吕小玉正要拔脚离开，不料，肖老师盛情挽留：“小玉啊，新盖的育才楼就在眼前，进老师家喝杯茶可好？”天哪，还得听她洗脑，不去又失礼，去啰。肖老师家的客厅清雅整洁，吕小玉笑吟吟地说：“见到你一头靓发，光彩迷人，我的心也动了。”吕小玉心里“咯噔”一下，昔日古古板板的班主任，“铜盆头”几十年，也想换新发型哩。她笑言：“好啊好啊，肖老师您也与时俱进了。”肖老师道：“我呢，人老心不老，有点‘野心’，让我头上也显点灵光。小玉，我让你先看件东西。”她在装饰柜里取出一件工艺品：古老戏曲里的凤冠——金线银线，五彩珍珠，翎羽闪闪。吕小玉见了“哇”的一声："这凤冠好精美啰！"肖老师神秘兮兮地说："凤冠好比你新做的头发，抢人眼球！我呢，也想头上有顶无形的凤冠！懂我意思吗？"吕小玉如堕五里雾中摇着头。肖老师道："其实，我头衔不少，还想要！让人家闲言碎语去，懒得理。"吕小玉说："肖老师，您是中学语文学会的副会长，是关心下一代工委会的首席辅导员，是连续三届的市中学生作文比赛的评委，你头上有好多耀眼的光环哩。"肖老师："是啊。我还想当一名市诗歌朗诵协会的副秘书长，抛头露面的机会多，逼着我多点进步！这事你能帮上忙！"吕小玉张大嘴："我？！""就是你！你老公师范学校的校长林苏苏，她就是市诗歌朗诵协会的会长。你老公与她是湖南益阳的同乡，跟她说得上话，让你老公出面推荐，美言几句，这事就十有八九了。有了副秘书长的光环，我出外活动就不一样啦。"小玉心想，原来如此，肖老师还认真"备课"了呢。肖老师兴奋地说："我最近读过一首网络歌曲《梦见你的那一夜》，特美，朗诵效果一定好，你听听——

曾经以为那是月光
为我牵的线
才会让你来到我梦里面
花儿开满的草原
哦，风儿变得缠绵
把你身上的芳香粘上我的琴弦
一直相信这是上天留给我的缘
才会有你住在我心里边

吕小玉拍着手掌："好听死了！肖老师，您朗诵得太美妙了！"肖老师感动地说："小玉，所以我很在乎朗诵协会的头衔，我渴望上台表演，我渴望海报上有我的彩照，我渴望台下的掌声潮水似的向我涌来。小玉啊，你一定在偷笑，一大把年纪了，还在乎这些虚虚浮浮的东西。没法子，我就是好这一口。好比你花大钱去做头发，你讲实效，我图虚名，道理是一样的。"临别，肖老师把风冠装进匣子硬是塞给吕小玉。

一路上，在吕小玉的脑海中，肖老师的面容变来变去，一阵子清晰，一阵子模糊，一阵子古板，一阵子活脱，变形人啊。突然，一辆失魂的快递电瓶车，"嘭"的一声倒在她身边，大包小包压向吕小玉，人没事，拎在手里的风冠给压得扁扁的了。

夕照金黄。吕小玉来到牌楼街街尾，妈妈在这里开设了一家微型士多店。小店小，门前有块空地，小玉妈在空地周边莳花弄草，四时八节，花开花香。夜晚，凉风习习，几张塑料台凳一放，顾客团团围坐，剥花生，喝小酒，发酵真性情。小玉妈端详着宝贝女儿，将一罐可乐递了过去："小玉，你足足一个星期没来看妈了，忙什么呢？"坐在麻石条凳上的老者，清瘦，有几分仙风道骨的模样，绰号陈半仙，插话："女大女世界啰。"吕小玉瞟他一眼，还半仙呢，会算命卜卦呢，连自己儿子撞车断肢也卜算不出，尽忽悠人。小玉妈细细打量着女儿："这头发刚做的？香气呛鼻。风衣新的，窄了点穿着舒服吗？小玉，你真会大把大把花钱！你老公堂堂师范学校老师，也该替他添点衫裤啦。一年四季，牛仔裤一条，一条牛仔裤。"小玉道："妈，你又不是不知道，他禀性倔，爱穿牛仔裤。"陈半仙又插嘴了："丈母娘心疼女婿啰。小玉，你男人面相好人好，这个湖南仔你挑对了。去年你妈六十大寿，他不送金银手镯，亲手做湖南擂茶，将茶叶、老姜、芝麻、炒米、盐，擂成细末，用开水冲开，放入青瓷大盖碗里，双手捧到丈母娘膝前。街坊邻里见了，谁人不动容啊！”小玉妈听了点着头，脸上泛着光彩。吕小玉不悦，就你陈半仙多事！小玉妈道：“小玉，你这头发做得光鲜考究，少说也得花个100元。”吕小玉听了哧哧地笑，附在妈耳边：“450元。”“哇，你真舍得，你老公是银行财神印票子的？见了你老公，我要说说他，疼老婆也不是这么个疼法，把老婆宠坏了，宠到天上去了，就不明人间烟火了。我们草根人家，平民百姓，比不得富贵家娇娇公主啊！”吕小玉听了好后悔。往后，决计不跟拎不清的人说真话，哪怕她是亲爹亲妈！这时，陈半仙似笑非笑地说：“咦，小玉妈，奇了怪了，谷雨未到，蚊子成群结伙乱窜乱飞了。”小玉妈诧异地问：“陈半仙，你神神道道说什么，哪有成群结队的蚊子狂飞乱舞？！”陈半仙陡地站立，走近吕小玉，手指她的秀发：“小玉妈，你来看，你来看，小玉头上白点点的是什么，那停在发上的全是吸血的蚊子啊！”小玉妈半信半疑，伸手轻抚吕小玉的栗色卷发：“呸，陈半仙，你是真不知还是假不知，小玉头发上喷着啫喱膏，懂不？！你这个老东西，番薯屎没屙干净，跟不上潮流！”陈半仙蹿前一步，枯手掌在吕小玉的头上“啪啪”两记，真的拍死了两只蚊子。“我陈半仙从不乱开金口！”小玉妈：“哦，啫喱膏香香甜甜惹蚊蝇啊。”陈半仙：“我们广东有句俗话叫‘周身蚁’，蚂蚁上身痒痒痛痛，意思是麻烦缠身。我说这啫喱膏就是不祥之物！”小玉妈沉下脸：“陈半仙，你别吓唬人，狗嘴里吐不出象牙！”一边的吕小玉越听越恼怒，好端端地做个高级头发，心中甜甜蜜蜜，却让这个丧门神陈半仙嘲弄讥讽，挖苦戏耍！真是倒了大霉！她厉声道："陈半仙，你闲得发慌，去关帝庙门前拉客算命骗些碎银吃酒啦。别在这里装神弄鬼！"陈半仙听了也不生气："好好好，美女下逐客令了。"他转身背手，拖着八字脚，嘴里似含着青橄榄，吟道："奇闻奇闻，奇闻到处有，牌楼街的奇闻最电人：蚊子脱胎变珍珠，美人头上乐悠悠！"

回到家，吕小玉不开心，瘫在沙发上，脚一撑，鱼嘴高跟鞋可怜兮兮地滚落一边。瞬间，铺着亚麻台布的方桌映入她眼帘，桌子中央的一只盘子里，有一杯淡黄色的柠檬茶，三颗红色的草莓，两块焦红的鸡仔饼。她心里顿觉春天般温暖，知道这是老公为她准备的下午茶。老公笑眯眯地从书房里出来："我正要发微信找你呢。渴了吧，喝口柠茶。""不渴。""吃颗草莓。""怕酸。""吃块鸡仔饼垫垫肚。""油腻！""头发做得很精致，心花怒放啰！""屁！""哦？谁惹我们家的女神了。""你！""我？""你陪我去做头发，就什么屁事也不会发生！"老公道："天地良心！"老公会做人，殷勤有加，七哄八哄，吕小玉终于一五一十地说了路上的"东想西想"：说了班主任的"变形记"，说了妈妈的"告诫"，说了陈半仙的"恶作剧"。老公很有兴致地倾听着，然后，搂着妻子的肩头："蚊子也好，苍蝇也好，吕小玉，你在我心里永远是独一无二的！"吕小玉听了很激动，钻进老公的臂膀，媚眼含春："你会嫌我没气质，慕虚荣，喜攀比，很俗气吗？"老公很郑重地说："我相信爱和宽容可以化解一切！"吕小玉点了点老公的鼻子："你真会说话。我一生最大的成功就是找了你做老公！"过了一阵子，只见吕小玉伸出十指，插进头发里颤动："好痒，好痒啊！"老公急忙拨开她的栗色卷发，细细寻觅。吕小玉问："有蚊子叮的红点吗？""你放松，别紧张，别神经质，啫喱膏绝对不可能变成蚊子叮你的。兴许是过敏了。"

吕小玉身子哆嗦："啊，老公，我头越来越痒，脖子也硬兮兮，想吐！啊，老公，你来摸摸，我身子好像发烫。"老公听了搭了搭她的额头："是有点发烫。"他也紧张了，手忙脚乱将她扶到长沙发上躺下："没事的，没事的，喝杯凉白开，定定神，别慌，镇定点，不会有事的。"吕小玉躺在沙发上呻吟着，说："老公，我好怕，陈半仙这个死人头，说啫喱膏是不祥物，我惹上周身蚁。老公老公，我的嘴巴怎么张不开了？嘴唇好像变厚了。我耳朵根有红点点吗？又痒又痛。"老公凑上去一看，大惊失色，晕了神："是啵，是啵。你整个脸肿得有点像猪头！怎么办？怎么办？天哪，我的小燕子，我的小燕子啊，我的心肝宝贝！"吕小玉"嗖"地坐了起来，凶神恶煞地说："你说什么？你在说什么？小燕？小燕子？心肝宝贝？她是谁？说，坦白交代！你当我人头猪脑，我心里明镜似的。你在我面前说漏过嘴，有个名牌大学毕业生叫杨小燕，有文化，有品位，有气质，肯定是这个小狐狸精。"老公回过神了，知道捅了大娄子，辩道："小玉，误会，绝对是误会。小玉、小燕，一字之差，口误了嘛。"吕小玉："鬼话！哎哟，痒死我了，痛死我了，我要死了。死人头，你泥塑木雕似的站在这儿想你的小狐狸精啊？快叫救护车送我去医院！"老公说："对，对，我立即打120。"不出十五分钟，救护车喇叭鸣响。左邻右舍，开门推窗张望议论：小玉得了什么疑难杂症了？下午见她还靓得像只雀！

医院急诊室田医生，是个胖子，好脾性，笑口常开，喜欢宽慰病人说：没事没事，多喝水，水治百病！见了吕小玉，骤地双眼发亮：“坐下坐下，慢慢说。”吕小玉有气无力地诉说病情。田胖子察言观色，点着头：“先量体温再验血。”他瞄了一眼探热针：“38摄氏度，无大碍。你过敏了。也许跟你做头发有关联，也许你吃错了东西。你去一旁休息半个小时，我再看看。”半个小时后，吕小玉脸上的肿消了许多，精神好了一些。田胖子对吕小玉笑道：“吕小玉，我认识你，南国香云纱厂的骄傲，牌楼街的头牌花旦！”吕小玉听了心暖暖的：“是吗是吗？你认识我！我怎么想不起来！”田胖子：“你当然想不起来。十年前，有个医生仔，不知天高地厚，给你写了三封情书，如石沉大海！你不理睬人家，你是冰美人，冰山一座，医生仔是冰山来客，他不识趣，自找烦恼，活该！哈哈哈。”吕小玉：“对不起，我全忘了。”田胖子：“美人忘性大。”他拿起送来的验单瞧着：“吃了我开的药，没事就不用来了。”吕小玉开心地说：“那太谢谢了。”田胖子：“吕小玉，刚才你说的那个陈半仙，确实是半个活神仙！”吕小玉“啊”的一声，花容失色。田胖子道：“有一次，凑热闹，我请他算命，陈半仙斩钉截铁地说我鸿运高照，不出三年，官运亨通，连升三级。可真让他说准了，我的体重三级跳，三年重30斤！”听得吕小玉两口子开怀大笑。田胖子又道：“吕小玉，你心里别再挂着陈半仙。暗示会产生心理变化，假的会变成真的，病魔就乘虚而入了。回家吧。”吕小玉疑惑地问：“田医生，我不会惹上周身蚁吧？”田胖子干脆地说：“别信陈半仙胡说八道。”这两口子离去之后，田胖子自言自语：“做头发，喷啫喱，上救护车，真可以编小品上春晚，请宋丹丹演，全国人民笑痛肚皮！”

吕小玉两口子回到了家。老公说："小玉，洗洗睡吧，你折腾了一天，梦里啥都有。"小玉说："没那么便宜！你跟小狐狸精怎么一回事？说清楚了，本小姐不对你'双规'。"老公道："让它消失在萌芽状态，我保证。唉，感情的事太复杂，一旦多元，就如陈半仙说的周身蚁啦。小玉，记得8年前，我追你时写给你的第一封情书吗？我从未拥有过你，却像失去了你无数次！"吕小玉说："你现在拥有了我就另找新欢了！"老公哀求："亲爱的，别揪住不放，求你了！"床上，老公瞧着吕小玉的脸："床前明月光，你真漂亮！"吕小玉媚眼闪动："我信你一次，下不为例。"

话分两头，这边厢，小玉妈拎了一只保暖瓶，里边装着乌龟龙眼肉（桂圆）当归汤，兴冲冲地前来照顾宝贝女儿。听闻小玉让救护车给拉走了，宛如晴天霹雳，手指颤抖，打女儿女婿手机（手机在小玉家呜呜响），无人接听。这又如何是好？连忙呼了七大姑八大姨到市里各大医院寻人。

大门"嘭嘭"响。小玉妈喊着："小玉，小玉，你在家吗？"吕小玉从老公怀里挣脱，一骨碌下床："妈，你等等，我开门。"门外众亲友听了个个拍胸口："没事啊，天都光了！"吕小玉将众人请进客厅，神情尴尬："不好意思，劳累诸位了，一点小病，过敏，医生高明，打了一针，好人一个啦。"众人散去之后，小玉妈说："趁热喝了乌龟汤，补补脑。你头脑子想头太多，不好使，往后别滋啫喱水了，惹得周身蚁！"不幸言中，一星期之后，吕小玉官司缠身，锦江发型屋请了律师，声言她损坏该发型屋名誉，要她赔偿经济损失100万。呵，这是后话，就不说了。

唏嘘

滨江市，如今升为地级市，有“南粤明珠”之称。得益于碧波浩渺的清江，在市中心悠悠流过。沿江路上，一幢幢精美绝伦的别墅，色彩缤纷：宝石蓝、橙子黄、苹果绿，连成一条彩带，煞是养眼。且说沿江路右侧有一条名叫戏台街的横街，由头走至尾，有两棵绿叶婆娑的老榕树，挽手合抱着一个旧戏台。这戏台很有年份了，据说是咸丰年间，一位中过进士的乡绅捐修的。如今，每逢初一十五，会有零零星星的善男信女前来燃香点烛，保佑子孙进个名校。戏台一侧，有一幢灰色砖楼，门首赫然挂着一块招牌：滨江市文学艺术界联合会。虽说也是市级单位，然清水衙门，有想头的人不屑一顾的。招牌旁停着一辆深蓝色“别克”商务车，多少给这个冷冷清清的单位添了些许派头。那车是市文联专职副主席唐耀根的专座（主席由市委宣传部徐副部长兼任，他在市委大院上班）。唐副主席绰号鹰哥，因他爱画天上飞的老鹰，他还具有市美术家协会副主席的头衔。近日，他出差哈尔滨参观冰雕艺术节，所以，这辆“别克”公务车就闲猫着，旁人不可动用，连秘书长李微多也指挥不动，要由小王司机点头才能放行。小王司机是唐耀根的亲外甥，这么一交代，不正常也就正常了。李微多心知肚明，车是唐副主席的心头肉，是他身份威严的象征。李微多从省城调来滨江快一年了，从来不用此车，很识趣。有时，要去高速路口为省里来的艺术家专车引路，李微多只要轻触手机屏幕，一辆簇新的“宝马”就疾驶而至。唐耀根看在眼里，心里“咯噔”一下：这小子初来乍到，三十出头还很有能耐呢。瞧他这模样，很普通啊：不高不矮、不黑不白、不胖不瘦，皱巴巴夹克衫一件，脏兮兮的牛仔裤一条，理了个平顶头，眼睛小了点，架了副玳瑁边的近视镜。大庭广众，后退三步，不言不语，嘴边浮着三分笑。不过，人不可貌相，不出声的猫会抓老鼠，况且，这个四眼仔头上还有上海某名牌大学新闻学博士的光环，切不可小觑，要防着点。

之前，李微多在广州大机关做过领导的秘书，下基层搞调查研究，总被“钦点”随行。他写的调查报告很被领导赏识：有筋骨，有气势，有力度。所以在别人眼里，这个四眼仔近水楼台先得月，仕途看好。而且消息确凿，厅党组会上，一把手力排众议，李微多被破格提升为副处级，很快就会在单位内部公示。几个平时跟李微多走得近的要他在“江南厨子”请吃淮扬菜，预祝一番。他眼镜片里的小眼睛眨巴两下：“请饭可以，预祝免了。”

“什么意思？”

“我很稀罕副处宝座吗？”

“啧，得了便宜卖乖呢。”

“说真话，老跟领导东跑西颠，没劲。领导放个屁，我就必须嗓子痒痒，长此下去，失去自我，内心憋屈，活得不舒心、不快活。而且在大机关，人家都比我牛，我是小树一棵长在大树中间，少了阳光雨露要快长快高也难。”

“哈，四眼仔，你神经没搭错线吧？不照领导意图办事写文章，你自行其是，强调个性，你想死啊？你懂不懂机关规矩，懂不懂游戏规则？！”

“所以嘛，我有自知之明，我的性格不适合在大机关里挨日子，换个地方，新环境，个性容易释放。我已写了调动报告，要求去滨江市文联，那边也愿意接纳敝人，还有点自由度，可以蹦跳几下。”

“喂喂喂，四眼老弟，你不是在痴人说梦话吧？哪里有省里厅局级单位的新闻学博士往小城小单位里钻的？别人听了会笑掉大牙的。”

李微多摊开双手：“人各有志，各位的好心我领了。今晚淮扬菜红烧狮子头照吃。”

诸同事谢绝，心意沉沉散去。

一样的米养百种人啊。

李微多之所以要离开伤心地广州，有他难以启齿的隐私。他闲来喜欢逛书店，在珠江新城的天地书屋，结识了一位清新脱俗的大学研究生。这位潮州妹爱诗，他俩因诗结缘。李微多新诗的功底很扎实，先锋诗、朦胧诗都出手不凡，随兴而至的打油诗，也出口成章，惹人欢喜，因此女研究生对他佩服得五体投地，连他的小眼睛也十分欣赏：眼小勾魂，眼大无神。元旦之夜，他俩上了高入云霄的广州塔，李微多手搭她玉肩，仰望星空，吟道：

幸福的女神在天上舞蹈，
命令我俩放声歌唱……

女研究生听了热泪盈眶，长吻深深，芳心许诺，愿结连理，百年好合。可惜，准丈母娘坚决不答应，发声："这年头，要多现实有多现实，堂堂七尺男儿，不务实进取，偏偏迷上云里雾里的诗，这种人，不是傻子就是疯子！诗能当饭吃？诗能让人发达？诗人都是穷鬼！你嫁过去跟他沿街乞食不成？！屁！还先锋、朦胧呢，我看这个李微多止蒙着呢。我的乖乖女啊，你用手绢扎紧双眼，在大学校园里随便摸一个都比李微多强十倍！"唉！青春是没有经验和任性的。在女方家庭的压力下，这对恋人，停停打打了一年之后，终于散伙。李微多生日，潮州姑娘仍发来祝福的微信。李微多的回复是："忘了吧。我费了好大的力气才走出你的眼神！"

广州大机关的领导豁达而包容，在李微多的申请调动报告上批了两个字：放人。

这滨江市是南粤的"诗歌之城"。省里欧阳应修等几位著名老诗人都是从这里走出去的。这里爱诗、写诗者众多，各种名称的诗社如雨后春笋般涌现，连六七十岁的老人也成立了"夕阳红诗社”并出版诗集。因此李微多来到滨江文联，如鱼得水，心情大好，声名鹊起。一日，滨江最高学府——滨江学院一位副教授（他是李微多诗友），因评不上正教授，发酒疯，在饭局上扇了系主任一记耳光，认为是系主任暗中搞鬼，未能使他的名字上报省里职称评审委员会。此事掀起轩然大波，学院领导要他作出深刻检讨并向该系主任赔礼道歉，否则要严肃处理。这位仁兄硬颈，检讨一字不写，并声称：“此处不留爷，自有留爷处。”其夫人情急，找到了李微多请他来家“救火”。这李微多来到之后，环顾四周，已有几位主人的朋友在那里了。他点点头，坐了下来。三杯凤凰单枞茶落肚，他仍然闷声不响，只是用似笑非笑的目光在副教授脸上画圈。然后，他让其夫人取来笔墨纸张置于饭桌之上。他脱去羽绒服，卷起了袖子，饱蘸墨汁，挥笔：

正教授副教授都是教授，
老黄狗小黑狗都是狗狗。
能屈能伸，
早晚的事！

副教授看了这首打油诗，心情大悦：“好诗好诗！夫人，快快拿酒来，我要敬微多老弟一杯！”这一幕，端坐一角的年轻女教师徐小咪全瞧在眼里。她目光灿然，思绪遄飞：李微多的名字和他的故事听过好几回了，还是第一次目睹尊容呢，确实与众不同。

李微多挥手告别，他的目光与徐小咪的眼神倏地一碰，那一瞬间交换着好感的密码。嗯，无可挑剔：美胸、蛮腰、翘臀、大长腿，这样的大美人一定故事多多。这念头在他心中一闪而过。当他走出学院大门时，身边忽地飘来几丝淡雅清香：“李秘书长，能留张名片吗？”李微多转过头愣了愣。对方接着自我介绍：“我是滨江学院旅游系的助教徐小咪，刚才，你的诗很有意思。”“哦，对不起，我没带名片。”“那就交换个微信号码吧，有事也可请教您。”“行行行。”

李微多的目光在徐小咪婀娜的背影上碾过。

言归正传。李微多，鬼点子多多，提议在市文联主办的“百姓大讲堂”搞一次“宠物讲座”，说白了就是怎样文明养狗。几个年轻的同事听了兴头很高，七嘴八舌：

“好主意，很创新，接地气。现在大家变着花样过太平日子，宠物已走进千家万户。怎样才养得文明，养得卫生，养得开心，确实还得有人指点。”

“没错，我赞成。我们百姓大讲堂就该关心老百姓的身边事。”

“这事，唐主席走前没议过，万一他回来后认为这是邪门歪道，先斩后奏，大发雷霆怎么办？你李秘书长，做多错多啊，何必呢？”

李微多道：“没事的，大方向对路。饮食是文化，养宠物就不是文化？这里头文化元素多着呢。你们忘了？唐主席的口头禅：文联工作，上边没下达硬性指标，要主动出击，要主动找工作做，要有新思路、新点子，转得快，好世界。”

“唐主席当然转得快啰，一年四季能有几天在滨江的，哪里有好吃好玩好风光，就往哪里飞。”

李微多："行了行了，废话少说。宠物讲座的事就这么定了。周日下午四点就在我们的老戏台下边举行。讲课的养狗专家我去请。对了，我还有个提议：去宠物店请几位有实际经验的师傅过来，设几个咨询点，当场解答狗狗的疑难杂症。"

"好嘢！！"

宠物讲座的消息一经传媒发布，反响热烈。周日下午，这戏台街的里里外外，让小轿车、摩托车、自行车以及滔滔人流挤得个水泄不通，人欢狗叫，盛况空前。瞧瞧：抱狗的逗狗的亲狗的牵狗的大声呼喊找狗的，场面可谓史无前例啊。这是事先没估计到的，也没研究过应急预案。还好，一个半小时的讲座总算在大狗小狗的吠叫声中顺利结束。问题就出在散场时，戏台街驶出来的各类车，碰碰撞撞喇叭齐鸣各自夺路，一辆红色跑车的尾灯给擦花了，气势汹汹的肥姐跳出车外，叉腰大骂："你有眼无珠啊，你会不会开车？！"她脱下了高跟鞋向对方掷了过去。正是下午六点高峰期，主干线沿江路给堵得水泄不通，像个停车场，黑压压一大片。这壮观的场面罕见。保安、城管、协警、交警如临大敌，齐齐出动。

市文联门口，李微多正与讲课的老师、宠物店的师傅一一握手道别："辛苦了，辛苦了，多谢，多谢。酬金太少，各位尽义务做雷锋啦。"正在这时，一名协警怒气冲冲上前："你就是讲座的主持人李微多吧，走，跟我去一趟派出所！"李微多愕然："去派出所？怎么回事？""去了就明白了。前边沿江路全堵死了，是你们'狗讲座'做的好事！妈的，文联连狗的吃喝拉撒也管！"李微多和善地说："不好意思，真不好意思，下次我们有经验了，请你们到场协助。”“还下次？一次就把人累残了，走，走吧！”协警朝李微多背上猛地推搡了一记。李微多一个趔趄，眼镜跌地。围观的群众看了好气愤，纷纷指责协警。李微多拾起眼镜温和地说：“协警同志，冷静点，心平气和讲个道理可以吧。”一个民警脸上浮着冰冷的笑容上前：“讲道理?！你听着，扰乱社会治安，扰乱公共场所秩序，凭这两条就得坐班房。”李微多笑言：“哦，会不会夸张点啊。”民警发火了：“废话少说，去派出所说清楚。别敬酒不吃吃罚酒。”周围的人大声抗议了：“警察怎么了？警察大过天啊，欺侮手无寸铁的老百姓，好本事?！”“警民共建和谐社会，你们是这样建的吗?！”这时有人举着手机对着那民警拍摄，那民警见状发火：“想干什么？你们想干什么?！造反啊？！”两名协警像老鹰抓小鸡似的扑了过来，反转李微多的胳膊将他架走。走不了几步，前边牵狗的没牵狗的大爷大婶们群情激昂，齐刷刷地把路挡住了，喊着：“放人，放人，放人！”李微多淡定地对民警说：“哦，瞧这场面，把事情搞大了不好办呢。也请两位大力士松松手，我给大爷大婶们说几句，让他们回家。”民警见此情景也有点胆怯，示意了一下。李微多将手臂活动一番，轻松地说：“各位大爷大婶老哥小弟，民警大哥也不容易，大家多理解，多包容。民警是我们老百姓的保护神，去保护神办公的地方喝杯茶说个话，好比走亲戚，平常事。我不会有事的，大家放心啦。回家，都回家。”气氛缓和了，众人逐渐散去。

派出所里，座机电话，一个接一个进来，王所长的手机也是响了又响，主题一个：询问李微多为何无端端地进了派出所。王所长觉得这事弄得有点窝囊，今天撞了鬼。李微多坐在那里一副若无其事的样子，随意翻着报纸。王所长煞有介事地说："今天这事后果你也知道，可大可小。我也是秉公办事，你把'宠物讲座'的前前后后写一写，这事也就结了。"李微多回答："王所长，这事，一没出人命，二没有引起聚众殴斗，不就是大塞车嘛，我看也没什么好写，免了吧。"王所长一脸认真："那不行。我把你请进派出所了，总有个理由，总不能无缘无故，否则，你将我一军，说我侵犯人权，媒体再烧一把火，我岂不是很被动？"李微多笑言："没事的，王所长，你福星高照，威风凛凛，怎么也会顾虑多多？"王所长严肃地说："你不要嬉皮笑脸，配合配合，写！"这时一民警在王所长面前咬耳朵。王所长一愣，随即来到门口，环视一圈，惊出一身冷汗。天哪，这远远近近隐隐约约都有大爷大娘牵着狗在转悠哩，少说也有十多人。明摆着的他们是在等人，等李微多。王所长转身回到办公室，当机立断："这样吧，你先回去，写好了再交来，你可以走人了。"李微多可怜兮兮地说："王所长，你跟我一样也是为公家打工的，我回去后也得给组织有个交代，我又没有偷鸡摸狗做坏事，你得给我一个说法，还我一个清白才好，你写几个字说敝人是遵纪守法的公民。"王所长："哈，奇了怪了，赖在派出所不想走了？！"李微多调侃地说："请神容易送神难哩。"局面僵住了。王所长好光火，心里思忖：他娘的，今日遇到软皮蛇了，不好对付。这时，一个女民警风风火火进来。王所长急忙上前，十分殷勤。此人官不大，来头不小，是市公安局宣传科科长蔡琼，也是公安诗社社长。她对李微多挤挤鼻，拍拍王所长肩头上了楼。一支烟工夫，双双下楼。蔡琼掠了掠秀发，笑眼含春："王所长，我把你的客人请走了，有空来我家喝杯东江糯米酒。”王所长笑容可掬：“多谢，你们去，改天我做东。”蔡琼与李微多谈笑风生走出了派出所大门。王所长心里嘀咕：这小子有能耐，把蔡娘娘搬来了；正好，否则不知如何收场呢。这里，对蔡琼要有点交代。蔡琼，年届四十，是公安系统公认的美人，私下评价两个字：有腰。有腰的女人肯定身材好，好身材的女人穿上警服哪有不让人惊羡的。还有，她在刑警队时曾独闯白粉仔老巢，降服三个持枪的毒贩；她还会写诗，她的爱情诗上过省里的《笔健》杂志。所以老公安杨局长说她是“大情怀小情调”的公安女战士，并送了她一幅字：“腹有诗书气自华。”当然，她跟李微多是诗友，惺惺相惜，不在话下。

那个周日，唐耀根正坐在“别克”车上，从广州往滨江赶。他接到短信“文联出事，秘书长给抓了”，急得他火烧眉毛一般。晚上八点回到家才知道事情来龙去脉。他窃喜：李微多这小子自以为是，不知天高地厚，该让他吃点苦头清醒清醒才好，否则会爬到老子头上拉尿的。不过，他做事老辣，大面上关心下属是必须的，他与李微多通话：“喂，李秘书长，你好！没在派出所的小房间里喂蚊吧？”李微多答：“唐主席，我挺好的啊，我正在蔡琼家呢。就是公安局宣传科的蔡科长，您挺熟的。”蔡琼夺过手机：“啊，唐大主席，您没在冰天雪地里冻着吧？你可是滨江文坛的领头羊呢，过来呀，我老公的招牌菜——猪大肠爆酸菜，为您下酒暖身。”唐耀根连声道谢，心里直打鼓：他们唱的是哪出戏啊？！他要去徐副部长家，探探领导的口风，再决定如何处置这件事，对李微多的文章做多大。

在徐副部长家客厅。唐耀根口吻虔诚：“徐副部长，我检讨，我这个班长没当好。李微多年轻气盛，惹出了许多麻烦事，影响文联声誉。”徐副部长也不接茬：“今天我陪欧洲某大报记者参观滨江市精神文明成果展，还实地转悠了一番。那记者是个广东通，连粤曲都能哼。我跟他去了‘老来俏’私伙局（粤剧票友聚会娱乐的组织，粤地称私伙局），这位仁兄兴致很高，不仅能唱‘落雨大，水浸街’，还能唱《沙田夜话》：‘春夜暖，月色清，沙田渠道水盈盈……’回来，沿江路上空前大塞车，足足堵了半个小时。”听到这里，唐耀根头皮发麻了，连忙说：“唉，这事也巧，让外国记者看到偶然发生的负面东西了。我有责任，我有责任。”徐副部长接着说：“晚宴上，我对他说了堵车的原委。外国记者听得津津有味：‘你们这位文联秘书长有境界，会办事，是人才，搞这样的讲座很罕见，我要采访他。狗，是人类忠实的朋友，人对宠物的态度是称量老百姓情操的标尺。滨江市，文明市，名不虚传！’”唐耀根真能看风使舵，当即语调一转：“是的是的，本来，我们应该把工作做得更细更周到，那效果就更好了。”唐耀根离开之后，徐小咪从书房里蹦了出来：“爸，你们这个唐主席滑得像泥鳅。”“咪咪，泥鳅也好，大头虾也好，你少掺和！”“我掺和什么了？芝麻绿豆大的官，有什么了不起，人话都不会说，绕来绕去，累不累啊，烦人！”

宠物讲座的风波之后，仍有尖刻难听的闲话刮进李微多耳朵，他的心情自然有点沉郁低落。此刻，更阑夜残，独自一人在办公室里随意拨弄手机。突然，几条微信映入他的视线：

“做得最好，也会有人指指点点。大可不必纠结于别人的风言风语，大可不必让茫茫毒雾挡住你自由的眼神。”

“让耳朵变聋，让双目发光。”

“世上事，甲之砒霜，乙之蜜糖。”

"文联工作，不只是雅画清曲，韵致天下，有风也有雨。"

李微多看了，知是徐小咪的，大为感动。立即写了一句："知我者，咪咪也。"思忖片刻，太直白太热烈了，删去，改为："友谊是柔软的，能化解人的烦恼。"

接着，对方发来一组用手机拍摄的春天的照片，最吸引他眼球的是禾雀花：山野中，禾雀花盛开，像一只只可爱的小麻雀停在绿枝条上，尖嘴羽毛清晰可见，惟妙惟肖。李微多发去观感："禾雀花，佳作。并非简单的摄影技巧的高明，而是你文化修养的表达。镜头的格调渗透着你的美学趣味、情怀、修为与气质。"

对方回信："捧上天，摔死，你赔！"

李微多哈哈笑，在他眼里，徐小咪的音容笑貌活脱呈现。

又来了一条微信："忽然春天！好梦。"

李微多兴奋，没一丝睡意，在办公室里踱来踱去，喝了一罐可乐，精神焕发，心血来潮，灵感闸门陡地打开，在电脑上敲入几个字：滨江市手机摄影大奖赛。并且，他连夜写出了大奖赛的方案。大奖赛宗旨：讴歌滨江市好山好水好风光，颂扬滨江市好人好事好榜样。缺少文采，也无套话官话，是明明白白的大白话。不过，李微多清楚，此方案还得市财局批专项经费的，他懂得财政局的喜好，别转弯抹角。这方案唐耀根看了拍手叫好，在会上说得口沫横飞："现在连幼儿园的小朋友都玩手机，在手机上做文章，绝对有群众基础。消息一旦公布，老老少少，尤其是所谓时尚的'文艺青年'们肯定一呼百应。市领导也会高兴。各位，我们滨江市一年一小变，三年一大变，都是领导运筹帷幄的结果。今天的滨江市已是南中国上空一颗冉冉升起、熠熠放光的明星了。变化之快、之大实在惊人。我老丈人三个月没来滨江市区就找不到女婿的家门了。”说着，他呵呵笑了，十分得意。此时，李微多手机上出现了一条微信：“唐主席三个月前换了新房嘛。”接着，唐主席口若悬河，特别强调三点：“一、全体文联工作人员要全力以赴，聚精会神，大奖赛只许成功，不许失败；二、先拨两千元作为大奖赛的启动金；三、已请了省摄影家协会陈主席前来指导做评委。”他喝了口茶，润润嗓子，继续道：“为了避嫌，徐副部长表示不做评委；我也不当，做后勤；李秘书长是大博士，当之无愧。”李微多急忙摆手：“摄影我外行，我跟着唐主席跑腿。”唐主席听了点点头：“也行。”说完，阔气地给大家扔烟。显然，他对刚才的一番动员很满意。

当晚，唐耀根心情大好，加上与相好李春花已多日不见，很想亲热亲热。他与她通电话，不料李春花在广州读大学的女儿有事回家了，家里不方便。唐耀根请她到文联他的办公室，说他这里夜间静幽幽，鬼都不来。李春花也就答应了。这李春花是四乡闻名的李记粥城的女老板，丈夫去世多年，芳龄四十八，肤白，略胖，桃花眼。粥城生意兴隆与老板娘颜值高有关，她的两只白手臂在食客中挥来舞去好不性感。那夜，唐耀根在办公室长沙发上揽紧李春花的壮腰，情话绵绵。

“明年市文联换届你知道不？”

“我只管猪杂粥、鱼片粥滚得香不香。”

“文联主席的位置是个空缺。”

“不是徐副部长兼着吗？”

“坊间传，他要高升去城关镇做书记，一把手。”

“你想做文联一哥？”

“人往高处走，水往低处流。我‘副’了两届了。”

“想得倒美！”

“我当主席你也光彩。”

“光彩你个头。我地下战斗员一个，憋得人慌！”

“会地上的。我老婆常年哮喘，瘦得像根柴。”

“我可没诅咒她死。”

“委屈你了春花妹，我的心肝宝贝！”他吻了吻她的胖脸蛋。

“你当一把手的呼声高吗？”

“高不高要看领导喜好。徐副部长的态度很关键，当然也要有工作业绩。这次大奖赛是添柴旺火的好机会，搞好了，我人气绝对飙升。”

“人家李微多博士在后边追着呢。有得一比哩。”

“没得比。我是大象，他是蚂蚁！”

“会不会夸张点啊？”

“一点不夸张。滨江这潭水深着呢。哪天他给淹了，双眼翻白，还不知咋回事。”

“听说李微多很有人脉。”

“狗屁人脉。认识几个番薯屎没屙清的后生仔、街边妹算人脉？笑话。这人脉可是日久天长才能聚积起来的。”

“人家地地道道的博士，戴副眼镜似模似样，读过的古文洋书能把你压扁！”

“秀才一个，纸上谈兵，空谈误国，没实际经验。他能团结滨江的文人雅士？能喊得动人家？这次够丢人现眼啦，进派出所喂蚊子；换成我，王所长递烟敬茶都来不及！”

“别吹了，滨江的老伙计们哪个不知你斤斤两两？”

“什么意思？”

“你画的鹰，像只鸡，靠别人补了几笔才飞上天。字倒不错，那是你年轻时在酒店当楼面部长替人写菜单时练出来的。”

“春花，你也这般奚落我！你心里有根哥吗？”

“没良心，你垫高枕头想想去，我不爱你会任你耍任你摸！”

“好女人啊，春花妹，你是十足十的好女人哩。就凭我拥有你这对桃花眼，做不做主席也就罢了！”

“别啊，根哥！”李春花软酥酥的身子紧贴过去。

窗外，淡淡的月光，透过乳白的窗帘，羞怯地漫过长沙发，漫过盖着的毛毯子一角。

无巧不成书。这时，偏偏李微多回文联，取几本摄影集看看，为自己增加点这方面的知识。经过唐主席的办公室时，觉着里边有动静，他很警觉，侧耳细听，然后“咔”一声轻轻推开半扇门，只见长沙发上有两个人影，一上一下，哼哼呼呼，起起落落。再定神细看，哇，沙发边上有一对布鞋，那不是唐主席平时扮斯文爱穿的圆头布鞋吗?！他什么都明白了，他好紧张，他心怦怦跳，手心渗冷汗，他大步流星下了楼，连唐主席办公室的门都忘记掩回去。

第二天。李微多只当什么事也没发生过，进了唐耀根的办公室。

“唐主席，我上午去医院看个眼病。”

“去，去。眼睛怎么了？”唐主席神情淡定，口吻亲切。

“我有夜盲症，你可能不知晓，最近越来越严重，一到天黑就什么也看不清了，黑夜里的黑牛一片黑！”

“哦，这要抓紧治，抓紧治。我现在就挂电话给市医院的廖院长，让他找个专家替你检查。”

“谢谢，没事的，我会的。”李微多正要离开，被喊住了：“你等等。我这里有加拿大的深海鱼油，拿两瓶去，对恢复视力大有好处。大奖赛正紧锣密鼓，你在电脑上看照片辛苦！”

李微多走后，唐耀根伏案沉思，烟一支接一支：这小子，这个四眼仔，真是个人物，绝对是个人物！他是来给我吃定心丸的?!

手机摄影大赛的评奖过程，开始倒也顺风顺水，只是临末，这一等奖究竟花落谁家成了难题。因为得最高票的有两位，票数相同。本来，这问题很好解决，重议重投即可。李微多觉得这两人的作品旗鼓相当，都意境高妙，构图奇趣，讨人欢喜，可否一等奖设两名，“双黄蛋”。唐耀根坚决反对，并且提出下午不必急着复议，让评委去水库钓钓鱼，松松脑筋，晚餐后再议。李微多也不知内情，遵命就是了。

是日中午，趁午睡之前，唐耀根拎了几包本地土特产急匆匆赶到宾馆房间，见了省摄影家协会陈主席，他是评委的头头。双双寒暄几句之后，唐耀根巧妙地谈及徐小咪如何有天资，如何痴迷于摄影艺术，还说了一句自己觉得很精当的话：聪明女肯下笨功夫不成功也难！这陈主席参加各类评奖活动多了去了，老江湖一个，当然猜中其中奥妙，应答很活络：“是啊，人才难得啊。唐主席悉心周到爱护晚辈，精神可嘉。”

那天，送走了评奖的客人，唐耀根兴致勃勃与老情人通了电话。

“春花啊，今晚请你去韩国菜馆吃烤肉。”

“什么喜事，让你高兴得。”

“你听说过‘一鸡三味’吗？”

“一鸡三味？清蒸、白切、生炒。喂喂喂，无端端地说这干什么？”

“哈哈，这你就不懂了。电话里说不方便，今晚慢慢跟你细说。”

唐耀根心中的一鸡三味是：一、徐小咪获头奖，徐副部长心里肯定乐开了花，这份大礼送得正是时候，总会投桃报李；二、滨江城里谁人不说姜还是老的辣，我唐某人想办事、能办事、办成事，身价看涨；三、在李春花面前，自己脸上像贴了金，光闪闪、亮晶晶，怎么看都是她未来的如意郎君。

人算不如天算啊。

好端端的一次大奖赛，竟然将绿水青山的滨江城搅得个乌天黑地！这是唐耀根做梦也想不到的。

先是在微博上赫赫然来了一篇言辞激烈的檄文：“我市手机摄影大奖赛黑幕重重！徐小咪被评一等奖可耻！从消息灵通人士处获悉，一老奸鬼惑之徒，以卑鄙恶劣手法，从中做了手脚，暗箱操作，才使得逞。其险恶用心，是为了博取某上级领导之欢心，谋得私利，登上一把手宝座。我们将陆续公布这场闹剧的细节，各位拭目以待。”

那真是晴天霹雳当头炸，气得唐耀根七窍冒烟，六神无主。而且顷刻间，在微信、微博上，愤怒、尖刻、挖苦、讽刺、调侃、骂娘，形形色色的声讨追究，飞传快转，铺天盖地，刀光剑影啊。

唐耀根心知肚明，是冲着他来的。老猫烧须啰！

这事，把李微多的脑袋也搅成一盆糨糊。“宠物讲座”吧，紧贴民众，热闹非凡，皆大欢喜，到头来却把自己弄成人们茶余饭后笑谈戏谑的丑角。手机摄影大赛吧，可谓别出心裁，格调高雅，是一场快乐时尚群众性的艺术派对，结果呢，把徐小咪牵了进去，唐耀根遭了殃，跳进清江也洗不清。唉，做点好事怎么这么难呢？真是应了“做多错多”的告诫。失望哩，灰心哩，大城广州，小城滨江，你要认真干事，都会一地鸡毛！不过细思量：表面上此事冲着评奖不公来的，背后与官场恶斗有无联系？与文联将要换届，人选重新安排有无瓜葛？他越想越觉得无聊透顶，还是先发条微信慰问唐主席：“你若放下，你就强大。”回信是：“放心。我淡定坦荡。”唐耀根口气虽则自信笃定，心中不免七上八下。要说那日中午在陈主席面前为徐小咪说情，这话冠冕堂皇，放在桌面也很难从鸡蛋中挑出骨头的，那么是谁唯恐天下不乱暗中捣鬼呢？忽然，他想起那天上午送行的场面：陈主席见到美女徐小咪，双眼发光主动上前：“小徐啊，很不简单呢，在几百张照片中你脱颖而出，夺了头奖。这是一个良好的开端，还要更上一层楼啊。你们的这位唐主席，是个热心人，扶掖后辈，对你十分关心爱护哩。”话刚落音，唐耀根颈脖直冒汗，用纸巾拭擦。真怕他再说下去，把那天中午为徐小咪当说客的事掏了出来，让有心人听了，想象推断一番，麻烦就大了。好在陈主席的话止住了，挥挥手上了车。那天送行的就七八个人，文联的出纳老方也来了，他静幽幽地闪在后边。此人平时寡言少语，三棍子下去也打不出一个屁，五十边的人了，仍孤身一个。他至今连副科也没混上。在外头，他以书法家自居，却只会草体的“福”字。他也会去李春花的粥城吃热粥，曾邀请她去吃西餐牛排，碰了钉。唐耀根思忖，此人会不会心怀鬼胎出此恶招，况且他对自己知根知底摸得很透呢。不过，事到如今，也只能走一步瞧一步了。

哦，风向突变，微信圈里出现了一张照片：徐小咪，长发披肩，白裙袭身，清纯如玉，双眼迷离，朝向主持会议的李微多。下文是：徐小咪荣登手机摄影大奖赛一等奖宝座，原来是她朝中有人——市文联秘书长李微多。文坛盛会，两人多有交集，俊男美女，眉来眼去，暗示心曲，关系暧昧。李微多为取悦佳人，巧施手段，使其获胜，以待来日抱得美人归。唐耀根阅后大悦："天助我也！"李春花端着一盅甜品上前："什么呀，让你这么高兴，这些天你总是拉长苦瓜脸。""春花，你睁大桃花眼自己看。"李春花朝手机屏幕瞄去："哇，原来他俩是蛊惑作怪的一对！那就对了，这闹腾得沸沸扬扬得事也就结了。""错！"唐耀根说得很坚决，"李微多连评委都不是，他绝非小肚鸡肠之辈，他的心思大着呢。""照你这么说，你该站出来说句公道话，现在这对恋人让人家描成花脸了，好惨的。""春花，你脑子进水不成?！这阵风正刮得是时候，外边的人就会起哄发泄瞎编一通，很好。这样一来，我这边压力自然就减轻了，我正等着事情搅成一盘糨糊。""根哥，你这人好会算计，难怪天天喂你山珍海味也不见长肉！""我不会算计会有今天?！我好歹也是处级，市管干部！""市管省管你都得由李记粥城老板娘管！""那当然，那当然！"

维里斯西餐厅，长廊曲曲弯弯，砌着半截高裸露红砖墙，上边吊着竹笠帽、油纸伞、破渔网，背景音乐妙曼。李微多兴致勃勃，点了红酒和虾仁沙拉。他替徐小咪斟酒："来，轻松轻松。”徐小咪抢白：“还轻松呢，我俩都背上大黑锅了，你都看到了呀，网上骂声汹涌！”李微多笑嘻嘻：“背黑锅好啊，背着黑锅，招摇过市，够奇特，够威风的。”“够你的头，亏你还笑嘻嘻，你装给我看的吧，你让我心痛！”李微多说：“咪咪，你这话我爱听，有爱才会痛。这事，人家愿意怎么嚼舌头就让人家嚼去，你还是你，我还是我，对吧？背不起黑锅就不是强者！人生的赢家和输家背黑锅总是难免啊。”徐小咪听了很有触动，双眼专注地盯着身边人。李微多让服务生上一杯鸳鸯雪糕，又吩咐了几句。徐小咪忙道：“免了免了，吃甜的长肉，我怕胖。”“你听我的，就美美地吃一口，一口。”李微多舀了一勺雪糕：“张大嘴，伸舌头，表情夸张点！”这镜头，瞬间就在手机上飞传飞转了。而且镜头下边还附了一行字：“谢谢大家关注，我俩在热恋中！有情人，做快乐事，光明磊落，不理是缘是劫！”这也是他俩的庄严答复。意料之外，先是滨江学院徐小咪的粉丝力挺自己的老师，接着，滨江市的众多靓仔靓女为这对恋人的勇敢坦荡而感动。

唐耀根嘴上叼了一支烟，看着手机上的照片，感慨地想：李微多主动出击，喂徐小咪吃雪糕，省得别人疑神疑鬼，乱说乱猜，走了一步好棋哇。高，高。

手机摄影大奖赛的风波也就在吵吵闹闹的虚张声势中不了了之了。

“老来俏”粤剧私伙局的几位老人，来市文联找李微多，要求参加这一届市粤剧小戏（业余组）的汇演。老人像孩子，竟然当场朗诵了复旦大学附中退休老师写的几句诗：

人生就像一本书，越老越有智慧。
人生就像一支歌，越老越有情调。
人生就像一幅画，越老越有内涵。
人生就像一坛酒，越老越有味道。

李微多听了，心灵震撼，他是一个长情人，面对白发如霜的大爷大娘几乎无法拒绝。他终于说服了唐耀根。

“老来俏”私伙局的戏迷们，神情亢奋，闹闹腾腾，七嘴八舌地排练着粤剧折子戏《花好月圆》。演男主角的是67岁的谢旺，他脸面清癯，鼻子挺直，身板硬朗，颇有扮相。可这两天，谢旺情绪低落，也不多话，休息时，坐在一边抽闷烟。扮演女主角的七婶上前，大声问：“旺哥，你走的台步脚怎么软绵绵的？像只老鸭。说白吐字也不清亮，嘴里好似有只橄榄。少抽点烟啦，嗓子又上不去，嘶嘶声。”谢旺听了板起脸：“再差，再水皮，也轮不到你来三娘教子！”七婶听了缩肩挤鼻，扭屁股走开。谢旺心神不宁，一脸灰气，连中午的盒饭也没吃一口。当晚排练，没见他人影。李微多知情之后，约了负责化妆道具的二嫂去了谢旺家。

李微多说：“旺叔，七婶心直口快，你别往心里去。我倒觉得这三天的排练，你认认真真，落足功夫，进步很大。”

谢旺：“李博士，你说的是真话？”

李微多：“对长辈说假话脚底心会长疮，走不远！旺叔，戏怎么演你听导演的，我只送你四个字，供参考。”

谢旺："你说。"

李微多："生猛淡定。"

谢旺："何解？"

李微多："不管演什么角色都讲个精气神，哪怕跑龙套，只在舞台上转个圈。"

谢旺："是这个理。"

李微多："做戏跟做人一样，先要有信心，你自己觉得行就一定会行，就会有劲，就一定会生生猛猛往前走！人是个怪物，好多时候自己也估摸不到会这么行，这么能，这么厉害！"

谢旺听得眉宇舒展。

李微多："淡定呢，就是心不能急，心要放宽；心宽了，人就爽了；人爽了，嗓子就润了，手脚也利索了，对吧？"

谢旺："李博士，你这话我爱听，多谢你点拨。其实，我们老人就像幼儿园的小孩，要哄的，你会哄啊！我服了你了……"

接着，李微多让二嫂把带来的戏服让谢旺穿上，还替他化了妆。李微多在拎包里取出一个长方镜，前前后后左左右右替谢旺照着，谢旺好不感动："李微多，李博士，你有心了。现今的后生哥哪来的心思陪老人磨时间！"李微多听了笑笑道："旺叔，你在镜里细细看，你扮相一流哩，就像粤剧名家陈笑风！"又特别转身对二嫂说："你说是吧？"二嫂也知趣："旺哥年轻时靓仔一个啊！"李微多接嘴："现在也是老帅哥嘛！跳广场舞，保证有大婶大妈争着做旺叔的舞伴。"谢旺听了"呵呵"直笑。

这时谢旺的儿子谢永进门。他是清江上挖砂船上的船老大，长得黝黑粗壮，瞧着老爸穿戏服的模样笑道："爸，你土鸡变凤凰啰。"他转身给李微多递上烟："你就是大名鼎鼎的秘书长李博士吧，给个面子，不会抽也抽一支。哈，你用什么魔法将我老爸忽悠得心花怒放，痴痴迷迷花好月圆一番？！”李微多道：“就图个让老人高兴，人高兴，医院就没生意！”谢永道：“说得也是。不过，我老爸是朝七十奔的人了，该在家里享清福。我让他约上几个老哥到韩国去见见世面，开开眼界，又不缺钱。这上台演戏可不是闹着玩的，一把老骨头了，蹦蹦跳跳，哭哭笑笑，神经兮兮，万一有个三长两短，对不起我死去的妈！”谢永的话很动情。二嫂道：“阿永，我们都知道，你是个大孝子，你跟随你爸系在船缆边长大的，你们父子情深。放心啦，折子戏，时间短，不到半个小时，会太太平平的。”

谢旺道：“阿永，别讲不吉利的话，你就成全你老爸一次。你跟你老婆好好合作，让我早点抱着孙子，在清江边看划龙舟！”

《花好月圆》彩排那天，戏演得有声有色，有板有眼。台下的市文化局局长称赞：“不错，有水平！再认真打磨可参加全省戏曲业余汇演。”不料，乐极生悲，彩排落幕，谢旺在后台卸妆时，兴奋过度，一头栽在大理石化妆台上，鲜血飞溅，不省人事，送入医院抢救。他得了脑中风。医生断言：救活了也是植物人。谢永闻知父亲出事，奔来病房，在床头捶胸顿足，声嘶力竭，呼喊：“爸，爸啊，你醒醒！爸……”他人像疯了似的来到市文联，粗言滥语喊打喊杀。这时唐耀根躲之则吉，李微多上前劝慰。他双眼冒火星：“李微多，你这个四眼仔，你狗养的！我就估摸着会出事，真的出事了。你们为了自己出成绩，向上边邀功，升官发财，把我老爸给害惨了！”李微多越解释，越劝说，谢永越失去理智。他喘着粗气，一蹬脚一拳头朝李微多脸上砸去。顿时，李微多双眼发黑，门牙崩落，血流满面，嘴巴肿成松糕一块。

谢旺在病房躺了整整五天仍未苏醒。有人建议，24小时不间断在他耳边灌输粤曲，将他的魂喊回来。事到如今，不妨一试。“老来俏”成员个个能唱，轮着来。李微多下班后必到，也跟着哼曲。可谓病房奇观！谢永见了，知自己理亏，也被众人的虔诚所感动，主动扛来一箱矿泉水。苍天不负咏唱人，半个月之后，奇迹出现，在袅袅粤曲声中，谢旺徐徐睁开双眼，眼珠滚动，僵硬的面孔呈现几丝笑容。又过了两天，他能认出李微多了，跷起大拇指，嘴里含糊地：“李微多，李微多……”谢永见此情景，心潮起伏，很是内疚，垂头，“扑通”一声跪在李微多面前：“我粗人一个，肚里无墨水，双眼不识货。原谅我！”众人无不动容，唏嘘不已。

夜深人静，灯下。李微多给徐小咪写情书。此时，她正远在大西北，考察“一带一路”两边的旅游资源。“咪咪，亲爱的：我到滨江这一年多，也许是造化弄人，也许是宿命必然，该遇到的都让我遇到了。有悲有喜，有幸运也有失败。我学会了忍耐与坚持，豁达与包容，坦然与面对。我苦思冥想，这一年多活得有意义吗？有，那就是求新求变，在沸沸扬扬、多姿多彩的生活里实现人生价值。但我仍隐隐约约觉得我无法甩开臂膀干一番自己最想干的事，活出真我来！你现在正穿过甘肃的河西走廊，经金张掖、银武威去酒泉，那是我一直向往的地方。你说那里现代化的速度快得惊人；你说那里的戈壁滩是如此的荒蛮浩瀚，人的生命显得渺小却又特别让人憧憬未来异想而天开；你说你渴望不久的将来，我们一起做快乐事，建‘微多’汽车旅馆，盖‘小咪’旅游驿站，饮‘头啖汤’；你说我们双双坐最环保的骡马胶轮大车，你做车把式，扬鞭驾车，旁若无人地高吼刚学会的秦腔，让那古老的旋律，在白杨参天的乡村大道上飘扬。我懂，我全懂你的意思，我们想到一块了。男人啊，只要他热爱的女人，住进了他的心里，那么她说什么做什么都是对的！亲爱的咪咪，待开春，黄河冰裂时，有一个‘背包客’，一脸黄土，满眼喜悦，走你走过的路，看你看过的风景，向你走来，那就是我！”

哦，这篇东西该结尾了，交代几句：李微多当年在广州大机关工作的领导，调到滨江市任市委副书记、代市长了，他的耳朵时不时地吹进李微多的各种故事。他爱听，兴味十足。他对徐副部长说：“你们文联有人才，用不着市委组织部派‘空降兵’。徐副部长，你有眼力，挑了个好女婿啊。”此话飞传，李微多头顶星光熠熠，到嘴的肥鹅飞不了。李微多倒好，向上边打了停薪留职报告。他的老上级也很干脆：“肉烂了还在锅里。放行。”唐耀根在文联换届之后退二线，任调研员，他很知足。他病妻去世了，与李春花关系仍密不透风。半年之后，他收到李微多送的一幅字，是用朴拙的篆体书写的一句诗：

祝愿两只秋天的手，握出一个春天来！

见字，唐耀根与李春花十分激动，泪流满面。

2016年6月15日

夜。夏风轻拂。迟娜、丽萍、海伦、梦华四位佳丽结伴到黑蚂蚁酒吧消遣。她们美目流盼，引起酒吧男士们注视。有个獐头鼠目的后生仔走过来搭讪，被她们机智地轰走。接着，有位衣冠楚楚的斯文男士又要与迟娜交朋友。迟娜需要“大款”包情妇的素材，便答应了他的要求。谁知，他又将迟娜介绍给老板司徒达元先生……

广州的夜空，霓虹灯闪烁，给人一种神秘的辉煌感。繁华的环市路两旁，悬挂着一排排灯饰，礼花似的，煞是好看。

众佳丽：迟娜、丽萍、海伦、梦华，她们打扮各异，服饰新潮，潇洒自得地走来。初夏的风，嬉弄着她们的裙摆，闪现出秀美的小腿。她们进了黑蚂蚁酒吧。

酒吧间，红烛幽幽，乐曲袅袅。里边的男士们，目光热烈，对众佳丽多情地切割。迟娜手指夹着烟，嘴里吐出烟圈，姿态颇优美。丽萍轻巧地在肩头搭着披肩，美目流盼。海伦支起下巴，像是在感受这儿的柔曼的气氛。梦华道："喂，你们说，人家会怎么想我们？"

迟娜："爱怎么想就怎么想去！"

梦华："四个漂亮的女人，在这五月的周末之夜，挤在这儿斋坐，穷泡，好无奈啰！"

丽萍："上帝很公平，把聪明、智慧、美丽、健康都给了我们，就是不给一段称心如意、如诗如歌的爱情！"

迟娜："上帝管大事，才不会管得那么宽！优秀的男人与优秀的女人好像永远没有爱情缘分，我们才变得这么孤单！"

梦华："我也算优秀？我宁可是个平平庸庸的弱女子，身边有个好男人的肩膀靠靠！"

海伦："梦华，你急什么，你才24岁，我29岁都不急呢！喂，我以旁观者的身份目测各位的处境好吗？"

迟娜："那你就展开想象的翅膀吧。"

丽萍："海伦，你做惯律师的，专喜欢解剖原告、被告的心灵！"

海伦指指迟娜："你，美丽而富有朝气，快人快语，我行我素，思维超前，所以男士们见了你要掂掂自己的斤两，想爱不敢爱，怕碰钉子怕丢脸，只好对你远观。"

迟娜："有点道理。"

梦华："我呢？"

海伦："你给人一种梦里雾里的感觉。你的美丽能杀人，但是，只要跟你单独谈30分钟，男人就敢冲到你面前抱你！"

梦华："为什么？"

丽萍："因为你幼稚加多情！"

梦华大声地说："哎哟，我好悲哀！"

周围投来惊奇的目光，一片窃窃私语。

海伦："丽萍，你那动人心魄的吊梢眼，弧线玲珑的红嘴唇，都让男士们觉得精明无比，使他们缺乏胆量，只好仰视你！"

丽萍："哟，有点眼力，那你自己呢？"

海伦："我是一个平常人，没啥好弹，没啥好唱！"

梦华："太谦虚了吧！"

丽萍："我说海伦，你特内秀，特精细，特耐看。具有'五味'的男人才有资格向你发动攻势！"

海伦："说来听听。"

丽萍："要有点书卷味，有点铜臭味，有点风流味，有点人情味，有点幽默味。"

海伦："哎呀，对我的评价这么高！"

梦华："哇，这五味俱全的男人去哪儿找？迟娜，你是记者，人面广，见着了给我留一个！"

迟娜："给你留？想啦！我自己不会先要！"

酒吧里响起了佳丽们咯咯咯的清脆的笑声。

酒吧间里的俊男靓女投来诧异的目光。佳丽们若无其事，美目流盼，款款饮咖啡。

一个獐头鼠目的后生仔，缩缩肩过来搭讪，以不咸不淡的普通话："小姐们好高兴啦，齐齐来黑蚂蚁饮咖啡啦，这里的巴西咖啡，全市第一哩。这里的烛光特别有情调啦。啊，老板我识得，给打个八折啦。嘻嘻，你们慢慢饮，你们一个比一个靓，赛过天上的仙女！"说罢，就走开了。

丽萍："莫名其妙！"

海伦："他把我们当作北方飞来的流莺了！"

迟娜："他把我们当作'鸡'！"

梦华："真麻烦！这年头，在珠江三角洲，只要你长得白点，高点，又讲普通话，又穿超短裤，在宾馆酒楼门口多站一会儿，男人们就会想入非非，把你当作风尘女子了！"

迟娜："我说呀，烧'黄毒'一定要烧在根子上，把有钱有势的嫖客都抓了，天下就太平了！"

那獐头鼠目的后生仔不知在哪个角落商讨了一番又过来了，单刀直入："小姐们，每人一千块啦，开心啦。我们'打的'去顺德仙泉宫啦，那里有山有水很安全呢，美容桑拿全包啦！"

迟娜："很好啊！一分钱一分货，两万块干不干？"

后生仔："小姐，开什么国际玩笑啦。大家交个朋友嘛，包各位满意啦。"

丽萍："看来你是一只吃鱼腥的猫啰。"

后生仔笑道："男人都是猫啦，像你们这样的花猫人人中意啦。"

丽萍脸色突然变得冷峻了："那好，一千就一千！"她陡地站起来："你是皮条客吧，把你身后的都找来，跟我去一个好地方，那里很安全。"

后生仔："好啊，好啊。"

梦华猛扯丽萍的衣襟。

迟娜与海伦不动声色。

丽萍："那里24小时都有人站岗放哨！"

后生仔觉得不对劲，警觉地："那是什么地方啦？"

丽萍："到时你就知道了，走啊！"

后生仔怯生生地瞧了她几眼："误会啦，误会啦。""嗖"地溜了。

海伦："真败兴！"

迟娜："很正常。'富裕人员'多，吃什么饭的人都有。"

梦华："那就走人啰，到水晶殿喝夜茶去。"

正当四位佳丽在众目睽睽之中走出酒吧时，一位侍应把迟娜叫住了："小姐请留步，这是老板让我送给各位的'贵宾卡'，请收下，欢迎光临！"

迟娜："多谢了。"

这时，一位服饰高雅、白皙斯文的男士，彬彬有礼地走过来，道："小姐，你风采照人，气质不凡，好不令人仰慕！"

迟娜先是惊讶，然后淡定地打量了对方一眼："是吗？！"

男士："敝人不兴转弯抹角，喜欢开门见山，交个朋友，怎么样？纯粹的朋友！"

迟娜："哈，你倒挺现代。你对我知根知底？"

男士："有这必要吗？只凭第六感觉。"

迟娜："如果本小姐没有感觉呢？如果男人都像你这样我怎么办呢？"

男人："鉴赏美文、美画、美人不是什么人都能的！"

迟娜为之一振。

酒吧间门外，丽萍她们不见迟娜人影，觉得很蹊跷，她们转了回来。

男士："任何游戏，都讲规则，本人当然会付出代价的。"

迟娜："我竖着耳朵听呢。"

男士："时间，三个月，如果彼此感觉良好，不妨继续，否则，拜拜。代价呢，每月付你五万块情感输出费，一共十五万。可以一次付清，也可以按月付，悉听尊便。"

迟娜莞尔一笑："这数目很吓人，很有诱惑力！我说先生，你开这么大的价钱，只要在深圳金都酒店门口挥挥手，还愁没有明眸皓齿、风韵倩倩的妙龄女子为你服务？说不定还是原装货，让你开罐头呢！"

侧边的海伦很吃惊："今晚真是撞鬼了。"

丽萍："看下去，看他怎么做戏。"

梦华："哇，想包迟娜做金丝雀啊！真狼！好刺激，好可怕！"

男士："小姐，请勿误会！纯粹是交个朋友。这世界，什么怪人怪事都有！请不要用世俗的眼光看待这个问题，更不要有任何顾虑。请收下这张名片，上面只有我的电话号码。我姓林，你有兴趣，我们可以约个公众场合深入谈谈。当然，你的身边可以有几位彪形大汉做保镖！"

迟娜接过名片："林先生，你很周到！"

男士："等你的电话！"

他从容离去。

迟娜的眼神半信半疑。

丽萍："何方神圣？"

梦华："不是神经病吧？"

海伦："多一事不如少一事！你说呢，迟娜？"

迟娜眨动着美丽的大眼睛，好一会才开口："我不信邪！"

海伦："你想单刀赴会？"

迟娜："不排除这种可能！"

别墅。

迟娜的卧室。

迟娜手掌托着后脑勺，双眼盯着天花板，一副有心事的样子。

海伦推门而入："你有心事。"

迟娜不吭声。

海伦在桌上捡起名片，瞧了一眼："拨电话了吗？"

迟娜摇摇头。

海伦："那是个披着人皮的狼！"

迟娜："最好！"

海伦："你想怎么样？"

迟娜："不入虎穴，焉得虎子。"

海伦："什么意思？"

迟娜："好多人在说，说了好久了，广园路的商品房、五羊城的高层公寓、天河新区的明苑村小区，那里边住了不少大款大腕们长包的女人。我还听说那些地方还贴着'还我老公，打倒北妹'的小字报。我一直想写一篇大特写，比较深入地、全面地披露她们的生活。她们心花怒放地被包了？她们无可奈何地被包了？是与非、荣与辱、幸与不幸究竟是怎么回事？怎么评判？"

海伦："多此一举，别异想天开了！什么不能写，偏要写这个。说不定还惹了一身屎呢，跳到珠江里也洗不净。再说，这样的文章，你们报纸能登吗？你们的总编大人肯定红笔一勾就把它给枪毙了。他还会瞪着双眼批评你呢：'喂，迟娜，写文章要注意负面效应嘛。你呀，迟娜，聪明一世，糊涂一时，奉劝你别做这种吃力不讨好的傻事啰。'反正，我不赞成。"

丽萍来到卧室，踱来踱去，扔了一句话："我赞成！现在就拨电话！"

梦华也进来凑热闹："好玩好玩，不怕，就拨这个电话。我表弟是市武术队的，会少林武功，让他找几个哥们随同保驾，护着我们这位迟娜娘娘！"

迟娜："行了行了，别烦我好不好，有这么严重吗?！我有主见。"她拿起话筒就拨。

海伦一把按住："迟娜！"

迟娜："紧张什么？又不是上刑场。"她推开海伦的手。

丽萍："海伦，听听对方怎么说。"

迟娜拨通电话。

卧室内气氛陡然非常紧张，个个正襟危坐。

迟娜："喂，林先生吗？我是黑蚂蚁酒吧让你心动的那个女人……是啊，是啊，可以啊，今晚九点，假日酒店咖啡厅……行，行，不见不散！"

梦华："哎哟，这一下闯祸了，闯大祸啰，怎么办呢？"

丽萍指了指梦华的额头："胆小如鼠，最没用是你！"

海伦斩钉截铁地说："我们全体出去！"

梦华："我立即打电话给表弟！"

迟娜："何必兴师动众！你们几位想去就去啰，不过要坐在另一张桌子上。"

小保姆湘妹子端着一盘水果，歪着脖脖，很好奇，很激动带点湖南腔："我有个建议，丽萍姐你们都带上'大哥大'，不对劲，马上就报警！"她放下果盘退出房间了。

丽萍："梦华，你们家这位小保姆鬼灵的。"

梦华："你别小瞧她，高中毕业生哩。我让她去读英语夜校，她说下个月就参加省的二级英语的统考。"

海伦："好！寒门出贵女啰。"

迟娜："怎么样，各位，今晚八点半，浩浩荡荡奔赴假日酒店！"

丽萍："OK！"

海伦："OK你的头！你是教唆犯！"

梦华："喂喂，给个意见。今晚我穿木跟平底鞋，全棉衬衫、亚麻质农夫裤好吗？"

丽萍："行了，别扮你的'谬谬风'了，又不是你唱主角！"

假日酒店咖啡厅。环境幽雅，灯光柔和，乐曲袅袅，洋人穿梭其间。

司徒达元，绅士风度十足的中年男人，国字脸，胡子刮得青青，端坐在那里，气宇轩昂。他手执小银勺，慢悠悠地在瓷杯里调弄着，不时地侧过身瞧几眼，分明是在等人。

酒店大堂。我们在黑蚂蚁见过的白皙斯文的男士，不时地瞧着手表。突然，他双眼一亮，紧步向前，双手在胸前合十，欢迎迟娜的到来。

男士："有一个请求。"

迟娜："说吧。"

男士："您贵姓？"

迟娜："姓迟，迟到的迟。"

男士："谢谢。迟小姐。上次忘了介绍身份。我是本酒店的公关部经理。我的老师司徒达元先生正在楼上咖啡厅等你。"

迟娜疑惑不解："什么意思？"

男士："请容我解释。我曾经是厦门大学中文系的学生，司徒达元是我的老师，后来，他去了香港，做煤炭生意发了财。现在他在广州经营一家进出口公司，他是董事长。"

迟娜："明白了。你替老师拉皮条，对吧？"

男士："迟小姐，请不要从世俗的角度去理解。司徒达元是沙漠上一只驮着金子的骆驼。他很孤单，很寂寞，又很古怪。歌星、影星、节目主持人、时装模特，凡娱乐圈的女人他都对其存有偏见。他需要一位独具个性的，透着成熟与智慧的，乍一眼就让人心跳，难以忘怀的小姐跟他交朋友，跟他谈心，慰藉他的灵魂。迟小姐，我相信我的眼光不会错。"

迟娜："你挺会外交辞令，请吧。"

迟娜与男士登楼梯。

丽萍、海伦、梦华她们面面相觑。

男士毕恭毕敬地："司徒先生，让您久等了。这位是迟小姐。迟小姐，这位是司徒达元先生。"

司徒达元仍端坐在那儿，缓缓地点个头："请坐。"

男士跟侍应关照着什么，退去。

侍应送来柠檬茶。司徒达元口吻平和，但并不客气："迟小姐，你迟到了！"

迟娜："是的。时间就是金钱，老板们特别看重。"

司徒达元："塞车？"

迟娜："没错。"

司徒达元："广州的东风路，有时候简直像个停车场！"

迟娜："台北、曼谷也会这样。"

司徒达元："你去过？"

迟娜："去过曼谷。"

司徒达元："印象如何？"

迟娜："花的颜色特深，特艳，红的黄的蓝的紫的都那么硕大，都长在树上，井得一大一地，特喜欢。"

司徒达元："还喜欢什么？"

迟娜："喜欢芒果拌糯米饭，香极了，好吃极了！"

司徒达元："还有呢？"

迟娜："喜欢去鳄鱼养殖场。走在木桥上，颤悠悠的，一不小心摔下去可不得了，够刺激。鳄鱼蛋炒饭挺腥，鳄鱼皮制的挎包让人爱不释手。"

司徒达元："买了一个？"

迟娜："囊中羞涩，一个挎包，折合人民币两千块，岂敢问津。"

司徒达元："你很坦率。"

迟娜："是吗？"

司徒达元：“你很勇敢。”

迟娜：“为什么？”

司徒达元：“你不怕我这香港商人存有异心？”

迟娜：“我就冲着你的异心来的！”

他们双双对视，各有各的潜台词。

另一边。

梦华：“僵住了？！”

海伦：“肯定是迟娜戳穿他的骗局，痛斥他的这种可耻的行径。”

丽萍：“不像，戏刚开始，况且，迟娜目的是‘斩料’，斩写大特写的料，不会罢手。”

梦华：“大家警惕点啰！”

这边。

迟娜咄咄逼人地说：“司徒先生，你是春风得意，踌躇满志，生意爱情双丰收哇。家里躺一个，外边找一个，很会享受人生！如果没有猜错的话，恐怕深圳、台北，也有你的风月宝地！很刺耳吧？”

司徒达元：“我打个喷嚏，公司就会地震，我手下的人见了我就像见了阎王，所以我从来听不到刺耳的话。我喜欢听，请说下去！”

迟娜：“香港愉景湾小岛你应该有一幢高级别墅，你老婆嫩、女儿小，家里有两个菲佣、一个花匠、一个司机，还有一个忠于职守的看门人。当然，少不了钢琴教师与英文教师。你一年到头行色匆匆，飞机游艇飞来转去。你到大陆来，虽是小住几日，但闷得慌，所以要找个可心的女人来开心开心！”

司徒达元："迟小姐，凭你的美貌、你的风采、你的口才、你的个性，你应该有一份相当优越的工作。当然，你完全可能已经有了一份让人羡慕的工作，那么，你为什么要允诺跟我这个五十近边的、满身铜臭味的商人做朋友？"

迟娜："这算是朋友吗？"

司徒达元："是啊，我们一起饮咖啡，一起闲聊，还不算朋友？这是我的名片。我喜欢煲电话粥，跟值得煲的年轻女人煲电话粥。不管在香港，在马尼拉，在洛杉矶，在巴黎，我都会在深夜里给你电话，介意吗？迟小姐，你只要跟我煲电话粥三次，那么，你就很难把我从你的心中抹掉！"

迟娜："你真的就有这么大的魅力？！"

司徒达元："我这个人在商海兴风作浪，成功多于失败，最主要的原因就是我认准了的事，绝不犹豫。但丁在《神曲》中有两行诗：'在这里，必须根绝一切犹豫，在这里，任何怯懦都无济于事！'"

迟娜："啊！你会背但丁的诗！"

司徒达元："怎么，商人只认得港币美金？我有过粉笔生涯，在厦门大学教过五年外国文学！"

迟娜："原来如此，出口转内销。这样看来你是一位儒商啰。"

司徒达元："迟小姐，你用词准确！好吧，今晚我们是一次短短的小叙。"他将一只厚厚的大信封往迟娜面前推去："五万块。这是你的这个月的感情输出劳务费！从今天算起。"

迟娜顿时芳容失色，厉声："你把我当什么人了？！"

另一边，海伦她们也齐刷刷地肃立，一派剑拔弩张的架势。

司徒达元也站立起来："迟小姐，别生气，林先生不是有言在先了吗？！"

迟娜长发一甩，一脸怒容，斜肩，垂头，踩着细碎的快步，冲下楼梯。

丽萍一个箭步赶上前去："迟娜，怎么了？怎么了？"

迟娜："我也不知道事到临头，会发这么大的火！"

一组镜头：

深夜，迟娜在卧室里，倚在床上煲电话粥。脸上绽放着甜美的笑容。

深夜，司徒达元在书房里，靠着大班椅煲电话粥，神态那样地从容舒坦。

迟娜跟司徒达元逛书市，双双遨游在书的海洋里。他们胸前的书摞得老高。

董事长办公室里，司徒达元手握毛笔，苍劲有力地练书法。一旁，迟娜悄然抱臂而立，专注地鉴赏着他的书法。

夜雨打着窗外路灯下海棠的叶子、雪白的花朵。迟娜在窗下翻着一本诗集。诗集的名叫《寻梦》，司徒达元著。她分明有很多感想要讲给诗人听，她一次又一次地按着电话键，对方总是忙音。她有些忧郁，有些失落。

丽萍、海伦、梦华进了卧室。

迟娜跟姐妹们交流着目光。尽在不言中。

丽萍："痴情女子负心汉，一点也不错。"

海伦："别千丝攀藤了，好就结婚啰，你二十八，司徒四十八，有些悬殊，不过，现代婚姻，只要感觉对头，双方有激情，年龄从来不是障碍。"

梦华："就是嘛，世上好多伟人的夫人都很年轻。"

丽萍："关键是司徒必须是迟娜心目中的伟人！迟娜，你打开天窗说亮话吧。"

迟娜："你们怎么了，会不会说得太超前了？我们只是一般朋友的来往。"

梦华："还一般哇！那我就不知道什么叫特殊了。"

电话铃声响。

迟娜一骨碌从床上弹起来，抓起话筒："喂，是我，迟娜。你的电话等得我好苦哇。你知道我守在电话机旁无数次地轻轻呼唤你的名字吗？等着你的低沉浑厚的声音吗……什么，你在等一个美国长途？那好，只能一会儿你再拨过来了……嗯，嗯，我明白，人在江湖，身不由己。"

梦华："瞧瞧，多缠绵，多紧张！让我摸摸你的心口一定忐忑跳！"

迟娜："唉，你们别追问了，你们也不动动脑筋想一想，像司徒这样的男人会没有妻室吗？"

海伦："是啊，我也这么想过。那你干吗还要煲无米粥，结无花果?！你呀，迟娜，快别坠入情网，自寻烦恼了。"

迟娜："我明白，道理我都懂。但是感情这东西有时候真是说不清，道不明的。那种揪心的思念，那种矛盾的心理，只有自己心里清楚，旁人是无法体会的。"

海伦："我问你，司徒准备跟他老婆离婚吗？"

迟娜："永远不可能！"

梦华："为什么？"

迟娜："他妻子在一次车祸中腰椎骨断裂，瘫痪了！"

梦华："唉，迟娜，你命好苦哇！"她伤心地抱住迟娜的肩膀："迟娜，我失恋过三次，我有经验，我太能体会你的心情了，无奈极了！"

丽萍："迟娜，那就快刀斩乱麻，忍痛割爱吧！人生，总有些东西是要永远留在心底的！"

海伦："迟娜，别再陷进去了。我们已失去了女人骄傲的年龄，拖不起的！"

梦华："迟娜，你究竟有什么难处呀？你们俩有'那个'了吗？"

迟娜毫不掩饰地说："你是问我们俩有没有做过爱，我告诉各位，司徒太英国绅士派头了，别说做爱，连手指头也没勾过！"

丽萍："不可想象！其实，只要是双方自觉自愿的行为，压根儿就不存在道德不道德的问题。"

海伦瞧丽萍一眼，不以为然。

梦华："有人说，男人和女人，只要在一个特定的空间里说上一个小时的话，彼此都不愿离去，那么就可以接吻拥抱了。超过两个小时，上床准没错。你们俩那么默契，那么和谐，有那么多讲不完的悄悄话，竟然什么也没有发生，岂不是奇迹？"

迟娜："确实的，司徒很爱我，但他知道不可能跟我共结连理，他怕伤害我，所以，一直跟我保持一段距离。"

海伦："那你什么态度？"

迟娜："我只能永远等待！有时等待也是一种寄托、一种希望！"

丽萍："迟娜，会不会纯情点啊？！"

迟娜："天晓得！"

湘妹子在门外，带着湖南腔，自言自语："美就美在天晓得。这种事情，豆腐葱花清清楚楚就没得味啰！"

中国大酒店的商场。

司徒达元正陪着迟娜在看工艺品，双双兴致很高。突然，司徒达元的眼角闪进几个熟悉的男士的身影。他连忙对迟娜说："迟娜，你别转身，千万！"说罢，他迎了过去，跟那几个衣冠楚楚、挺有身份的男士熟稔地寒暄着。

迟娜侧过身望着他们离去的背影，蛾眉紧锁，她的自尊心受了极大的伤害。泪珠凝满眼眶。她双手掩脸，身子微微战栗，扭动腰肢，冲出商场，跑进滂沱的夜雨里。

别墅。迟娜的卧室。

迟娜独自一个，孤寂、忧郁。

司徒达元进房。

迟娜表情干涩，闷声不响。

司徒达元不知所措。

迟娜："刚才，我算是看清你的真面目了！胆小鬼，两面派！"

司徒达元："迟娜，请你原谅我，你听我说，那几个都是我新结识的新闻出版界的朋友，我怕他们认识你，你是小有名气的记者嘛，对你不方便！”

迟娜：“是吗？！”

司徒达元递过几张名片。

迟娜翻着名片：“啊，上个月我还采访过他们。你怎么会结识他们？”

司徒达元：“生意人，多一个朋友多一座桥嘛！”

迟娜显然已消了气：“唉，司徒，认识你真麻烦！”

司徒达元心意沉沉地说：“这类事情恐怕往后还会碰到。有些话我憋了好多天，我真怕跟你说。算了算了，不说了。”

迟娜：“你说嘛，我一定要你说，你非说不可，否则，我会整夜睡不着的。”

司徒达元：“迟娜……”

迟娜忐忑不安地：“我听着呢。”

司徒达元：“迟娜……”

迟娜：“你说呀。”

司徒达元：“我想去新加坡，那里我有生意，在搞炼油厂。”

迟娜：“那就去啰，通电话呗！”

司徒达元：“不通电话！一个电话也不通！我也不回广州，我没有勇气回广州！半年之后，让我们都平静了，都把这段感情埋进心海了，再说见与不见。不是我绝情，迟娜，我只能这样做，否则，我会一生一世都背着十字架的，都欠了你！我不能这般自私，误了你的青春！”

迟娜浑身哆嗦，满脸热泪：“不，我不干！”她扑进司徒达元的怀里：“我不干，我真的不干！”他们泪眼相望。她纤纤玉指拭擦着司徒达元湿漉漉的面颊。

进出口贸易公司。

迟娜手抱鲜花，快步冲进电梯。迟娜来到董事长办公室门口，轻叩玻璃门，轻轻推开门。

一个浓妆高贵的女人，冷冷地问：“找谁？”

迟娜：“我找司徒董事长。”

女人：“抱歉，他不在。”

迟娜怏怏退出。一个小姐走过来，在她耳边轻轻地说：“迟小姐，司徒先生今早飞去新加坡了。那是新来的总经理，他夫人的妹妹。”

迟娜呼吸急促，双眼含着泪花，鲜花散落于地上。

小姐：“迟小姐，这是司徒董事长让我当面交给你的信，请你当着我的面看，给我回条。”

迟娜从信封里抽出的是一张100万元的现金支票。她将支票装进信封，交还给小姐。转头就走。

小姐在后边追着：“迟小姐，迟小姐，你怎么这样傻？！”

迟娜、海伦、丽萍、梦华走在广州环市路上。南方冬日的阳光下，她们的笑容真灿烂。

迟娜驻足，望着黑蚂蚁酒吧的招牌，感慨地说：“一个干枯了的故事是从这儿开始的。”她轻轻叹息，然后，跟女伴们一道，向前走去。

邢编辑轶事

本人虽毕业于北方某名牌大学，但戴了顶“工农兵学员”的帽子，总觉得逢人矮半截，所以来到这个省里赫赫有名的文学季刊当助理编辑，真是受宠若惊，为人处世格外小心。平日里，多干活，少张嘴，勤观察。轮到要发八十年代第一春的稿件了（言辞用得文雅了点，不过大家都爱用这词儿），也就是发一季度的稿，事关重大，正副四个主编，大小十二个编辑，加上校对、发行，济济一堂，好不热闹！要知道，第一期的稿若发得质量不高，打不响开门第一炮，会直接影响刊物的声誉，倘若从发行几十万册的高峰跌下来，更是羞煞人了。要晓得，市里的《春草》已在二十万册这个咄咄逼人的数字上觊觎了。我是第一次参加这样的编前会议，拣了个靠边的位置，打起精神，洗耳恭听。只见小说组看外地稿的邢编辑，既不听人家发言，似乎也不准备发表高论，头上的鸭舌帽扣得低低的，嘴里吐着缕缕青烟，专心凝神地在写着什么。坐在我一旁的美术编辑小张，信手涂了张速写，我一看，哑然失笑了：鸭舌帽下，那瘦削的面庞、专注的眼神、薄薄的鼻翼、鼓起的嘴唇，真是惟妙惟肖！不过落款“邢怪人”三字我颇不理解。怪从何来？样子怪？不见得，瘦了点，憔悴了点就是了，假如减去二十岁，想必一定也有过韶秀的容颜！那么指的当然是为人怪了，这倒使我记起一桩事了。那天，诗歌组组长、老诗人陈霓让我去邢编辑家催“诗品”稿，他答应写的，小病在家。进得屋门，正碰上他家吃晚饭，小圆桌前围着一家子。除邢编辑两夫妇外，再加三个儿子，最大的十三岁，最小的七岁，三对乌溜溜的眼睛直逼一碟芹菜豆干炒肉丝，剑筷炮勺，各不相让！邢夫人见状，在桌上一拍：“哎哟，你们这几个强盗投胎的，倒也留点菜给爸爸！喂，大菩萨，吃过饭再改行不行，成天写写写，吃顿饭都不得安乐，精气都写光了，我看你还能撑多少年？我当寡妇不怕，这几个小子可怜！”夫人口气这么重，丈夫却一门心思盯在稿纸上，招呼让我再等等，临时他还得改两个字。邢夫人忽然冲着我说：“这个人呀，写点文章就像绣花一样！他呀，什么事都太认真，吃亏就吃亏在太认真上！”邢编辑听了，长叹一声道：“你总是爱叨叨，叨叨我的人够多了，还要加上你这个！当编辑那么容易？！编辑好比将军，把关的将军，把得不牢，稿件质量不好，一则败坏读者胃口，浪费人家时间；二则影响刊物信誉；三则我们这本东西你别小看，远销港澳东南亚，连旧金山的华侨都来信要订哪！你知道吗？这关系社会主义的体面、国家的体面！你出门串亲访友还得换件光鲜点的衣衫，抹上一点雪花膏嘛！”邢夫人听了，很不服气：“哟，连你也学会‘上纲上线’啦，就你懂得社会主义，懂得爱国，人家都是笨蛋、蠢猪！你再懂爱国，到头来还不是‘格格不入’！这‘格格不入’四个字全忘得精光不成？！”不料夫人这一说，邢编辑的脸色马上陡地变青，拿着稿纸的手都打战了，口吃地说：“你你你，你胡诌什么！”我听了也有点纳闷，为何邢编辑要动那么大的气？后来，我才知道，事情原委是这样——

那年在“五七”干校，邢编辑已从“牛栏”毕业，获得光荣的“五七”战士称号。老婆孩子，风尘仆仆来干校探望他。巧遇旧历除夕，干校会餐。按照当时组织纪律的要求，学员一律要参加，不准各自端饭钵回草棚，以表示战斗的团结。邢编辑来到席上与大家一齐举杯庆贺之后，在女班长耳边嘀咕了几句，女班长开始面有难色，不过还是点点头，在他的大海碗里夹了满满一碗菜肴，一旁热心多情的杨老太太，也许是年轻时当过演员的缘故，竟然悄悄抹抹眼角，又将一条油炸鲮鱼夹了过来：“快去快去，好好跟爱人孩子团聚团聚。”事后，用邢编辑的话说，他与老婆孩子这一顿“草棚年饭”吃得永世难忘！不料，这事给军代表知道了，邢编辑在全连大会上被点了名：“什么是阶级斗争的新动向？这就是新动向！有的人，劣性不改，心怀不满，连除夕的年饭都不愿跟大家一起吃！你们看到了吧，界限划得好清楚！这种人对我们干校的集体、对我们社会主义压根儿就没一点感情！这种人，跟我们广大‘五七’战士是格格不入的！同志们，大家要清醒地看到这一点，要提高警惕！”邢编辑听了垂下头暗暗骂道：“娘的个蛋！”

这会儿，邢夫人看看丈夫脸色不好，连忙端了一碗芥菜汤来："喂，降降火，边喝边改吧！"我目睹这一切，心想：这位"内政部长"虽则性子急躁了点，但从她好干预男人的生活来看，倒是贤惠体贴的。待他们用完饭，孩子们窜去邻家看电视了，我们才款款聊了起来。邢夫人说："小杨同志，我是工人，大老粗，说话不会拐弯。你瞧，我们住的这房子，一家五口，十平方米，阴暗潮湿，大白天还断不了亮十五支光灯泡！瞧，上个月买了两张藤椅，一张你屁股下坐着，还有一张你晓得在哪里？"不等我猜，她用手一指，不错，屋角的墙上，用麻绳拴着一张簇新的、积着薄薄尘埃的藤椅！"人家王秘书、沈司机来编辑部才一年多点，都分到两房一厅了，可我们家这个就像泥塑木雕一样！叫他去主编家串串门，脚就是不肯抬。"话音刚落，邢编辑的自尊心似乎受了很大损害，愤愤说："不住，靠低三下四串门串来的房子请我住我也不住，用八人抬的轿子来抬也不住！""哼，看你清高的！谁叫你去低三下四了，反映情况不行?!主编你又不是不熟，一道挤过'牛棚'的，如今他官当大了，难道那么快就忘了旧情不成？听着，拣个清静日子，你手里捏束稻草去见这位大主编，房子问题保证解决！"这可把我听糊涂了，只有名酒好烟、蛋糕点心、人参鹿茸当礼送的，哪有送稻草的？我正想听下文分解，不料他们的小儿子跑去别人家看电视，吃了"闭门羹"，哇哇直哭回来，邢夫人的话题被打断了。事后，向熟人打听才晓得：当年在"五七"干校，有一次，从北京来了一批凶神恶煞的红卫兵，把主编捉拿起来，推来搡去，拳打脚踢。可怜这位年近六旬、两鬓霜白、在延安鲁艺听过课的老作家，被打得鼻青脸肿，额头鲜血直淌！回到"牛棚"，"牛友"们见了个个愤愤然，邢编辑更是笨手笨脚地替主编细细包扎，给主编服云南白药，嘴里还嚷嚷道："这这这，太不人道了，有罪可以按法律办嘛，干吗把人糟蹋成这样子！"包着包着邢编辑"呜呜"哭了。主编反倒很坦然，拍拍他补丁叠补丁的老棉裤安慰道："别哭，别哭，我的老弟，你昨晚不是还作了首诗吗？'缩肩曲腿芳草梦，桃红柳绿逛江南'，不是挺乐观吗？会有希望出现桃红柳绿的新局面的，一定会的！来来来，把藏在草垫下的一瓶河南大曲取出来，大家喝一口暖暖身子骨！"谁知"牛棚"的事儿让"密探"报了，第二天晚上，晒谷场上汽灯明晃晃，又开批斗会了。邢编辑胸挂一块黑牌："反动文人"，手捏稻草一束，参加陪斗，那样子实在"可爱""新鲜"。小将们逼他交代时，邢编辑喃喃声辩："我没有捞稻草，我确实没有捞稻草！"惹得干校三连的女学员（话剧团）偷偷躲到茶林里伤心地又哭又笑了半天。读到这儿，是否对邢编辑有些怪感？有一点，好，让我把编前会议上的事儿再叙下去。

老评论家老丘发言了："现在我们这个季刊，靠中短篇小说在撑市面，诗歌看来要成处理品了，大家想想有什么好点子，把诗歌质量搞上去。"此话刚落音，老诗人陈霓开腔了："写诗难啰，难于上青天！有啥法子，最慷慨、最美妙、最激动人心的词儿在那几年都廉价拍卖光了！现在读者对诗歌有成见！唉，复杂呀，如今时髦的年轻人需要什么样的艺术呢？看电影吧，必须是风景加美人；读小说吧，必须是枪杀跳楼，怪诞刺激！这这这，能把责任一股脑儿卸在诗人头上吗？"陈霓的话虽有点偏激，但他资格老，现在的省委宣传部部长，当年还跟着他屁股后转，学音韵格律哩。主编听了，心中自有分寸，要在编前会议上，对诗歌这个"新大难"的问题，弄个水落石出是很难的，于是说：

“诗的问题，找个专门时间研究，大家是不是就‘新人新作’这一栏目发表点意见？”想不到邢编辑却“霍”地站起来：“我谈点看法！对新诗，我颇有感触，感之不足，乃信口诌之！”咦，怪不怪？叫不讲了，他偏要讲。一旁的小张扯扯我的衣袖：“留心陈诗人的表情，邢怪人必定放炮！”这时，邢编辑手捏一直在埋头写的那张纸片片，颇有夫子味地朗诵道：

摇头晃脑唱咿呀，胜似王婆喊卖瓜。
白水一杯留洁净，燔柴三把剩干巴。
别人要骂由他骂，自己不夸请谁夸。
诗味飘然何处也，喧乎煮蜡满邻家。

会场里发出一片嗡嗡的私议声和嘻嘻的笑声。听得几位主编哭笑不得，面面相觑，听得陈诗人频频摇头：“打油救不了新诗，新诗不怕打油！”

邢编辑不识时务的朗诵，肯定会使一些人怏怏不乐。那不以为然的丝丝苦笑，不是隐隐闪烁在几位诗人的嘴边吗？散会时，小张眨眨眼睛对我说：“怎么样，邢怪人是不是有点意思？”我不置可否地答应着。不过，以后确实对他“用心”起来了。

不久，作家协会本省分会以民主方式，无记名投票选举理事、正副主席。邢编辑是作协会员，当然有份选举。小张跑来惋惜地对我说：“可惜，你我都不是会员，否则一定投邢大编辑两票，现在分析形势，肯定名落孙山，理事没份！”我说不一定，凭他二十多年老编辑的资格，在编辑部又有“活字典”的美名，岂能落第？结果，邢编辑以两票之差落选。细细一想，也不无道理，用他夫人的话说：不会做人。譬如据我所知，理论家老杜就没有圈他的名。记得有一次在以编辑部名义写的一篇评论中，以托尔斯泰的《复活》来证明某个论点。邢编辑看后道："写文章，拣来拣去都是这几个老掉牙的例子，俄国面包固然好，中国的饺子就不香？我看咱们京剧《玉堂春》跟《复活》讲的就是差不离意思，为什么不可以举一举？"这话当然惹得执笔的理论家老杜不开心。诸如此类，刺痛人的事多了，就不好办了。虽则人家也知他的脾性，他的话也不无道理，甚至很有创见，但临到关键时刻，再圈个圈，说句话就不大一样的节骨眼上，邢编辑的那个秤盘上的码儿就不足了。事有凑巧，就在公布当选名单的当天，下班回家挤车，邢编辑挨了小流氓一拳，摔倒在地，轻度脑震荡，病休在家。星期天，几个编辑部的同志相约去探望他，来到他家屋边的一块杂草丛生的瓦砾场，只见他的三个孩子正紧张万分，如临大敌似地窜来窜去扑腾跳跃。走近一问，大孩子讷讷道："都是爸爸，妈妈从农贸市场买来的二元五一斤的田鸡给他放生了！"老二补充道："爸爸非挨妈妈骂不可，田鸡是买给他吃的，妈妈说，清补有益。可他，他说……"老大接口道："他说青蛙捕虫，吃了造孽，绳子一解就给放了。嗯，这一下，妈妈节日的加班费全给报销了！唉，我们的爸爸尽干这种傻事！"几个孩子的埋怨听得我们不知如何回答。我想，在经过十年浩劫后的今天，确有不少人的心给扭歪了，斗狠了；但好心肠的、默默无闻的、善良的人，在广阔的土地上，毕竟是多数啊，邢编辑就是其中一个，连一只青蛙也不愿伤害啊！更不用说别的非分的想法了。进得他的小房间，大家纷纷上前柔声安慰，将两包苹果放在他拥挤的书桌上。谁知邢编辑既不请我们坐（说老实话，几条大汉拥进来，也没处坐了），也不斟茶，沉着脸，一声不吭。还是吴副主编会周旋，说话贴人心，道："领导决定了，让你将《中国古典戏曲的服饰介绍》这本书早点写出来，给了你三个月创作假。"邢编辑听后，却牛头不对马嘴地冲出这么几句话："挨小流氓一拳也是活该，也是报应！谁叫我们这些拿笔杆的，十多年来，在大大小小的文章里，拼命推销极左的货色，人性、伦理、道德、审美，全给冲得精光，只剩下'造反''批斗''红彤彤'！有啥法子，这一代青年，就是在这样的毒汁里泡大的，这历史之树留下的苦涩的果子，我们不吞谁吞！文学，文学应该用甘露馥浆滋润人的心田，可那些年，我们端给读者的偏偏是'梦幻药''左记刺激发狂素'！"邢编辑讲得颇激动，大家连连劝他躺下，莫太动情。这时，夫人下班回来了，孩子正围着她告"青蛙状"。夫人听了却没有动气，轻言慢语地说："乖，妈知道了，别吵吵，让爸好好休息。"说着，进得门来和颜悦色地对我们说："真是对不住，快请坐快请坐，他这个人呀就爱瞎激动，安心养身子嘛，好像姓邢的不发愁，地球就不转了！坐坐坐，我泡茶！"于是大家谈笑了一阵也就告别了。临别，嫂夫人在门边让我留下，悄声问："选举结果怎么样？"

"差一点，差一点点。"

"我都估计到了，十有九不行！不过这类事，他也无所谓，你只要不缴他手里的两支枪就行了。"

"什么枪？"

"一支烟枪，一支笔枪！"

这时，床上的邢编辑大声说："小杨，你留下，吃了晚饭再走，我们好好聊聊！"加上嫂夫人又热情地去解挂在藤椅上的腊肠，我只得不客气了。席间，嫂夫人指指屋角的纸盒，命令道：“今晚别糊了，你是病号，好生跟小杨叙叙。”我经她一说，才发现，那纸盒上，都用烫金的隶书写着“各式蛋糕、精美点心”的字样。邢编辑见我神情愕然，连忙解释：“来料加工，家庭副业，帮补帮补。”我一听也明白了，问：“糊一个盒子多少钱？”“每个两分。”“啊，那多不容易赚。”“是啊，时间那么珍贵，我不想干，可她，非要我干不可。一天糊十个，多一个不用，少一个不行。”“这为啥了？”“为了这！”邢编辑指指桌上的“百雀牌”香烟。我表示不明白，邢编辑笑道：“‘百雀’每包一角五分，有股草腥味，能对付；可我老婆说这烟伤身体，定要我将‘百雀’换成‘飞鹰’。‘飞鹰’每包三角六分，那差额就用糊纸盒来解决。”妙哉，好一个贤惠、精明、体贴的嫂夫人哇！那一晚，嫂夫人情绪特别高涨，她从兜里掏出一包过滤嘴中华牌香烟，往丈夫手里一递：“抽！选上选不上芝麻绿豆大的事别搁在心上，只要你高兴，将来让你办一份杂志，由你写，由你显威！”这后一句没头没脑的话确实把我们两人听得如堕五里雾中了。“你在说什么？你在说什么？”邢编辑诧异地问。“放心，我说的全是真话，我也没有灌‘猫尿’（广州方言，指酒），清醒着呢。好了好了，日后你自然明白。”话中有话，不便多听，我也就告辞了。

一天傍晚，我又去邢编辑家坐了。这里得说明，我俩虽则相差二十多岁，但挺扯得来，彼此心灵的火花时时会愉快地相撞！而且大家都酷爱京剧，他一句“劝千岁”，我一句“好一个聪明小韩信”，实在过瘾！久而久之，彼此也就成了忘年之交了。刚到他家门口，只听得夫妻俩在顶嘴。

邢编辑说："你自己也说过，打倒'四人帮'我才不窝囊。日子好过多了，你说，凭哪点要走？"

嫂夫人说："那十几年你还没窝囊够？你跟人家又不一样，人家的嘴上挂了只油瓶，能说会道，知头醒尾，看风使舵，这你都不会。你秉性又犟，不会随大流，我不信你会有发达日子！人家梁编辑1975年才大学毕业，写点报屁股文章，不是一样挂上理事头衔了？你呀，我劝你，三十六计，走为上策，这走也合乎政策，又不是让你扒火车，堂堂正正公安局批，有出国护照的！"

邢编辑："我不走，你用起重机来吊也吊不走！我享不了这洋福！你倒要好好想想，'四人帮'那阵子，做人多艰难，好像路遇恶棍，先得找个有墙的地方扎稳马步，省去后顾之忧，然后眼观三路：左、中、右，稍有不慎就会挨打。如今艳阳天，能安心工作，能干点自己喜欢干的对人民有益的工作，这多好，我啥也不求，唯求这一点！"

嫂夫人有点光火了："我看你这个人，满肚子不合时宜！好，桥管桥，路管路，三个孩子跟我一道走。信你看了，我妈说了你愿写文章，出钱给你办个刊物，什么'开卷''闭卷'，'大西洋''北冰洋'，名称由你定，让你写个够！"

我在门外听得丈二和尚摸不着头脑，邢编辑家竟然也有"南风窗"（广州俗语，指有港澳、海外关系的，有侨汇的）？！请读者原谅，恕我在这儿作个小小的交代。

原来嫂夫人王秀英三岁丧父，随母从湖南衡山来这里投靠她的表姨。那时正值抗战，这里日子也难熬，秀英的母亲将女儿留给表姨，只身随顺德的"自梳女"（不嫁人，以做佣工为生的女性）去了香港当保姆。后来主人去了台湾，她也跟去了，从此断了音讯。几经周折，她从台湾到了南美洲的一个小国开了一家中国小食店。一晃三十年，老人想女儿想入骨，四处打听，偏遇“文革”十年浩劫，消息全无。打倒“四人帮”后，老人从香港友人处得知她表妹解放后在广州的一家胶鞋厂做工，有个“胶”字就好办，橡胶公司、鞋帽公司、轮胎公司都写信问了，总算打听出表妹已亡故，秀英也在胶厂当工人。于是失散几十年的母女总算接上线。这些事，开始秀英都瞒着丈夫。她知道丈夫为这点社会关系真是吃尽苦头。今天“八”字有了一撇了，侨汇收到了，电视机托朋友带来了，可以跟丈夫高高兴兴摊牌了。

岂不知男人把好心当作驴肝肺，不领这份情！

只见邢编辑双眼潮红，摸着放在小圆桌上的崭新的十四英寸彩色电视机掉眼泪了：“老太太，老太太，异国客地，你孤身一个，举目无亲，辛辛苦苦干了一辈子！你是怎么挨过来的啊！回来，回来，快写信叫你妈回来，过个安安乐乐的晚年。这儿地方窄小，但办法总是人想的，买几根椽，弄几块板，搭个小阁楼，总可以挤得下去的。”

嫂夫人一听，“啊哈”一声笑了起来：“你啊，蒙了一世，我妈要住你的小阁楼？你的小阁楼是金搭银砌珍珠串的不成？！妈的信你也看了，妈在国外有生意，让我们申请出去，或者她在外边办好入境证寄回来！”

“我知道，我知道，你妈在外边住的是十八层洋楼，可金窝银窝不如家里的草窝，反正我是铁了心了，我不走，用毛主席的诗讲：‘我自岿然不动！’”

“不动你个头！”

这个新闻，不用我广播，当然不胫而走。在文艺界，传为茶余饭后的美谈。有人见了邢编辑打趣道："怎么样，什么时候西装领带，浑身上下巴黎香水喷喷香？"不料邢编辑沉下脸正经道："同志，请自爱一点！"从此，当着他的面，谁也不提此事；从此，我总好像看到乌云从他的鸭舌帽边滚了出来！

过了三个月，嫂夫人果真跟小儿子转道香港出国了。老大、老二留在邢编辑身边。这事发生后，有人同情他，好好一个家，散了；有人说他傻，折腾大半辈子，有福不会享！他自己呢，感慨万千地对我说："小杨，我这一世，杂文、散文、小说、独幕剧都写过，就是没有写过情书，这一回可认真写了，五天一封长的，三天一封短的！"我说："情书给你夫人的？"他说："是的，她在香港等，目前是'相持阶段'，我看她迟早要回来的！夫妻一场不容易，再说老大、老二两根无形的绳子天天在扯她的心！"

这话倒给他讲对了，半年后，秀英母子从香港回来了。

可丈母娘却百思不解，是什么珍珠宝贝把她的女婿给迷住了？还是他偷偷摸摸身边藏了个娇娇女？世上哪有黄金、美钞、股票抓不住人心的事？！除非是白痴！倒非要见见这个贤婿不可！丈母娘真的回国探亲了，进了邢编辑十平方米的府第，环顾四周，开门见山道："噢，这就是他舍不得的宝地啊！告诉他，我的汽车库比这阔气！"秀英连忙说："妈，别说了，他就是这样的人，有龙袍穿也不像太子的！"老太太听了摇摇头，满脸浮起怀疑的神色，招招手，让女儿过来，在她腮边悄悄咬耳朵了，秀英听着听着扑哧一声笑了起来说："妈，他没这个本事，我敢打保票！倘若他真的能勾个娇娇女，我倒要到城隍庙去叩几个响头了！妈，你过来瞧瞧，这才是他的'心中人'。"老太太朝她所指的钉在墙上的小书架走去。那书架，歪歪斜斜，风一吹，简直会倒的！老太太凑过脸审视一番，一无所得，惘惘然了。女儿上前解释道："这就是啰，就是这沓发黄的烂稿纸！"老太太如梦初醒，恍然大悟地畅怀大笑了："我当是什么把他迷住了，靠写文章能赚什么大钱？你告诉你男人，在外边，不商不富，只有做生意发财的，写文章的多是穷鬼！""唉，妈，他就是这样的人，我都说了，他与你的想法格格不入的！"

"你说什么，什么叫格格不入？你别讲你们的时兴话，我听不懂！"

"妈，格格不入就是他跟你想不到一道的，他中意的是社会主义，他爱的是中国！！"

"岂有此理，就他爱中国，我老太婆不爱？！"

"都爱都爱，爱法不一样！"

这些话当然不是我亲耳听到的，是后来邢编辑情绪好了讲给我听的。

好了，邢编辑轶事扯得差不多了。他在我们的文学季刊编辑部确实不见得发达。他那本讲古典戏曲服饰的小册子送去上海某出版社给退了回来，要他改一改。这次评工资呢，看来也危险。1977年他已调过一次，不算少，月薪六十八元半。他又没有一官半职，贡献自然也就不如人，再说他也缺少为自己制造舆论的本领。不过，邢编辑的兴致确实是一天比一天好了，最近出差去北京组稿回来，不但脸有红晕，而且会上发言也心平气和了。他总对我说："好好干！年轻人，你们有好日子过了！"我说："你呢？""一样一样！"

最后，补充一点，丈母娘到香港后一气之下来了封言辞严厉的短信：

“你们来，什么都给；你们不来，什么也不给！”

嫂夫人看信后，有些恼怒，气当然出在丈夫头上：“我也算前世作孽，欠了你们邢家的债，非跟你不可，你有啥值得的?！”

邢编辑把这话当补药吃，满心欢喜地答：“值得的，值得的！”

“值你个鬼！再抽‘百雀’牌，你看我饶不饶你！”

1983年2月